Ronso Kaigai
MYSTERY
282

デイヴィッドスン事件

John Rhode
The Davidson Case

ジョン・ロード
渕上痩平［訳］

論創社

The Davidson Case
1929
by John Rhode

目次

主要登場人物

ヘクター・デイヴィッドスン……デイヴィッドスン社の社長
ガイ・デイヴィッドスン……ヘクターのいとこ
フィリップ・ローリー……デイヴィッドスン社の設計技師
オルガ・ワトキンズ……ヘクターの秘書
ハラウェイ……ロンドン市警察の巡査
トム・ホワイト……有蓋トラックの運転手
チャーリー・ファーマー……アンズフォード駅のポーター
ホレス・エリオット……食堂車の係員
フレデリック・キャノン……ヘクターの使用人
エディスン……ヘクター卿のかかりつけ医
デイ……ブラットン駐在の巡査
ユーアート……デイヴィッドスン家の顧問事務弁護士
ジェイムズ・ポックリントン……検察側の法廷弁護士
オースティン・ライリー……弁護側の法廷弁護士
アラード・ファヴァーシャム……毒物学者
ユースタス・ウォーラー……外科医
ハギンズ……ホルトン警察署の警視
ハンスリット……ロンドン警視庁犯罪捜査課警部
ランスロット・プリーストリー……数学者
ハロルド・メリフィールド……プリーストリーの秘書

デイヴィッドスン事件

第一章　デイヴィッドスン社

ガイ・デイヴィッドスンは、地下鉄のブラックフライアーズ駅から外に出て、アッパー・テムズ・ストリートに向かって東に曲がると思わず身震いした。十月の冴えない午後で、まっとうな恵みの雨とは思えぬほどじめじめした霧雨が降り続いていた。歩道は滑りやすい泥が薄く覆い、轟音を立てて次々と絶え間なく走ってくる大型トラックが歩道に泥をはねかけていく。近くの川からは、魂を包み込むような冷たく湿った空気が漂ってくる。

自分の用件が嫌なだけでなく、いつもの世界から引き離され、自分の居場所がないシティに仕方なしに来るはめになったのが嫌で堪《たま》らなかった。伯父が死んで四年、ずっとアッパー・テムズ・ストリートの界隈を避け、本当に必要な時だけ訪ねるようにしてきた。断固たる義務感に駆られ、激しい嫌悪感との辛い葛藤の末に今回の遠征を決意したのだ。内心では徒労に終わると思っていた。歩道を歩く人々の間を縫って進みながら、何度もためらった。やはり手紙にしたほうがいいのでは？

だが、なんとか歩き続け、不快な話はできるだけ早く片付けようと腹をくくり、ようやく素早い身のこなしで目立たないビルの玄関に入っていった。かつては裕福なシティの商人の住居だったはずだが、今は事務所棟に変わっていた。狭い玄関ホールには薄汚れたボードしか装飾がなく、そこに会社名が幾つか記されていた。その大半は一般人には馴染みのない会社だ。一番下の会社名を見て、彼の目に奇妙な色が浮かんだ。薄暗い中では、色褪せた黒い文字はほとんど読めない。だが、彼には苦痛に感じるほど浮き上がって見える。〈デイヴィッドスン社、化学装置の設計・製造〉

彼は苛立たしげにそこから離れ、同じ文字が記されたくすんだ真鍮板が貼ってあるドアを開けた。デイヴィッドスン社の事務所は確かに魅力がない。古い建物の一階と地階を占めていて、そんな場所にあるせいで、ほぼ完全に人工照明に頼っていた。だが、その照明はドケチな人間が据え付けたもののようだ。扉を開けると、ガイは、天井から一つだけ電灯がぶら下がった、くすんだ色の壁の独房のような場所に入っていった。目の前に「お問い合わせはこちらへ」と簡単に記された二つ目のドアがあった。

ガイ・デイヴィッドスンはそのドアを強く叩いた。奥から足音が聞こえ、覗き口がパッと開いた。若い女性の顔が現れ、すぐさま相手に気づいて明るい笑顔になり、「あら、こんにちは、ガイさん！」と声を上げげた。彼を目にした驚きが声にありありと表れていた。「お入りください。ヘクターさんに会いに来られたんですね？　十分ほど前に昼食から戻りました」

ドアを開け、ガイは前室に入った。さっき通った部屋に比べれば少しだけきれいだが、事務所なるものの様子に慣れていない者でも、陰気な雰囲気をなんとか和らげようと努めた女性らしい手入れの跡に気づくだろう。ガイは奇妙な微笑を浮かべて部屋を見まわすと、通してくれた女性に目を向けた。

「私を見て驚いたようだね、ミス・ワトキンズ」と彼は穏やかに言った。

「ええ、滅多にいらっしゃらないものですから」と彼女は答えた。「四半期ごとの取締役会を別にすれば、今年は一度もいらしてないと思いますわ」

ガイはかぶりを振り、「ああ、そうだね」と気もそぞろに言うと、オルガ・ワトキンズをあらためてまじまじと見つめた。今までは彼女を一種の機械、驚くほど気配りのある勤勉な秘書としか思わなかった。彼女が事務所以外の場所にいるところなど想像もしなかった。だが今、彼女は機械ではなく、一人の女として目の前にいたし、初めて彼女をまともに見た気がした。スリムで美しい体型、明らかに天然のウェーブの黒髪、顔を特徴づける機敏な目ざとさに気づいた。多少まごつきながら、解決を要する問題の一番重要な要素がここにあるな、と気づいた。

そんなことを考えたあと、「ローリー君はいるかい?」と彼は不意に尋ねた。

ミス・ワトキンズはそばの机に載った物に目を留め、数インチほどその位置をずらした。「地階にいると思います」と彼女はいかにも無頓着に答えた。「お会いになりますか?」

「いや別に。いるかなと思っただけさ」とガイは慌てて言った。「いとこと一緒にいるんじゃないかと思ってね。それなら邪魔したくない」

「ヘクター卿はお一人です」と再び完璧な秘書に戻ったミス・ワトキンズは答えた。「午後は予定がありません。いらしたことをお伝えしましょうか?」

ガイは答える前に一瞬ためらった。いとこと会う前に彼女に相談したらどうだろうと、ふと思ったのだ。だが、なぜか不意に彼女が二重人格のように見えた。もはやただのミス・ワトキンズ、仕事のことを何でも打ち明ける腹心の秘書というだけでなく、生きて呼吸をする人間でもあるように見え、妙にためらいの気持ちを抱かせたのだ。

「ああ、来たと伝えてほしい。ちょっと話があると」と彼はようやく答えた。

ミス・ワトキンズは内線電話の受話器を取り、彼の言葉を伝えると、奥の部屋に通じるドアのほうに歩いていった。「お入りください、ガイさん」

彼女がドアを開けると、ガイは少し眉をひそめて中に入った。中の部屋は派手さには欠けるが快適そうに設《しつら》えられていた。一番目立つのは、壁に掛かった図面や青写真だ。だが、ガイにはおなじみのものだったので気にも留めず、部屋の奥、ヘクター・デイヴィッドスンが座るデスクのほうをまっすぐに見た。

ヘクターは、ガイが入ってくると目を上げたが、親しげな様子は特に見せなかった。この二人をふと目にした者なら、よく似ていることにきっと気づくだろう。二人とも同じ体格で、背が低くがっしりしていて、容貌や多少唐突な仕草も同じだ。だが、似ているのもそこまで。型を取る鋳型は同じでも、そのあとの素材の処理が違っていたのだ。ガイは金髪で、色つやのいい健康的な顔つきだったが、いとこのヘクター卿は黒髪で、不健康な色の肌は放蕩の習慣を物語っていた。つまり、ヘクター卿はガイを粗野に仕立て直した存在のように見えるのだ。

ヘクター卿はいかにも興味がなさそうに挨拶し、「やあ、ガイ!」と顔を上げながら言った。「座ってくれたまえ。煙草はどうだ? 戸棚にウィスキー・ソーダがある。一杯やってくれ。いらない? そうか、ちょっと待ってくれ」

卿は実にわざとらしくゆるゆると手元の仕事を片付けにかかった。わざとかどうかはともかく、客がガイなら通常の礼儀などほぼ不要と考えているようだった。

優に五分はかけて書類を片付けると、椅子に座ったまま不意に向き直った。

「さて、何か頼み事でも?」と彼は尋ねたが、ガイはその口調に挑むような響きを感じた。

「頼み事ではありません」とガイは穏やかに答えた。「今日お伺いしたのは、小耳にはさんだ件について話をしたかったからです」

「ほう?」とヘクター卿は言った。「まあ、本当に大事なことなら少しくらいは時間を割くが、できるだけ簡潔にな。時間が惜しくてね。わかってるとは思うが」

ガイは苦笑した。三時半に昼食から戻ってくる男が時間が惜しいわけがない。とはいえ、とやかく言うのは差し控え、「私の考えでは、きわめて大事なことです」と言った。「今後の事業展開すべてに関わることです。正直申し上げて、あなたがお決めになった対応には、まさに愕然としています」

ヘクター卿は目に剣呑なきらめきを宿し、「納得できない対応とは、具体的に何のことかな?」と尋ねた。

「ローリーの件です」とガイは答えた。「実は昨夜《ゆうべ》、ローリーがうちに来ましてね」

ヘクター卿は短く笑い、「そうすると思ってたよ」と言った。「あいつは悩み事があると人に泣きつくようなやつさ。で、あいつはどんな話を?」

「幾つかありますが、同じ話を繰り返すつもりはありません」とガイは答えた。「ただ、とどのつまり、彼にひと月後の解雇を通告なさったとか」

ヘクター卿は頷き、「そのとおりさ」と言った。「だが、こう言うのもなんだが、君とは別に関係あるまい」

「ちょっと、何を言っておられるんですか。私は社の取締役の一人でもあるわけで——」とガイは言いかけたが、最後まで言わぬうちにヘクター卿が口をはさんだ。

「株主総会を招集すべきだったとでも言いたいのか?」と彼はせせら笑うように尋ねた。「おいおい、そんなものは時間の無駄だろう。私は常に多数票を得られるのに。それに、私は社長として、誰の指図も受けずに自由に人事を決められると思うがね」

「かもしれませんが」とガイは応じた。「これはただの人事の問題ではありません。よくご存じのように、事業の設計部門は万事ローリーが頼りです。この十年ほど、当社が出した新製品はすべて彼が発明したものですよ。競合する他社に彼を取られた場合に当社が受ける損失を度外視しても、その影響はきわめて深刻なものになるのでは」

「私がそんなことを考えなかったとでも？」とヘクター卿は厳しい口調で言った。「ローリーを社に残さなくとも、その知恵を利用する術《すべ》はある。君やあいつが思うほど、我が社はあいつを頼りにしていない。あいつはどんどん増上慢になっていくのさ」

「率直に言って、それが彼をクビにする本当の理由ではないでしょう」とガイはもの柔らかに言った。「明かしたくない理由があるとしか思えませんが」

ヘクター卿はいとこをじろっと睨み、「ローリーがその理由を口にしたのか？」と言った。「ああいう手合いはよく知っている。きっと腹立ちまぎれにあれこれほのめかしたんだろう」

「さっきも言いましたが、ローリーとの話を繰り返すつもりはありません」とガイは答えた。「繰り返すことはただ一つです。彼をクビにする正当な理由がない限り、最終的に事業の失敗につながりかねないことをやる権利はあなたにはありませんよ」

「わかってると思うが、その失敗で一番の被害者になるのは私自身だ」とヘクター卿は鼻でせせら笑った。すると、不意に口調を変えて続けた。「言っとくが、私は君が思うほど馬鹿じゃない。ローリーをクビにしたほうが会社の利益になると判断したのは、それなりの理由があってのことと思ってもらいたい。今はその理由を説明するつもりはないが、あると思ってもらっていい。それと、私の判断を変えさせようとするのは時間の無駄だと思ってくれ。もう一本吸ってから帰るかね？」

ガイは立ち上がり、しばらく怒りの目でいとこを睨みつけ、「どんな狙いがあるのかは知りませんが、見当はつきますよ」と言った。「これ以上説得を試みて時間を無駄にしようとは思いません。ただ、そんなやり方はご自分にも面白くない結果になるとは思わないんですか?」

ヘクター卿に答える暇も与えず、ガイはドアをピシャッと閉めて部屋を出ていった。

ミス・ワトキンズは彼が出てくると、仕事の手を止めて顔を上げた。口に出さずとも彼女の目がはっきりと問いかけていたので、ガイは歩み寄って彼女の肩に手を置き、「だめだ」と言った。「私の言うことなど耳も貸さない。だが、まだ四週間あるし、その間にやれることはある」

アッパー・テムズ・ストリートの喧騒の中に再び出ると、彼はその言葉が彼女と個人的に交わした初めての言葉だと気づいた。

ヘクター卿は一人になると、しばらく座ったまま目の前のデスクをじっと見つめていた。いとこが来たのは決して予期せぬことではなかった。昔からガイと親しいローリーが解雇の件を彼に話すだろうとは思っていた。問題は、ローリーがどこまで推測し、どこまでガイに話したかだ。たいしたことではない。最悪でも、せいぜいちょっとした騒ぎにすぎない。こんな騒ぎはこれが初めてじゃないし、これまでも乗り越えてきた、とヘクター卿は考えた。

彼は椅子から立ち上がり、背後の戸棚の扉を開けた。戸棚にはウィスキーの瓶、タンブラー、ソーダサイフォンが入っている。自分で濃い酒をつくり、そばのデスクに置いた。引き出しの鍵を開けると書類を一束取り出し、思案顔でめくり始めた。いとこが来ても別段気にもかけないが、自分の計画の詳細をもう一度確認しても悪くあるまい。

書類の中身はほぼ暗記していて、ページをめくっても、あちらこちらで少し読んだり、読み直したりするのにちょっと手を止めるだけだった。何もかもが実にきめ細かく正確に書いてある。空中窒素固定に携わる世界中の事業すべてが、その生産量や生産コストの見積もりとともに長い網羅的なリストになっていた。使用装置の図解と説明があり、そこに多くの人の手でメモが書き込まれていた。世界各地の製品の流通を示す印刷された報告書があり、各国の購入価格も載っていた。最後に、彼自身の手書きの計算式が書き込まれたメモ用紙が数枚あった。

慎重に目を通して間違いを見つけようとしたが、いくらチェックしてもやはり数字は正しかった。数字は、合成窒素製品の生産コストを三、四十パーセント削減できるという前提に基づいていたが、これが実現すれば会社に莫大な利益をもたらすことを示していた。これほどのコスト削減ができる装置を提供できれば、会社は大儲けできる。まさにこの建物の地階で、その装置の図面と模型がほぼ完成していたのだ。

ローリーがそれなりの天才であるのは間違いない。だが、とヘクター卿は思った。彼の才能は製図台と模型製作作業台に限られている。彼は自分のアイデアを発展させる知恵がないし、それを自分が勤める会社に任せて顧みない。創業者であるヘクター卿の父は、製図部署の見習いだったローリーの才を見出した。父親は、彼をロンドンの事務所に異動させて自分の監督下に置き、彼の発明品の特許権はすべて社に属するものとするが、社は発明から得た利益の三十パーセントを彼に支払うという好条件を提示した。この契約は、ローリーがデイヴィッドスン社の従業員である限り有効だ。

ヘクター卿の計画は、この契約の条件が発端だった。計算上、三十パーセントは高額の穴を開ける。なぜ支払わなきゃならん？　ローリーを追い払えば、デイヴィッドスン社はあっさり全額せしめられる。

ヘクター卿は酒を飲み干すと、椅子の背にもたれ、静かにほくそ笑んだ。これでローリーが余計な口出しをすることもなくなる——ざまを見ろだ！　クビにする本当の理由を明かす必要もない。むろん、人はあれこれ憶測をめぐらすだろう。たとえばガイだ。だが、どうせガイが何を考えようとどうでもいい。デイヴィッドスン社の社長であるヘクター卿は、いとこのことを考えると、小気味よい勝利感を覚えずにいられなかった。二人はほぼ同い年で、子どもの頃から競争相手だった。仕事もずっと一緒で、下っ端から始めていろんな部署を渡り歩いた。いつもガイのほうが優秀な見習いで、基本となることの覚えも速かった。事務所でも同じで、ガイは社にとって自分よりもはるかに重宝な存在だった。早いうちからいとこの顔を見るのも嫌になった。

父親の死が好機だった。ガイは、部下の立場になっても引き続き社で一生懸命働きたいという意欲を示した。だがヘクター卿は、工場であれ事務所であれ、彼に居場所はないとはっきり通告した。社に残して自分のやり方を批判されたくなかったのだ。その後、デイヴィッドスン社は、一人の男、それもその男だけのために運営されるようになった。

ガイはアッパー・テムズ・ストリートからすっかり足を洗い、我が道を歩んだ。ほかの仕事を探す必要がないほどの収入があった。だが、彼には応用科学の血が流れていた。これを捨てることはできなかったのだ。彼はストランド・オン・ザ・グリーン（ウェスト・ロンドンのテムズ川沿いにある村。現在のチジックの一部）に家を借りていた。知る人ぞ知る静かなロンドンの僻地だ。ガイは、家の上階を実験室と作業場に改造し、自分の装置に没頭しながら日々を過ごしている。その労働の成果をいとこである卿に話したことはないが、ローリーがガイの秘密の実験から貴重なヒントを幾つも得てきたことは公然の秘密だ。

ローリーに加える一撃が、翻っていとこへの一撃にもなるのがヘクター卿には小気味よかった。二人はガイが社の見習いだった頃に親しくなり、その後も親しく付き合っていた。ガイにすれば、手を拱《こまぬ》いて助けることもできず、自分が育った社からローリーが放逐されるのを目にするのは耐え難いことだろう。今日の午後は明らかに苛立っていた。いやまったく、権力を振りかざすとはなんと気持ちのよいことか。

ヘクター卿のもの思いは、ドアをノックする音で中断した。入るように言うと、ミス・ワトキンズがサインの必要な手紙を載せた盆を手にして入ってきた。

ヘクター卿は愛想笑いを浮かべて迎えると、「ねえ君、さっきはガイさんに会えてよかったね」と言った。

「ガイさんにお会いできるのはいつだって嬉しいことです」とミス・ワトキンズはデスクから極力距離を置いて冷やかに応じた。

「そりゃそうだろう」とヘクター卿は言った。「滅多に来るやつじゃないし、それなりに喜ばなくちゃな。今夜、一緒に食事でもどうかね？　一、二時間ほどのんびり過ごせる静かな場所があってね」

「お気遣いありがとうございます、ヘクター卿」とミス・ワトキンズは妙に緊張した硬い声で答えた。「あいにくと、今夜は約束がありまして」

ヘクター卿は黙々と二、三通、手紙にサインをすると、「そりゃ残念だ」と顔も上げずにようやく言った。「ローリーと一緒に出かけるのかね？」

彼女は顔を真っ赤にし、目を怒りできらめかせると、「仕事が終わったあとの約束は、私のプライベートに属することです、ヘクター卿」と答えた。

ヘクター卿はおおらかに微笑み、「そりゃそうだな。確かに」と言った。「ただの冗談さ。君らのように仲のよい者同士が夕食を共にしても別に不思議じゃない。それじゃ今度、一緒に食事しないか？」

彼は椅子の背にもたれ、手を彼女に向かって伸ばした。だが、彼女のほうがずっと素早かった。デスクの手紙をひったくると、駆け出さんばかりに部屋を横切り、引き止められる前にドアから出ていった。ヘクター卿は短く笑った。たいした話じゃない。時は自分の味方だし、ローリーを追い払えばずっと簡単になる。

第二章　イーリングにて

三週間後――正確には十一月三日金曜日の夕方――ミス・ワトキンズとローリーは一緒に事務所を出ると、家路に就く人々とともにイーリング行きの列車に乗った。ブロードウェイ駅から少し歩くと、こじんまりした家に着き、ローリーが鍵を使ってドアを開けた。温かな光が彼らを出迎え、人が入ってきた音を耳にして、年配だがとても生き生きとした女性が小さな玄関ホールに出てきた。

「やあ、母さん！」とローリーは言った。「夕食と団欒を楽しむためにオルガを連れてきたよ」

ローリー夫人はオルガを抱きしめて優しくキスをし、「まあ、嬉しいわ」と言った。「さあ、入ってちょうだい。夕食の用意ができたところよ。団欒は食事のあとになさいな」

ローリー家の雰囲気はいつも明るく、夕食は心底元気を与えてくれた。夕食が終わると、ローリー夫人は機転を利かせて部屋を出ようとしたが、息子は母親を呼び止めた。

「行かないでくれ、母さん」と彼は言った。「今から仕事の話をするんだ。母さんの助言もほしい。さあ、暖炉の周りに椅子を並べて話そう。できたら、まずぼくのことを話したい。もちろん、デイヴィッドスン社を解雇される件さ」

「私の考えはわかってるでしょ、フィリップ」とローリー夫人は言った。「もちろん、ヘクター卿の思惑が何なのかわからないけど、ほんとにあきれた話だわ。これでは卿のお父様もきっと浮かばれない。あの方なら何があろうとあなたを手放しはしなかったはずよ。もっとも、ヘクター卿のような人からは去ったほうがいいとは思うけど」

「それはどうかな」とフィリップ・ローリーは応じた。「ぼくはただ、オルガもヘクター卿から離れ去ってくれればと思うだけさ。だが、問題はそんなことじゃない。ぼくはデイヴィッドスン社とともに成長してきたし、社を去るのは辛いよ。それを別にすればたいした話じゃない。バーミンガムのカリングワース社ならぼくを受け入れてくれるだろうし、当てのある社がほかに何社もある」

オルガは笑い、「まあフィリップ！」と声を上げた。「控えめなもの言いをするなんて馬鹿げてるわ。繰り返し誘われてきたのは私だって知ってるのよ。それも、カリングワース社だけじゃない。ほら、去年だって、新しい坩堝《るつぼ》を発表した時、あのドイツの人たちが――」

「ああ」とフィリップは思案顔で言った。「正直、彼らの申し出には惹かれたね。この三週間、けっこう真剣に考えたよ。あちらの化学産業を肌身に体験してみたくなったんだ。確かに、幾つかの点でぼくらを上回っている。でも、今日の午後――事務所でガイさんに会ったかい、オルガ？」

「ええ」とオルガは驚いた口調で答えた。「でも、彼とドイツの会社からの申し出に何の関係が？」

「あとで話すよ」とフィリップは言った。「彼とは何時に会った？」

「二時を過ぎた頃ね」と彼女は答えた。「ちょうど昼食から帰ってきた時だったもの」

「何があったんだ？」とフィリップは訊いた。「彼はヘクター卿と会ったのか？」

「そんな時間に？」とオルガは微笑みながら答えた。「まさか。ヘクター卿は三時より前に昼食から戻ったりしないわ。ガイさんもご承知かと思ってたけど、そんなに早く来られたから驚いたの。ヘクター卿はまだ戻ってないと言ったら、待つとおっしゃるから、読んでいただこうと新聞をお渡ししたの。そしたら、ヘクター卿の部屋に入って座っておられたわ」

「十五分ほどそこにいたわけだ」とフィリップは言った。「出てきた時、何て言ってた？」

「フィリップ、あなたって怖いわ！　事務所内の出来事を気味が悪いくらいよく知ってるんだもの」とオルガは声を上げた。「ガイさんが来てたって、どうして知ってるの？　ずっと地階にいたのに」

フィリップは微笑み、「わかってみれば、単純なことさ」と答えた。「でも、彼が言ったことをまだ聞いてないぞ」

「ご想像どおり、十五分ほどで出てきて、もう待てないとおっしゃったの。ヘクター卿が昼食を摂る場所は知ってるから、そこでつかまえるって。そう言って事務所から出ていかれたのが見納めよ」

「彼はヘクター卿を探しには行かなかった。地階にいるぼくのところに来たんだ」とフィリップはゆっくりと言った。「ぼくらが話したことは人に言うなと言われたけど、君ら二人には話したってかまわない。デイヴィッドスン社を辞めたらどうするんだと訊かれたから、まだ何も決めてないと答えた。そしたら、あと一週間、つまり、実際に辞めるまではっきり決めないでくれと頼まれた。念押しするものだから、結局、一週間ははっきり決めないと約束したよ。何を考えているかはわからないけど、何か企んでるのは間違いない。デイヴィッドスン社に見切りをつけて、自分で新たな事業を始めるつもりだとしても驚かないね」

「あら、そうしてほしいわ！」とオルガは声を上げた。「きっと職員の半分は彼に合流する。彼が受け入れてくれるなら、私もよ。ヘクター卿にも、あのやり方にもみんなうんざりだもの。ガイさんが本当に新たな事業を始めると思う？」

フィリップはかぶりを振り、「何か引き出そうとしても無駄だよ」と答えた。「たとえ君でも、内密で話したことを明かすつもりはない。ただ、もう一つ訊かれたよ。ヘクター卿がぼくを追い払う本当の理由を知っているか、と」

「その点は私たちも戸惑ってるわ」とローリー夫人は言った。

「そう、ガイさんと話して真相がわかったんだ」とフィリップはゆっくりと続けた。「ヘクター卿の狙いは、新しい窒素装置だ。ほら、まだ特許を取得してないだろ。詳しく言うと、今日の最後の仕事は仕様書のデザインを完成させることだった。ヘクター卿はぼくが辞めるのを待った上で、自分の名前で特許を取るつもりなんだ。あるいはデイヴィッドスン社の名前でね。そうやってぼくの三十パーセントの取り分を払わずにすますつもりなのさ」

「あきれた話だわ、フィリップ！」とオルガは声を上げた。「その発明品はあなたのものよ。利益を得て当然なのに。ヘクター卿のほかにそんな汚い手を使う人はいないわ！　デイヴィッドスン社を辞めたら、すぐに自分で申請すれば？」

フィリップは首を横に振り、「図面を全部持っていかなきゃならない」と答えた。「既に描いた図面は社の所有物だし、その点、疑問の余地はない。もう一部作るには、数か月とは言わなくとも数週間はかかる。その頃には、ヘクター卿はとうに申請を出してしまって手遅れになってるよ」

「それなら、なぜヘクター卿が解雇通告を出したあとに自分の仕事を終わらせたの？」とオルガは声を上げた。「すぐに辞めて図面も完成させて、自分の発明として申請すればよかったのに」

「できただろうね」とフィリップは苦笑して答えた。「それも考えたけど――いや、だめだ。それじゃ自分もヘクター卿と同類の人間に堕ちてしまう。それに、ぼくはデイヴィッドスン社で一年かけてその研究をしてきた。その成果をぼくが独り占めするのは盗みとしか思えない。いや、成果はデイヴイッドスン社に独占させたらいい。結局、何もかも社のおかげなんだ」

「残念ね」とオルガは応じた。「その特許があれば、あなたとガイさんが一緒に新たな事業を始める上で重宝なのに。ヘクター卿をやり込める手はないの？　あなたは人が良すぎるのよ、フィリップ」

「フィリップの言うとおりよ」とローリー夫人はきっぱりと言った。「裏の手を使うなんてよくないわ」

「ああ。むしろ、ヘクター卿とはまっとうな武器で戦うつもりだ」とフィリップは答えた。「実はガイさんのアイデアさ。来週、昼休みを使って図面の重要な部分を複写するつもりだ。ガイさんには今の発明品を改良するアイデアがある。デイヴィッドスン社を辞めたら、その改良に取り組んで、今の設計に組み込むつもりなんだ。新発明の装置はデイヴィッドスン社が出せばいい。ぼくらがあとで改良を加えれば、その装置は立ちゆかなくなる。最低でも、社はぼくらの改良を使うために使用料を払わざるを得ないだろう」

「それはいいアイデアね！」とオルガは期待に目を輝かせて言った。「そうなった時のヘクター卿の顔が見ものだわ。きっと事務所でも楽しいことになりそう」

フィリップはかすかにしかめ面を浮かべ、「そんなものを見るより、社を辞めなきゃ」と言った。

「あら、辞めないわ」と彼女は応じた。「まあ、フィリップ、そんな顔をしないで。私はもう決めてるの。お母様だってきっとそう思ってるわ」

「自分が一番いいと思うことをなさいな」と水を向けられたローリー夫人は言った。

「一番というのは私の思いじゃなくて、実際にそれが一番なのよ」とオルガは応じた。「だってフィリップは、これは仕事の話だって言ったじゃない。今のままでいいのよ。フィリップはデイヴィッドスン社をクビになる。はっきり言って、フィリップにはどうでもいいこと。同じくらいいい仕事を選べるし、手を伸ばして自分の好きな仕事をつかみ取るだけよ。でも、急ぐ必要はないわ。お母様といつまでも暮らせるだけの貯蓄があるんだもの。クビになったのが私だったら、まるで違う状況だったけど」

「でも、オルガ、よく知ってるだろうけど――」とフィリップは言いかけだが、彼女は手を挙げて制止した。

「ちょっと待って。そのことを言おうと思ったの」と彼女は言った。「繰り返すけど、私だったら状況はまるで違うわ。親もいないし、自分で稼ぐ以外にお金もない。こう言ったらなんだけど、週三十シリングで暮らしていける人間じゃないの。気ままに暮らして、いい服を買って、気が向いたらショーだって観に行きたい。要はいい仕事に就いている以上、その仕事を失うわけにいかないの。

　フィリップの話に戻ると、嫉妬深いものだから、私がヘクター卿の事務所にいるのが気に入らないのよ。自分が辞めたら、私に目が行き届かないものね。彼の考えは単純なの。私と結婚して、二人でずっと幸せに暮らす。でも、そんなの真っ平御免だわ。フィリップは、少なくとも今は妻のことで煩わされたくない。どうしていいか自分でもわからないと言ってる。たとえば、ちょっと旅に出てほかの国の化学産業を学びたいけど、奥さんを連れていくわけにいかないし、家に残してもただのお荷物。そうでしょ、お母様？」

「まあ、そう言われればそうかも」とローリー夫人はちょっと途方に暮れて答えた。

「そういうことなのよ。私はフィリップが新しい仕事に落ち着くまで結婚しないわ。婚約するつもりもない。正式な婚約なんてどうでもいいこと。ひと段落して、フィリップがそれでも私と結婚したいと思うなら、その時に考えるわ。それまでは今までと同じように仲良しでいられるもの。私はデイヴィッドスン社がいてくれと言う限り社に残る。それだけよ」

「でも、残っちゃいけないよ、オルガ」とフィリップは訴えた。「ヘクター卿はあんな下劣な男だ。わかってると思うが、君を放っておくはずがない」

「ヘクター卿は下劣な男かもしれないけど、デイヴィッドスン社は素晴らしい勤め先よ」とオルガは穏やかに応じた。「辞めたら二度とあんないい仕事には就けないわ。それにフィリップ、会社に忠実たれ、とあなたもよく言ってるじゃない。あなたもあの会社で育ったからでしょ。忘れてるようね、私もそうだってことを。私は十八でデイヴィッドスン社に入社して、次の誕生日で二十八になる。社を辞めるのが辛いのはあなたと同じよ」

「女性は話が違う」とフィリップはもどかしげに言った。「ジョージ卿がいた頃ならよかったかもしれないが、あの男にいじめられる辛さは想像を絶するぞ」

「ヘクター卿のことなら心配いらないわ」と彼女は軽く答えた。「私の性的魅力は卿に訴えるものがあるの。愛想よくしてくれる女なら誰でもいいのよ。私が求めに応じないと悟ったら、もっと見込みのあるほうになびくわ」

「まあ！」とローリー夫人は衝撃に打ちのめされたように声を上げた。

「ごめんなさい、お母様」とオルガは微笑して言った。「私みたいに長く仕事に就いてる女は、人生の厳しい現実にも目を向けるし、物事をあからさまに口にしてしまうものなの。ヘクター卿は、些細な欠点を別にすれば、私にはとてもいい雇い主よ。私の判断に任せてくれるし、細かいことにいつまでもこだわらない。時々私を見る目が鬱陶しいこともあるけど、アッパー・テムズ・ストリートでの仕事にはだいたい満足してるの。辞めるつもりはないわ――今はね」

フィリップは肩をすくめ、「まあ、ぼくが何を言おうと、君自身が決めることさ」と応じた。「ただ、君があんなやつと一緒に事務所にこもってるなんて考えたくない。あいつは何をするかわからないぞ」

「あら、メロドラマみたいなこと言わないで！」とオルガは声を上げた。「ヘクター卿は原始時代の野人でもなきゃ、アラブの族長でもないわ。卿にその気はない。それに私、自分の面倒は自分でみられるもの」

「あのけだものが君に言い寄るところを目にしたら、やつをぶっ殺してやる」とフィリップは怒りを込めてつぶやいた。

「そんなことできるの？」とオルガは面白そうに応じた。「私もよく殺してやりたいと思う。ヘクター卿って、殺す以外にどうしようもないと思うことがあるの。すぐ頭から追い払うけど、ナイフを持ってたら突き刺してやるわって、ふと思ったりする」

「オルガったら、どうしてそんな恐ろしいことを考えるの！」とローリー夫人は声を上げた。

「さあ、わからない」とオルガは真面目に答えた。「そんなに恐ろしいこと？　どのみち、法は人類全体のために一人の人間を殺すのよ。誰かがヘクター卿を殺せば、みんなのためになるんじゃない？どんな結果になるか考えてみてよ。ガイさんが事業を引き継ぎ、フィリップはこれからも地階で図面や装置に勤《いそ》しんで、その発明品の収益でお金持ちになって、私のうら若き純潔は不品行から免れる。ねえフィリップ、いい考えじゃない！」

「うん、ばれずにやれるならね」とフィリップは思案顔で言った。「法は法を独り占めしようとする者を嫌うし、自分で正義を執行しようとする者を憎む。道義的に言えば、ヘクター卿を殺すのは犯罪じゃないとは思うけど」

ローリー夫人は毅然とした表情で椅子から立ち上がり、「まあ！」と叫んだ。「近頃の若い人たちは本当に恐ろしい。冗談にしてもそんなことを言うなんて」

「心配いらないよ、母さん」とフィリップは宥《なだ》めるように言った。「本気で言ってるわけじゃない。ただ、わかると思うけど、ヘクター卿には消えてもらったほうがいいのさ」

「そのようね」とローリー夫人は溜息混じりに応じた。「でも、やっぱり、そんなもの言いは聞きたくないわ」

これはお開きの合図だった。オルガはそろそろ家に帰ると言い、ローリー夫人が愛情のこもった別れの挨拶をすると、フィリップに付き添われて家を出た。二人は列車に乗ってノッティング・ヒル・ゲート駅に着き、少し歩いてオルガの部屋がある建物に来た。ここでフィリップは彼女と別れ、オルガは鍵を持って一人で二階に上がった。

オルガの部屋は、まさに快適さへの愛着を表していた。家具や装飾は彼女の持ち物で、芸術を愛するチェコ人の母親の遺産だ。ノッティング・ヒルの奥まった場所に意外にも存在するこの部屋は、妙に非英国風の雰囲気があった。オルガは、スラブ系の特徴の中でも、とりわけ色への愛着と、色をうまく混ぜ合わせる才能を受け継いでいた。この部屋には彼女に好意を抱く下宿の女主人も仰天した。だが、その女主人の言葉を借りれば、オルガには外国人の血が混じっているし、ロンドンっ子から見れば、そんな奇抜さも想定内のことかもしれない。

実は、オルガの性格に根付くものはスラブ系の血だけではなかった。父親から受け継いだ英国人の頑固さに、母親の大きな魅力だった激しく情熱的な衝動性が加わっているのだ。目の前のまばゆい暖炉の火を見つめて座っていると、彼女の本性の二つの面がぶつかり合った。彼女はフィリップを愛していた。その点、微塵も自分をごまかすつもりはない。彼の妻、子どもたちの母親として幸せになれるとわかっていた。時おり、その時を切望する思いが心に溢れ、どんな分別も吹き飛んでしまう。すると、不意に頑固な面の性格が頭をもたげ、その分別が圧倒的な力で戻ってくる。

その夜、彼女が口にした異議に嘘偽りはなかった。フィリップの新しい仕事がちゃんと軌道に乗るまでは、自分がただのお荷物になるのは明らかだ。結婚すれば、彼女が仕事を続けることを彼が許すはずがないから。もっとも、そこにはもっと個人的な思惑もほかにあるのだが、うまく説明できなかった。自分一人の努力で築いた地位を捨てたくないという妙なためらいがあったのだ。彼女には友人はいないが、有名なデイヴィッドスン社の機構の中で重要な歯車になっていた。快適さだけでなく、ささやかな贅沢への愛着も満足させるだけの収入を得ている。勤務時間外でも人並みに自立している。たとえ相手がフィリップでも、結婚して同じだけの特権が得られるだろうか?

解決不可能な問題にうんざりして、彼女は雇い主のことを考えた。ヘクター卿がとんだ悪党だというのは紛れもない事実だ。オルガは実際口にした以上に彼の私生活をよく知っていた。この数か月、彼女自身、彼の欲望の標的になっている。これは実に腹立たしいことだが、オルガは内心、面白いとも思っていた。実際に出せる金額よりも高い賭け金でゲームをしているようなものだ。ゲームの目的は、それ以上拘束されずに、ヘクター卿の秘書を続けられるように絶妙なバランスを保つことだ。時にはオルガのプレーヤーとしての技量が問われるゲームでもある。

確かに、ヘクター卿をぶっ殺してやりたいと思う時もある。ゲームに飽き飽きし、きりのないいじめに腹立ちを感じることもある。いとこのほうではなく、ヘクター卿をデイヴィッドスン社の社長の座に据えるとは、運命はなんといい加減なことか！　人格の問題を別にしても、オルガから見ると、ヘクター卿はデイヴィッドスン社を自分のために最大の利益を絞り出すスポンジとしか考えていない。それ以外に事業への関心はなく、父親が抱いていた社の繁栄を望む気持ちなどかけらもない。ガイさんも社の行く末をとても気にしているのに。そう、フィリップの言うとおりだ。ヘクター卿が消えれば、みんなのためになる。

そんなことを考えながら、彼女は暖炉の前でゆっくりと服を脱いでベッドに入った。

第三章　オルガ、怒る

ヘクター・デイヴィッドスン卿は結婚しようと思ったことがない。妻はどれほど慎重に選んでも、自分の生きる道の邪魔になる。生きる道といっても、実はとても単純だ。自分は繁盛するデイヴィッドスン社の株の大半を相続し、経営権を握っている。こうした特権を活用し、己《おのれ》のために最大限の利益を引き出すことが自分の仕事だ。デイヴィッドスン社は、自分の喜びに奉仕するためにのみ存在している。自分が死んだあと、会社がどうなろうとかまわない。

父親はサマセット州のブラットン屋敷という美しく古い家を購入した。ヘクター卿はこの屋敷を主に友人をもてなす享楽の場に使っていた。だが、卿は田舎が嫌いで、ウェストエンド（主要な劇場や商店などがある地区）での享楽のほうを好んだ。父親の友人たちも卿のことを快く思っていない。ブラットン屋敷の古くからの使用人を解雇し、卿のやることにさほど口を差しはさまない、自分で選んだ夫婦者に入れ替えた。こんな環境だから、ブラットン屋敷は実に便利だ。気ままに選んだ女を伴って過ごすには都合のいい週末の隠れ家なのだ。

それ以外の日はロンドンのホテルに滞在するが、ホテルの環境は最高の自由を与えてくれる。自分の行動を人に説明しなくていいし、誰も出入りを気にかけない。ヘクター卿は浮名を流すのを好まないのだ。

十一月四日土曜の朝、ヘクター卿はホテルを出て、十時頃、アッパー・テムズ・ストリートの事務所に着いた。頭の中は、新たな発明品の開発計画と楽しい週末を過ごす計画が同等に占めていた。ブラットン屋敷には行かず、土曜の午後と日曜はロンドンで過ごす予定だった。だが、昨夜思いついたことがあり、それを実行に移すことにした。

彼はオルガのいる前室を通り過ぎる時、爽やかなひと言で挨拶し、「今朝は手紙がたくさんあるね、ミス・ワトキンズ」と続けた。

「サインしていただく手紙はほんの一、二通です、ヘクター卿」と彼女は答えた。「あとは私のほうで返事を出しておきます。手紙は今お持ちしましょうか？」

「まずローリーと話したい」とヘクター卿は言った。「こっちに来るよう伝えてくれ」と言うと、自分の部屋に入った。

二分ほどでドアをノックする音がし、フィリップが入ってきた。「ああ、おはよう、ローリー」と雇い主は愛想よく言った。「今日の午前中は特に忙しいかね？」

フィリップは不審そうに彼を見た。ヘクター卿は彼に解雇通告をして以来、話しかけてきたことはほとんどなく、せいぜいで無愛想な言葉を口にするだけだったのだ。

「そうでもありません、ヘクター卿」とフィリップは答えた。「新しい装置の仕様書はほぼ仕上げました」

「よし！」とヘクター卿は喜びの声を上げた。「ちょっと座ってくれ。話がある。昨日、テムズ化学工業のシンプスン氏と食事をしたんだ。去年、坩堝を彼らに提供したのを憶えているかね？」

「ええ、憶えています、ヘクター卿」とフィリップは答えた。「確か、ご満足いただいているとの手紙をもらいましたね」

「その通りだ」とヘクター卿は愛想よく言った。「シンプスンは、あの製品のおかげで得た素晴らしい成果を話してくれたよ。要は、もっとほしいと言ってる。ただ、炉の温度をさらに上げて使うつもりらしいから、坩堝が少し薄すぎないかと心配なのさ。次の品はもう少し厚くして、割れる心配のないようにしてほしいとのことでね」

「それはさほど難しくないでしょう」とフィリップは言った。

「シンプスンにもそう言ったんだ！」とヘクター卿は嬉しそうに声を上げた。「実は月曜に彼と会う予定で、できるかどうかはっきり答えないといけない。時間がないがどうしようもなくてね。今日の午前はさほど忙しくないという話だから、工場にちょっと足を延ばしてホスキンズと相談してくれないか。それなら月曜の朝一番に君らから報告をもらえる」

「すぐにまいります」とフィリップは答えた。「ホスキンズさんに電話して、今から行くと伝えますよ」

「いや、君が着くまでに私から連絡しておくよ。そのほうが時間の節約になる」とヘクター卿は言った。「工場が閉まるまであまり時間がないからな。急き立ててすまないね、ローリー」

「いえ、かまいませんよ」とフィリップは答え、ドアのほうに行きかけた。驚いたことに、ヘクター卿は椅子から立ち上がり、あとをついてきた。「助かるよ、ローリー」と卿が言うと、青年は部屋を出ていった。ヘクター卿は、フィリップが前室を通って姿を消すまで戸口に立っていた。すると、オルガのほうを向き、「さて、ミス・ワトキンズ、手紙を片づけようか」と言った。

オルガは盆を持ち、雇い主のあとについて部屋に入った。フィリップがヘクター卿と何を話したのか興味津々だった。ヘクター卿の最後の言葉からすると、面談は明らかに和やかだった。卿が打ち解けてフィリップへの解雇通告を取り下げ、フィリップも社に残ることを承諾したのか？　卿が戸口にいなければ、フィリップが前室を通る時に尋ねたのに。

彼女はヘクター卿の部屋にしばらく留まり、手紙にどう返事をするのか、卿の指示をメモに書きとった。前室に戻ると、彼女は内線電話を取り、地階に電話をかけ、「ローリーさんはおられます？」と言った。

「ローリーさんはいませんよ、ミス・ワトキンズ」と答えが返ってきた。「十分前に出ました。次に来られるのは月曜だとか」

「あきれたこと！」とオルガは受話器を置くと小声でつぶやいた。フィリップとヘクター卿はいったい何を話していたのか？　卿が職員と直接話すことは滅多にないし、たいていは彼女を通して指示を出すのに。フィリップに会ったら、すぐに何の話だったのか訊こう。

土曜は差し迫った仕事がない限り、平職員は十二時退社というのがデイヴィッドスン社の事務所の決まり事だ。ヘクター卿がいる場合は通常、ご用命があった時のためにオルガとフィリップが一時まで残る。その日、平職員たちは正午ぴったりに退社し、数分後にオルガはサインをもらう手紙を持って卿の部屋に入った。

デスクに座るヘクター卿は、入ってきた彼女を親しげな笑顔で迎えた。オルガはデスクの上に手紙を置き、卿はいつものように仰々しくサインをした。すると、手紙に手を載せたままオルガに目を向けた。

「ここ数日気になっていたんだが、いつもと違って元気がないね、ミス・ワトキンズ」と卿は言った。

「気分転換が必要とは思わないか?」

オルガは一瞬、驚いてヘクター卿を見つめた。この人、今日はいったいどうしたっていうの? さっきは柄にもなくフィリップに愛想よくして、今度はこっちの健康を気遣ってくれるなんて! 何か変わったことがあったのね。

「ありがとうございます、ヘクター卿。特に具合の悪いところはありません」と彼女は笑顔で答えた。

「クリスマスで休みに入ったら、田舎へ行こうかと」

「なに、クリスマスはまだ先の話だ」と彼は言った。「なぜそれまで待つ? 数時間の気分転換でもいいじゃないか」

「あら、ヘクター卿、そんなこと考えたこともありませんわ」と彼女は答えた。「この時期に一人で出かける先はありませんし」

「一人で出かけたら、とは言ってないさ」とヘクター卿はゆっくりと言った。

彼女は瞬時に意図を見抜き、不意にぞっとする戦慄が全身を駆け巡った。卿は嘲笑うような笑みを浮かべて彼女を見つめ、オルガは自分が卿の掌中にあることを悟った。ほかの職員はすべて事務所を去り、自分が内心小ばかにしていた男とたった一人で相対《あいたい》している。

彼女は慌ててドアのほうに目を向けたが、ヘクター卿は彼女より素早かった。卿は椅子から離れ、彼女が動く前に行く手を遮った。

「ねえ君、そろそろお互いを理解する時だよ」とヘクター卿は言った。「肝心なことを言おうと思っても、君はいつも巧みに避けてしまう。恐れてるのかね」

最後の言葉には軽蔑の響きがあり、オルガは答えを迫られ、「いいえ、ヘクター卿、恐れてなどいませんわ」とできるだけ冷静に答えた。「前室に戻らせていただきたいのですけど。退社前にすることがありますので」

ヘクター卿はドアの前から離れようとしなかった。二人は部屋の両端に立ったまま、お互いをじっと見つめていた。ヘクター卿は愉快そうな笑みを浮かべ、オルガは怒りで頬を上気させた。

「月曜まで放っておけばいい」とヘクター卿は気軽そうに言った。「まあ、聞きたまえ。君には気分転換が必要だ。そこで提案がある。一緒にブラットン屋敷に行かないか？　外で昼食を摂ってから、パディントン駅三時半発の列車に乗るんだ。キャノンに連絡して、車で出迎えるようにさせるよ」

憤然と拒む言葉がオルガの口元まで出かかった。ブラットン屋敷での週末のことは噂に聞いたことがあるし、その招待が何を意味するかよくわかっていた。とはいえ、断ればどうなるのか、ふと気づいて思い留まった。彼女は囚われの身だし、逃れるには知恵を絞らないと。

「ご配慮ありがとうございます、ヘクター卿」と彼女は言った。「でも、二人だけで行けば、噂になるのでは」

ヘクター卿の目が突然きらめいた。にべもなく拒まれると思っていたのに、弱気になった証《あかし》としか思えない反論が返ってきた。興奮した卿はオルガのほうに数歩にじり寄り、二人を隔てるものはデスクだけになった。

「なに、誰にも言わないさ！」と彼は急き立てるように声を上げた。「それに、それだけのことなら、一緒に行く女性をもう一人見つけるくらい簡単なことだ。電話して呼べる友人は幾らでもいる。なんなら、ご一行様といこうじゃないか」

同行するヘクター卿の友人がどんな連中か思い浮かべ、彼女は微苦笑した。卿はその微笑を同意のしるしと受け取り、デスク越しに彼女のほうに身を乗り出し、「じゃあ、いいね？」と言った。「よし、昼食を摂りに出かけよう。そこから電話をかけるよ」

彼女は、まるで誘いかけるように目を落として佇《たたず》んでいた。ヘクター卿は素早くデスクを回り、腕を伸ばしながら彼女に近づいた。オルガはにっこりして、卿の手が自分に伸びてくるのを待った。すると、突然、勝ち誇った笑い声を上げながらドアに突進して戸口をすり抜けると、卿の目の前でドアをピシャッと閉めた。卿は悪態をつきながらドアを開け、前室に飛び込んだが、飛ぶように玄関へと駆けていく彼女の姿を目にしただけだった。

卿はしばらく息をはずませて立ち尽くしていたが、ゆっくりと自分の部屋に戻った。最初は衝動的にあとを追おうと思ったが、実業家が歩道で秘書を追いかける姿をさらそうものなら、アッパー・テムズ・ストリートの人々の間に波紋をもたらすとすぐに気づいた。卿は一瞬、激しく顔をしかめると、いきなり自分の失態を笑い飛ばした。

「たいした小娘だ！」と卿はつぶやいた。「今回はしてやられたな。うまく説き伏せたと思ったんだが。まあ仕方がない。次は引っかからないぞ」

ヘクター卿はちらりと時計を見た。一時五分前。それから暖炉のそばの戸棚に目を向けた。卿には几帳面なところがある。昼食に出かける前に必ずウィスキー・ソーダを飲むし、少し気まずいことがあったからといって、習慣を破るような男ではない。反射的にウィスキーをグラスに注ぎながらじっと考えていた。オルガに言った、電話して呼べる友人は幾らでもいるという言葉は嘘でも何でもない。ロンドンにはヘクター卿の招きに応じる女性が何人もいる。卿を目の敵にする連中でも卿のことをケチとは言わない。ヘクター卿は女友だちを頭の中で数え上げ、一番楽しませてくれるのは誰だろうと考えた。

　卿はグラスをソーダサイフォンの下に持ってきて、レバーを押したが、プシュプシュという虚ろな音を立てただけだった。卿は苛立ちの声を上げてグラスを下に置いた。昨夜《ゆうべ》空っぽになり、事務所を出る前に水を入れておこうと思っていたのをふと思い出した。だが、その度忘れもすぐに埋め合わせがつく。水差しとソーダカートリッジの箱はいつも食器棚に置いてあるのだ。卿はサイフォンに水を入れ、カートリッジの箱を開けた。残っていたのは一つだけ。

「くそっ！」と卿は叫んだ。「前に見た時は、箱に半分くらい入っていたのに。月曜にもう一箱取り寄せないとな。だが、盗《と》ったのは誰だ？」

　そんなことを考えながら、最後のカートリッジの蓋を所定の位置にねじ込んだ。自分の苛立ちを誰かにぶつけたかった。犠牲者はまさに望む相手だった。事務所の掃除女だな。水差しに水を入れておくのはあの女の役目だし、食器棚に触るのは自分のほかにあの女しかいない。月曜に問い詰めてやる。涼しい顔をして物を盗むとどうなるか教えてやるぞ。

　そんなことを考えるのに数分費やし、卿がデスクに座って酒を楽しむ頃には一時を回っていた。午後をどう過ごすか決めかねていた卿は、ウィスキー・ソーダを飲みながらじっくりと考えた。彼女ときたら、なぜ物分かりが悪いのだ？　楽しい時を過ごせるチャンスを逃すとは思わなかったのかな。給与の心配などしなくてもよくなると、それとなく教えてやらねば。まあ、ローリーのやつが消えるのを待つか。

　その頃オルガは、ブラックフライアーズ・ブリッジに近い、エンバンクメントの欄干から身を乗り出し、濁った川をぼんやりと見つめていた。地下鉄の駅に押し寄せる人ごみにもまれる前に、しばらく一人になりたかった。忌まわしい落とし穴から辛うじて逃げ出してきたみたいにすっかり混乱していた。腕を広げながら下卑た笑みを浮かべたヘクター卿の肥え太った顔が目に浮かぶと、気持ちの悪い爬虫類の息の根を止めるが如く、卿を踏み潰してあの世送りにしてやりたい欲望で体が震えた。

彼女はゆっくりと落ち着きを取り戻し、やっと女性らしく見栄えを気にかけた。前室から飛び出しながら上着と帽子をひったくり、ビルの玄関ホールでなんとか身につけたのだ。帽子に手をやり、上着の裾にちらりと目をやった。あんなに慌てて出てきたわりには悪くない。

ヘクター卿から逃れた計略を思い出して微笑した。ところが、急に不安が襲い、顔から微笑が消えた。ヘクター卿はきっとすぐに彼女のあとを追ってきたはずだし、事務所を戸締りしようとは思わなかっただろう。最初の不安のほうは放っておけばいい。二つ目の不安は、いくら卿と仲違《なかたが》いしたとはいえ、デイヴィッドスン社の社屋を管理するのは彼女の仕事だということだ。

アッパー・テムズ・ストリートのビルには、デイヴィッドスン社のほかに事務所が三つ入っている。それぞれの続き部屋にはエール錠が取り付けられた外扉があり、鍵はそれぞれのテナントが保管していた。しかも、ビルには正面玄関があり、勤務時間中は常に開いている。土曜の一時とそれ以外の日の六時に、そのドアの施錠を確認するのがオルガの仕事だ。各テナントは、時間外の仕事がある場合のためにドアの鍵を所持していた。ビルに管理人はいないが、事務所の清掃員が玄関と全事務所の鍵を持っている。その女性は、朝の七時過ぎには仕事に来る。むろん、日曜は別だが。

このため、事務所を出る時のオルガの仕事は二つ。デイヴィッドスン社の事務所のドアの施錠とビルの正面玄関のドアの施錠をすることだ。ヘクター卿は、おそらく事務所のドアは忘れずに鍵をかけただろうが、玄関のドアのほうは忘れてしまったのでは。彼女はきっぱりとアッパー・テムズ・ストリートに向かって戻り始めた。

その途中、一時を告げる時計の音が聞こえた。

事務所へ戻りながら、雇い主への怒りが再びムラムラとこみ上げてきた。最初は、自分が受けた侮辱をフィリップにぶちまけ、彼にヘクター卿を思う存分痛めつけてもらおうという気持ちに駆られた。だが、思い直して、何もしないことにした。自分のことは自分で面倒をみられると啖呵を切ったのだし、フィリップに泣きつくのは、やっぱり無理だったと告白するに等しい。そう、自分で報復の手立てを考えないと。きっと自分の力でもヘクター卿を懲らしめられるわ。

彼女は足を速めて、アッパー・テムズ・ストリートの歩道をきびきびと歩き始めた。

第四章　パディントン駅午後六時発

土曜午後のアッパー・テムズ・ストリートは、〈死者の町〉（マムルーク朝時代の墓地が残る、エジプトのカイロ旧市街の地区）の大通りに似ている。三時にはひと気がなくなり、歩道は野良猫に明け渡される。奇妙な音や人の声が、聳え建つ倉庫の陰に隠れた川のほうからかすかに聞こえる。通りをうろつく足音が妙に鋭く鳴り響き、周囲の厳《いか》めしい壁に反響を繰り返す。

その日の午後五時十五分頃、市警察のハラウェイ巡査は、いつもの退屈極まりない巡回を行っていた。まだ若く――先週、栄誉ある巡回の仕事を任されたばかりで――巡回中、先輩の警察官たちのように泰然自若としていられる処世術を身につけていなかった。ハラウェイはどうしようもなく苛立っていた。霧雨が降り、冷たい霧が川から漂ってきて、アッパー・テムズ・ストリートは墓場のように陰気な、忘却された場所になっていた。なんで警察に入っちまったのだろう？

デイヴィッドスン社の事務所のあるビルのそばに来ると、玄関のドアが開き、男が一人そこから出てきた。薄暗かったので、ハラウェイはビルの管理人だと思い、ふと、お茶の一杯でも飲ませてもらえないものかと思った。だが、近づいてみると、男は身なりも立派で、山高帽をかぶり、厚手のオーバーを着ていた。明らかに実業家だし、いつもより遅く出てきたのだろう。ハラウェイの足音を耳にすると、男は振り返って話しかけてきた。

「タクシーを見かけなかったかね、お巡りさん？」と男はそっけなく言った。

「タクシーですか？」とハラウェイは馬鹿にしたように答えた。「この時間では、ニュー・ブリッジ・ストリートまで行かないとつかまらんでしょう」

「ふむ、そりゃそうだな」と男は言い、ドアを閉めて歩道に踏み出した。

ハラウェイは言葉を返さなかった。男が西のほうに去っていくのを見ると、気の滅入る巡回を続けた。数分後、タクシーがそちらの方向から現れ、さっき男が出てきたドアの前で停まった。ハラウェイが見ていると、その男がタクシーから降り、ポケットから鍵を取り出してドアを開けた。男はビルの中に入り、タクシーの運転手があとに続いた。

軽い好奇心に駆られ、ハラウェイはその場所に戻った。ドアは開いたままで、ビルの中から声がした。「けっこう重いぞ」と例の実業家と思《おぼ》しき声が聞こえた。「無理して手荒に扱わないでくれよ。大事な模型がたくさん入ってるんだ。そっちの端を持ってくれれば、こっちは私が持つから――」

出てきた二人の男は、それぞれ端を持って大きな物を運んでいた。タクシーのそばに立っていたハラウェイは、それが籐細工らしき四角い箱で、防水布か何かが張ってあるのに気づいた。箱の蓋は鉄の棒で閂が差してあり、棒の端にはばかでかい南京錠が付いていた。二人の男はその箱を助手席にドサッと載せ、運転手がストラップで固定した。もう一人の男がビルのドアを慎重に閉めてタクシーに乗り込むと、車は走り去った。ハラウェイは肩をすくめ、再び巡回を始めた。

タクシーはロンドン中心部の通りを慎重に走り抜け、六時十分前にパディントン駅に着いた。停車したとたん、客は車から素早く降り、ポーターを手招きして呼ぶと、「六時発の列車でアンズフォード連絡駅へ行くんだ」と言った。「そのケースを運んでくれるか」

「そいつは重いぜ、相棒」タクシーの運転手は、ポーターが箱に手をかけるとそう言った。

「そのようですね」とポーターは感に堪えたように言った。「手押し車を持ってきますのでお待ちください。申し訳ありませんが、超過料金をいただきますよ。切符をお買いになるのでしたら、計量台のところで待ち合わせましょう」

客は頷くと、急いで切符売り場に行き、二分ほどして計量台のところにやってきた。ポーターと鉄道会社の制服を着た年配の男がケースを計量していた。「百七十五ポンド（約八十キログラム）ですね」と年輩の男が言った。「切符の等級は？」

「一等切符だ」と客は答えた。「いくらだ？」

年配の男は顔をパッと輝かせ、「個人のお荷物は百五十ポンドまで無料です」と言った。「お客様ご自身のお荷物でしたら、超過の二十五ポンド分はお負けしますよ」

「ああ、もちろん私の荷物だ」と客は答え、相手の手に一シリング握らせた。「大切な模型が入っている。少なくとも私には大切なものでね。ほかの者ではどう扱っていいかわからんだろう」

「ありがとうございます」と年輩の男は応じた。「ホームは五番です。あと四分ですよ。荷物はポーターが手荷物車両に乗せます。ジョージ、アンズフォード行きの先頭の手荷物車両に乗せてくれ」客は地下道を通って五番ホームへと急ぎ、ホームでポーターがケースを手荷物車両に乗せるのを見届けた。空室の一等喫煙車室のドアを開け、中に入ると同時に列車が出発した。彼はポケットから大きな酒の携帯用瓶《フラスコ》を取り出し、グイッと飲むと横の座席に置いた。

列車が速度を上げると、廊下から声が聞こえた。食堂車の係員で、乗客に最初の夕食の用意ができたことを告げていたのだ。係員は一等車室のドアの前で立ち止まり、中をちらりと覗き込み、乗客がいるのを目にすると、ドアを開けた。客は目を上げて係員に頷いた。

「こんばんは」と係員は言った。「いつものように二番目の夕食をお召し上がりになりますか?」

客が再び頷くと、係員は次の車室に向かった。客は新聞を開いて読み始め、携帯用瓶を何度も口にして景気をつけた。

パディントン駅六時発下り列車の最初の停車駅はニューベリーで、そこまで一時間ほどかかる。駅に到着する直前に最初の夕食を摂った乗客たちは食堂車を出ていき、席には二番目の夕食が用意される。「今夜の二番目の夕食は何人だ、ホレス?」と食堂車の主任はナイフとフォークをせわしく並べながら尋ねた。

「一等車の乗客が四人、三等車が十五人です」と係員は答えた。「ヘクター・デイヴィッドスン卿が列車に乗っておられます。席はお一人のほうがいいでしょう。ほかの乗客と相席にするとご機嫌を損ねるでしょうから。既に携帯用瓶で聞《きこ》し召しておられますし」

主任は笑い、「ああ、そつなく対応しよう」と答えた。「ドアのそばの小さなテーブルへご案内してくれ。用意は整ったか? すぐに駅に着くぞ」

列車がニューベリー駅に着くと、一等車にいた例の客はフラフラと立ち上がり、ドアを開けてホームに足を踏み出した。狭い廊下より広い空間のほうが落ち着くと思ったのかも。客はふらつきながら車内を歩いて食堂車に向かった。食堂車で主任が出迎えて席に案内し、「こんばんは、ヘクター卿」と言った。

「こんばんは」とヘクター卿は席にどっしりと腰を下ろし、しわがれた声で応じた。「ウィスキーをダブルで頼む」

主任は係員に目配せし、係員は注文に応じるため急いで離れていった。

夕食の間、ヘクター卿はダブルのウィスキーを三杯も飲み干し、食事が終わる頃にはあっという間に酩酊状態になった。食堂車での食事の提供はそれが最後だったので、二番目の夕食の乗客は好きなだけ席に座っていられた。主任はぐっすり寝入っているヘクター卿をちらりと見て苦笑した。卿は常連客だが、一人旅はめったにない。一人旅の時はいつもウィスキーを飲み過ぎ、こうやって眠りに落ちることも多かった。

「ブルフォード駅に着く前に、忘れずにヘクター卿を起こしてくれ」と主任は列車がウェストベリー駅に停車した時に係員に言った。

「もちろんです！」係員は身にしみたように声を上げた。「一度、そのままアンズフォード駅まで乗り過ごしたことがありましてね――あなたがこの車両の主任になる前ですよ。酒を飲んでたんでしょうが、あんな大騒ぎをした人は知りません。その件で会社に苦情の手紙を送られてしまいましたよ」

やがてブレーキがかかり、ブルフォードの坂を急降下中の列車に歯止めをかけているのがわかった。食堂車の係員が車内を歩いてきて、ヘクター卿の肩に軽く触れた。反応がないので最初は優しく、次第に強く卿を揺さぶった。卿はようやく目を開けて係員をじっと見つめた。

「もうじきブルフォード駅に着きますよ」と係員は恭《うやうや》しく言った。

「ブルフォード駅？」とヘクター卿はつぶやいた。「それがなんだと？　ブルフォード駅で降りるなんて誰が言った？　差し出がましいぞ、おまえ。今夜はアンズフォード駅に行くんだ。さあ、起こしやがったんなら、ウィスキーをダブルでくれ」

係員は注文に応じるためパントリーに入ると、「なんて人だ！」と主任に向かって声を上げた。「信じられますか。今夜はアンズフォード駅に行くそうです！　起こしたら叱られましたよ。もう一杯ほしいそうです。明日、間抜け面で目覚めりゃいいものを！」

ヘクター卿は酒を一気に飲み干し、座ったままユラユラと体を揺らしていたが、ようやく列車がアンズフォード連絡駅に着いた。意識はあったが心許ない動きでゆっくりとホームに降り、しばらく戸惑ったように立ち尽くしていた。

ポーターは卿に目を留め、近づいてきて帽子に触れて会釈すると、「お荷物はございますか？」と尋ねた。

「荷物？」とヘクター卿はだみ声で繰り返した。「ああ。手荷物車両に大きなケースがある。私の車まで運んでくれ」

「失礼ですが、お車は来ておりません」とポーターは言った。彼は顔がわかるくらいにはヘクター卿を知っていた。ブルフォード駅に停車せず、アンズフォード連絡駅で停まるロンドンからの列車があり、ヘクター卿はその列車で移動する場合はアンズフォード駅で降りる。

「来ていないだと！」とヘクター卿は少しよろめきながら叫んだ。「どういうことだ？　キャノンにはこの列車で来るから迎えに来いと言ったのに」

「その方はブルフォード駅に行かれたのでは」とポーターは敢《あ》えて言った。その様子を見て、ヘクター卿が駅を勘違いしていると思ったのだ。

「この駅に迎えに来いと言ったのに、なんでブルフォード駅に？」とヘクター卿は問いただした。

「ここはアンズフォード駅だろ？」

「ええ、アンズフォード駅です」とポーターは辛抱強く答えた。「外へ出られて、しばらくお待ちになってはいかがですか。お車が遅れているのかも。手押し車で荷物をお運びしますよ」

ヘクター卿はキャノンの悪態をつき、よろめきながら駅の出入り口に向かった。ほかの乗客は既に別のホームの列車に乗り込んでいて、駅はほぼ閑散としていた。構内で待機している車は一台もなかった。

ポーターが重いケースを載せた手押し車を押しながら再びやってくると、「ブラットン屋敷にお電話をなさっては」と言った。「電話は駅長室にありますよ」

「だろうな。だが、ブラットン屋敷には電話がないんだ」とヘクター卿は不機嫌そうに答えた。「キャノンのやつはクビだ。必ずな。このケースを持ってどうやって屋敷に行けと？　このド田舎にはタクシーもないのか？」

アンズフォード駅があるのは、駅から二マイル以上も離れたアンズフォード村への便宜を図るためではなく、そこに鉄道が走っているためだ。「事前に予約しておかないとタクシーは来ませんよ」とポーターは答えた。

「じゃあ、何でもいいから乗り物を持ってるやつはいないのか？」とヘクター卿は苛立たしげに訊いた。「馬車でもかまわん。このケースを無事に持って帰れるんならな」

ポーターはふとためらったが、「トム・ホワイトのフォードの有蓋トラックしかありませんね」と思い切って言った。

「トム・ホワイトだと！」とヘクター卿は酔った勢いで叫んだ。「あんなやつは地獄に落ちろ。二度と関わるか」卿は激しくふらつき、ポーターは慌てて腕を伸ばして支えようとした。

「落ち着いてください！」とポーターは言った。「トム・ホワイトがだめなら、ご自身は歩いていただき、ケースは使用人の方に取りに来ていただくしかありません」

「ケースから目を離すわけにはいかん！」とヘクター卿は激しく言った。「ひと財産入ってるんだぞ！」暫し押し黙ったが、腹をくくろうとしていたようだ。「ケースを置き去りにするくらいなら、あのホワイトの野郎を使ったほうがましだな」とつぶやいた。

ポーターは言葉を交わすのにうんざりし始め、鉄が熱いうちに打とうと考え、「そのとおりです」と賛同した。「そのほうがずっと早く帰れますよ。ここにいらしてください。ひとっ走りして、トムにトラックで来てもらいますので」ヘクター卿が異議を唱えぬうちにポーターはその場を離れた。

ホワイトは駅から五十ヤードほど離れたコテージに住んでいた。連絡駅と周辺の村々を結ぶ荷物運送で生計を立てていて、古びたフォードの有蓋トラックを持っているのもそのためだ。ヘクター卿は以前、ブラットン屋敷への荷物運送の件で彼と激しい口論になり、二度とやつは雇わないと宣言していた。

ポーターがコテージのドアをノックすると、ホワイト本人がドアを開け、「やあ、チャーリー！」と言った。「どうした?」

「あのヘクター卿のオッサンが駅にいるんだ、トム」とポーターは答えた。「ぎっしり詰まったバカでかい箱を持ってな。ひと財産入ってるんだとよ。だとしても不思議じゃない。あのオッサン、金の臭いがぷんぷんする。車で迎えに来いと言っておいたのに来ないんだと。悪いが、トラックを出して屋敷まで送ってやってくれないか」

「戻ってヘクター卿に言ってくれ。くだらねえ箱を背負って、しっかり歩けってな」とホワイトは激高して答えた。「おれをそんなふうに使えると思うとは厚かましいぜ！」

「馬鹿を言うな、トム」とポーターは言葉巧みに言った。「ヘクター卿は酒が過ぎると気が短くなるのは、おまえも知ってるだろ。だが、ここで愛想よくしておけば、前に言ったことも謝ってくれるだろうし、またブラットン屋敷の仕事をやらせてくれるぞ。きっとおまえのためにもなる」

ホワイトは暫し考え込んだ。チャーリーの言うことも一理ある。それに、ひと財産が入っている箱を拝んでもみたい。「わかったよ」と、とうとう渋々ながら言った。「戻って、すぐに行くと伝えてくれ」

ポーターが駅に戻ると、ヘクター卿はケースの上に座り、頭を垂れて大きな鼾をかいていた。なんとか卿を起こすと、ホワイトがトラックで箱と一緒に屋敷まで送ってくれると説明した。卿の朦朧とした頭にその情報をどうにか伝えた時、駅の外にガタガタと大きな音がして、トラックが到着したのがわかった。

「さあ」とポーターはヘクター卿を助け起こしながら言った。「ちょっと待っていてください。すぐにこのケースを積み込みますので」ポーターは駅の外に出て運転手を呼んだ。「トム、こっちに来て手を貸してくれ。このケースはちょっとでかいんだ」

ホワイトが運転席から降り、二人で箱を運び出してトラックに乗せ、ヘクター卿は揺らぐ目で二人を見つめていた。

「さあ、助手席に乗ってください。すぐにお屋敷に着きますよ」とポーターは励ますように言った。

ヘクター卿は嫌悪の色を浮かべてトラックを見た。フロントガラスは割れ、サイドカーテンもない。東から激しい湿った風が容赦なく吹き込んでくる。

「そこに乗れだと?」と卿はろれつの回らない口調でつぶやいた。「とんでもないぞ。寒すぎる。箱と一緒に荷台に乗るよ」

「助手席のほうがいいですよ」とホワイトは言った。「荷台じゃ居心地よくねえし」

だが、ヘクター卿は首を横に振り、「気にするな。凍えたくないんだ」と応じた。卿はトラックの後部にふらふらと行き、ぎこちなく乗り込もうとした。ポーターは、どうしようもないなと肩をすくめて手を貸し、なんとか荷台に乗せると、「箱の上に座ったほうがいいですよ」と言った。「それなら、荷台の側面にもたれることができます。そう、それでいい」

「リアドアを紐で縛ってくれ、チャーリー」とホワイトは言った。「ドアの片方に紐が付いてるだろ。留め具がしっかりしてないんだ」

「卿を落っことさないようにな」とポーターはつぶやき、リアドアを閉めて紐で縛った。「首を折っちまいそうだ」

「けっこうなことさ」とホワイトは不機嫌そうに応じた。「いいか、チャーリー？　じゃあな」彼がアクセルを踏むと、古びた車は死者も目を覚ますほど大きな音を立てて夜の闇の中へと走り去った。

アンズフォード駅からブラットン屋敷までの距離は五マイル強。最初の三マイルの道はかなり平坦で、トラックは古さを考えればその間無難によく走った。そこからドルリー・ヒルに入り、両側を森に挟まれ、頂上に向かって長い距離の急峻な上り坂が続く道を着実に走った。トラックは喘ぎ、唸りながら頑張って登り、一ヤードごとにもはやこれまでかと思うくらい、頂上に向かって苦しそうにのろのろと走った。それでもなんとか丘を乗り越え、あとはブラットン屋敷の門に辿り着くまで順調な道程だった。

管理人詰所はなく、門は常に閉じたままだ。ホワイトはトラックを停め、門を開けるために運転席から降りた。完全な闇夜で、さほど明るくもないヘッドライトを当ててようやく門が見えた。門を戸当たりまで押し開け、運転席に戻って再びトラックを発車させた。私道はせいぜい四分の一マイルだが、細く曲がりくねっていたので慎重に進んだ。ようやく車のライトが屋敷の窓を照らし出し、さらに一分ほどで玄関の前に着いた。明かりはまったく見えない。さびれて手入れのされていない屋敷の様子はなにやら不気味だ。

ホワイトはエンジンをかけたまま再び運転席から降りた。もう一度うまくエンジンがかかるとは限らないし、こんな夜はリスクを冒したくない。こうして玄関まで歩き、呼び鈴を鳴らした。

玄関ホールの窓から明かりが点いたのが見え、しばらくするとドアが開き、陰気そうな顔をした、だらしなさそうな中年男が現れた。闇夜の外を覗き、まるで寝ていたのを起こされたみたいにまばたきをすると、「誰だい？　用件は？」と唸るように言った。

「アンズフォードのホワイトだ」と答えると、さらに小声で付け加えた。「あんたの仕事だぜ。トラックの荷台の中にあんたのご主人様とクソでかい箱が乗ってる。八時五十一分に連絡駅に着いたんだ。出迎えの車が来てなくて驚いたというわけさ」

「旦那様が！」とキャノンは声を上げた。「いや、来られるとは聞いていないが。どうして荷台の中に？」

「そのほうがいいと言うのさ」とホワイトは簡潔に答えた。「ここだけの話だが、ベロベロに酔ってる。寝てるんだろうな。さもなきゃ、着いたら何か言ってくるはずだ。電灯はあるか？」

キャノンは懐中電灯を取り出し、二人の男はトラックの後部に回った。アンズフォード駅のポーターは紐をしっかりと縛らなかったのか、ホワイトが触ったとたん、ほどけてしまった。

「おれが自分で縛るべきだったな」とホワイトはつぶやいた。「ドルリー・ヒルを登ってる時にリアドアが開かなかったのは運がよかったぜ。さあ、電灯で中を照らしてくれ」

リアドアをパッと開けると、キャノンは電灯の光を車の中に当てた。光線は隅で寄りかかっているヘクター卿を照らした。曲げた膝に顎と頭を載せていた。「寝ておられますね、ぐっすりと――」とキャノンは言いかけたが、ホワイトが突然、叫び声を上げて遮った。

「おや、箱はどうした!」と叫んだ。

「箱? 何の箱ですか?」とキャノンはポカンとして尋ねた。

「バカでかい箱だ。チャーリー・ファーマーと一緒に必死こいて乗せたんだ!」とホワイトは答えた。

「駅を出た時、卿はその上に座っていた」

「旦那様にお聞きしたほうがいいですね」とキャノンは言った。「荷台に乗せてくれれば、起こしますよ」

キャノンはホワイトの手を借りて荷台に乗り込み、ヘクター卿の肩に手を置くと、「起きてください、旦那様!」と言った。

ヘクター卿は返事をしなかった。キャノンは辛抱しきれず、いきなりヘクター卿を揺さぶった。すると卿はバランスを崩し、体を不格好に丸めたままの姿勢でぐらりと傾き、床に倒れた。キャノンは卿の上に身をかがめ、不意にあとずさった。荷台から思い切って地面に飛び降りると、目に恐怖の色を浮かべてホワイトを見た。

「なんてことだ。死んでる!」としわがれた声で囁いた。

第五章　プリーストリー博士を訪ねる

　十一月五日の日曜、著名だがやや変わり者の科学者、プリーストリー博士は、住まいであるウェストボーン・テラスの書斎に座っていた。五時だった。カーテンが引かれ、きちんとシェードを付けた電気スタンドは、豪華とも言える快適な部屋を照らしていた。プリーストリー博士は、暖炉のそばの肘掛椅子に座って科学雑誌の記事を読み耽り、時おり軽蔑するように鼻を鳴らした。

「こんな馬鹿げたものは読んだことがない！」と不意に声を上げ、暖炉の向かい側で同様の椅子に座っている秘書のハロルド・メリフィールドのほうを向いた。「君の未修養の精神でも、この男の前提が虚偽であることは見抜けるだろう。まあ、聞きたまえ。この男は――」

　ドアを静かにノックする音がして、博士は不意に口を閉ざし、「入りたまえ！」とすかさず言った。長年奉仕している女中のメアリが、名刺の載った銀の盆を持って入ってきた。博士は受け取った名刺の名前を見て暫し考え込むと、少し困った表情になり、「わかった。お通ししてくれ」とそっけなく言った。

　メアリは退き、ガイ・デイヴィッドスンを部屋に案内して戻ってきた。ガイは疲労困憊の様子で、急いで部屋を横切って博士の前に来た。

「お目にかかれて嬉しく思います、プリーストリー博士」と彼は言った。「とても困っているのですが、ほかにご相談できる人も思いつかなかったので。厚かましい限りで恐縮ですが――」

「座りたまえ、デイヴィッドスン君」と博士は愛想よく応じた。「研究仲間に会えるのはいつだって歓迎だ。数週間前に説明してくれた実に興味深い実験は、きっとうまくいっているのだろうね？」

ガイはもどかしげな身ぶりで首を横に振り、「それどころではありません」と言った。「いとこのヘクターのことです。昨夜殺されたんです」

「なんと！」と博士は声を上げた。「それはお気の毒に。どんな状況で殺されたのかね？」

「私も詳しくは知らないんです」とガイは答えた。「ご存じのように、私は今、原子の構造に関する一連の実験を行っています。この実験は実に興味深い段階に来ていて、昨日は徹夜で実験に取り組んでいました。今朝、数時間ほど睡眠をとって、早めの昼食を摂ったあと、再び作業に取りかかりました。三時ちょっと前にドアを叩く音で実験を中断され、ドアを開けると巡査部長がいて、悪い知らせがあると告げられたわけです。

巡査部長を居間に案内すると、知っていること、あるいは当たり障りのないことを話してくれました。どちらを話してくれたのかはよくわかりませんが。いとこは昨日の夜八時五十一分着の列車でアンズフォード連絡駅に着いたようです。出迎えの車に来てもらい、住まいのブラットン屋敷に行く予定でした。なぜか車は来ていなかったので、トラックを雇い、大きなケースと一緒に乗って出発しました。ケースの大切さを何度も力説して、とても大事な模型が入っていると言っていたそうです。トラックがブラットン屋敷に着くと、いとこは死体で発見され、ケースは消えていたというわけです」

「ほう！」とプリーストリー博士は言った。「その警察官は単なる事実以外に何か詳細を話してくれたかね？」

「いえ、何も」とガイは答えた。「ブラットン屋敷のヘクターの使用人、キャノンは、私の名前は知っていても、住所は知らなかったようです。地元の警察がロンドン警視庁に電話して、私の連絡先を照会したわけです。私のところに来られた警察官の目的は二つありました。一つは検死審問への出席を要請することで、明日の十一時半にブラットン屋敷で開かれる予定です。お訪ねしたのはその件なんです、プリーストリー博士」

ガイはひと息つき、そわそわと咳払いをし、「私の関知するところではありませんが」と続けた。「敢えて申し上げると、プリーストリー博士、あなたが犯罪学の経験が豊富でいらっしゃるのは周知のことです。そこでお願いなのですが、ブラットン屋敷に一緒に来ていただけないかと……」

博士は眉をひそめた。犯罪学は唯一無二の趣味ではあったが、そのことを口にされるのは嫌だったのだ。「デイヴィッドスン君――それともガイ卿とお呼びすべきかな。男爵家を継がれたわけだからね――私には、不意に開かれる検死審問に出席するため田舎へフラフラと出向くより、ほかにやることがあるのだ。いくら友人のためでもね。犯罪学に興味があるという件だが、確かに私は、時おり余暇の時間をたまたま目に留まった犯罪の解決に費やしている。だが、君のいとこの死亡事件は、犯罪が行われたと信じるに足るだけの十分なデータはないようだ。とはいえ、一つ提案がある。ハロルドをブラットン屋敷に連れていってもかまわないよ。彼に検死審問を傍聴させて報告してもらおう。何か興味深いことが出てきて、その上で私に相談したいというなら、そうしてもらってかまわない」

ハロルドは期待に目を輝かせ、ガイのほうを熱心に見た。じりじりすることもなかった。ガイは喜んでその提案を受け入れたのだ。「ありがとうございます、プリーストリー博士」と彼は言った。「あなたの代わりにメリフィールドに来てもらえるならなによりです。あなたの薫陶を受けた人ですから」

「では、これで決まりだ」と博士は応じた。「ブラットン屋敷に行くのはいつかね？」

「ロンドン発の日曜の最終列車は出てしまったので、明朝五時半発の列車に乗らないと間に合いません」とガイは答えた。「ダイムラー社にハイヤーを頼んで、今夜九時に私のクラブに来てもらう予定です。メリフィールドと一緒にそこで食事をしてから乗ればいいでしょう。ブルフォードの〈クラウン〉に泊まってはどうかと。真夜中までには着くはずです」

「確かにそれが一番いい段取りだろう」とプリーストリー博士は頷いた。「だが、もう一つはっきりさせておきたい。警察官が君を訪ねてきた目的は二つあったという話だが。二つ目の目的とは何かね？」

「いとこが携えていたという模型の入った箱について、何か手がかりがないかと訊かれました」とガイは答えた。「模型という言葉が出てきて、妙に思い当たる節のある疑いを抱きましてね。ご存じのように、いとこは家業のデイヴィッドスン社の社長でした。我が社はこれまで、あなたのご依頼で何度も科学装置を作ってきました。もっと詳しく言えば、主任設計技師のローリーは、あなたのご指示を伺いに何度もお訪ねしているはずです」

「ローリー？」とプリーストリー博士は言った。「ああ、憶えているよ。実に知的な青年だ」

「ええ、おっしゃるとおりです」とガイは続けた。「ローリーは最近、空中窒素固定の新たな装置の図面と必要な模型を完成させました。大いに期待できる装置です。三週間前、いとこはローリーにひと月後の解雇通告をしたのですが、理由を説明しませんでした。ローリーと私は、その件を話し合いましたが、いとこはローリーに取り分を渡さず、発明品の利益を社で独り占めする目論見だったと我々は考えています。

もちろん、貴重な模型が消えていたと警察官から聞いて、すぐにローリーの発明品のことが思い浮かびました。解雇された腹いせにローリーが模型を持ち逃げしないようにと、いとこがブラットン屋敷に運ぼうとしたのだとすれば、ありそうなことです。ローリーはそんなことをする男ではありませんが、それはどうでもいいことです。警察官には、私自身は模型のことは知らないが、イーリングのローリーの家に一緒に来てもらえれば何かわかるかもしれないと言いました。警察官も同意してくれたので、タクシーでイーリングに向かいました。幸いローリーは家にいましたが、いとこが模型を運び去ったことは知る由もありません。彼の提案で、三人揃ってディストリクト鉄道で事務所に行きました。

ローリーがビルの鍵をひと揃い持っていて、中に入れてくれました。ご説明しますとね、プリーストリー博士、ローリーは地階に製図室と小さな模型製作室を与えられています。そのほか、倉庫用の部屋が一つと、大きな金庫というか金庫室があって、貴重な図面や模型などはすべてそこに保管してあります。その金庫室の鍵を持っているのは、ローリーといとこだけです。

地階に降りてローリーが最初に気づいたのは、倉庫にあったはずのケースの一つがなくなっていることでした。ケースは丈夫な籠細工にクロスを張ったもので、事務所とバーキングの工場を行き来して模型や図面などを運ぶのに使っています。金庫室の扉を開けてローリーが中を覗くと、新たな発明品に関する品がすべて消えているのがひと目でわかりました。模型も図面もすべてです。いとこが土曜午後に、その品々をケースに詰め、ブラットン屋敷に運んだのは間違いありません。当初疑ったとおりです。問題は、それが今どこにあるかです。言うまでもなく、その価値を知る者の手に渡れば、我々にとって深刻な事態になる。特許はまだ取っていませんので」

「なるほど」とプリーストリー博士は言った。「君の話からすると、幾つかポイントが見えてくる。まず、行方不明の品々が金庫室にあったことが最後に確認されたのはいつかね？」

「土曜の午前十時から十一時の間です」とガイは答えた。「ローリーがその時間まで作業をしていると、いとこが口実を設けて彼をパーキングの工場に派遣したのです。今だからわかるのですが、彼を追い払うためですよ。ローリーは自分でその品々を金庫室に片付けてから事務所を出たのです」

プリーストリー博士は頷き、「その品々に関する証拠は、すべてローリーという男にかかっていると言わざるを得ない。解雇を通告されていた男だ」とゆっくりと言った。「ほのめかすわけではないが、その品々を処分する目的がローリー自身にあったとは考えられないかね？　たとえば、競合する会社に秘密を売ろうとしていたとか？」

「到底考えられません」とガイはきっぱりと言った。「フィリップ・ローリーのことは何年も前から知っていますが、そんなことを考える男では絶対にありません。行方不明の品々のことを二人で警察官に説明しました——というか、説明したのはローリーです。私は一度しか見たことがないので。警察官はサマセット州警察に品々の特徴を伝えると約束してくれました」

「毀損される前に見つかるといいが」とプリーストリー博士は言った。「そのケースはかなり大きなものだったのでは？」

「縦三フィートから四フィート（約九十〜百二十一センチメートル）で、横と高さも同じくらいです」とガイは答えた。「重さもかなりあったはずです。ローリーによると、行方不明の模型だけでも優に百ポンド（約四十五キログラム）以上あったとか」

「どの情報も追跡の役に立つね」と教授は言った。「さて、君は出発を急がなくてはなるまい。ハロルドは検死審問を注意深く傍聴し、ロンドンに戻ったら私に報告してくれるだろう。その結果に納得できなければ、この件で君ともっと話すことにしよう」

ガイとハロルドは数分後に家を出た。ガイはプリーストリー博士が教授だった頃の教え子であり、今も博士の能力を心から尊敬していた。ガイはウェストボーン・テラスをよく訪ねてくるので、ハロルドとはお互いによく知っていた。二人はガイのクラブで夕食を摂りながら懇談したが、ヘクター卿の死の話題に戻ったのは、快適なリムジンに乗ってブルフォードへと出発してからだ。

「君はこの事件の重大さを認識していないだろうね、メリフィールド。特に私にとってどれほど重大か」車がケンジントンを進む途中、ガイは話し始めた。「伯父が死んで以来、私の立場は実に微妙なものだった。幼い頃に両親が死に、ジョージ伯父さんが事実上の養子にしてくれた。実の息子のヘクターより私はほんの数か月年下だった。伯父は我々が親友になるべきだと考えてね。パブリック・スクール、大学と、我々にまったく同じ教育を受けさせ、ともに工場に配属させて叩き上げから仕事を学ばせた。私は仕事を心底楽しんだが、ヘクターはそうじゃなかったと思う。彼はずっと、仕事を辞めて自分の享楽を追求したがっていた。

それから戦争が始まり、我々は二人とも従軍した。私はフランスに一、二年いたあと、ガスの研究をさせられ、ヘクターは兵站部に配属された。想像がつくと思うが、私にはやることが多すぎて、仕事のことは頭になかったよ。もちろん、戦争が莫大な利益をもたらすことは知っていた——当時は誰もが化学装置をほしがっていた。ジョージ伯父さんは軍需品部門の委員会に配属され、そのおかげで男爵位を得た。

戦争が終わると、ジョージ伯父さんはヘクターと私を取締役にした。民間会社だが、ジョージ伯父さんは株の大半を持っていた。伯父は私をバーキングに派遣して工場の監督をさせ、ヘクターには事務所で自分の助手をさせた。万事が順調だったよ。四年前のこの月に伯父が亡くなるまではね」

ガイはひと息つき、奇妙な笑みを顔に浮かべ、「なぜか、伯父が死んだらどうなるかとは考えたこともなかった」と続けた。「あとの人生を仕事以外のことに捧げるなど思いも及ばなかったよ。私には給与や役員報酬のほかにも収入があってね。父がかなりの財産を残してくれたんだ。だが、自分の仕事を続けることしか考えたことはなかった。デイヴィッドスン社は、私にとってすべての始まりであり、終わりでもあったんだ。

そして、ジョージ伯父さんが死んだ。葬儀のあと、ヘクターと私はブラットン屋敷の伯父さんの書斎で、弁護士に遺言書を読み上げてもらった。ある意味、妙な遺言だったが、伯父が気にかけていたのは、自分が立ち上げ、育て上げた事業のことだけだったと言っていい。私に千株遺し、残りの財産はヘクターに遺したが、それは我々が生きている間だけのことだ。どちらかが死ねば、その持ち株は生き残った者が相続することになっていた。残った一人も死んだら、株は我々の子どもたちに均等に配分されることになっていた。実にフェアだったよ。ヘクターと私には自分の財産があったからね。伯父の考えはわかるだろう。我々二人が事業に最善を尽くすように仕向けたのさ」

「へえ！」とハロルドは声を上げた。「すると、今はあなたがデイヴィッドスン社のほぼ唯一の経営者なんですね？　それは気づきませんでした」

「そうさ」とガイは簡潔に答えた。「だが、この四年間は経営から手を引いていた。伯父が死んで一週間も経たぬうちに、ヘクターは、私が事業に関与する余地はないし、今となっては自分が事業の責任者だと明言した。株の大半を握っている以上、株主総会を招集して思いのままに条件を決められたのさ。彼は滔々と弁じ立てたよ。工場長のホスキンズがいれば、私の監督などなくても工場は順調に行くとね」

「でも、なぜそんなことを考えたんでしょう?」とハロルドは訊いた。

ガイは肩をすくめ、「ヘクターは妙な男だった」と答えた。「私の影響力も、彼以上に職員や工場の工員たちと親しかったことも妬ましく思っていたんだろうな。それと、ジョージ伯父さんは私をいつも自分の息子のように扱ってくれた。ヘクターにはそれが腹立たしかったんだろう。だが、もっと直接的な理由があった。ヘクターは、父親や私のように事業に精神を傾注することはなかった。この四年、個人的な利益を貪ることにばかりかまけてきた。株式配当の利益は一ペニー残らず引き出していたが、積立金には一切回さなかった。事業が伯父の亡くなった頃の繁栄を取り戻すには数年かかるだろうね」

「すると、事業の点で言えば、いとこさんの死は災難ではなかったのですね?」とハロルドは訊いた。

「不謹慎な言い方をすれば、実に結構なことさ」とガイは答えた。「むろん、いろいろ意見の相違はあったが、それでも私にはショックだよ。最後に交わした会話がどちらにとっても苦々しいものだったのを思い返すと残念だね」

ガイは暫し押し黙ったが、話を続けた。「彼に職場から事実上追い出されたあと、私は形式的な取締役会以外は社にほとんど近寄らなかった。ただ、職場を去ったあと、ひどく途方にくれたよ。社の仕事に全身全霊を打ち込んでいただけに、仕事を失ってすっかり放心してしまったんだ。一、二か月ほど無気力に放浪したあと、ふと思いついた。もう事業に積極的に参加できないのなら、事業に関係した課題の研究を続けることで間接的に寄与すればいいじゃないかとね。

ある日曜の朝、ストランド・オン・ザ・グリーンという、ほとんど名もなき風変わりなロンドンの土地をたまたま歩いていてね。川辺の素敵な古い家が賃貸に出されているのに気づいたんだ。まさに理想の場所だったので、翌日、その家を借りたよ。上階の部屋を研究室に変えて、この四年、一日の大半をそこで過ごしてきた。ローリーのことはさっき話したが、私に全幅の信頼を寄せてくれてね。研究中の情報をいつも教えてくれたので、彼のアイデアを実験で具体化するよう努めてきた。デイヴィッドスン社が最近市場に出した装置が成功を収めたが、私もそれなりに貢献できたと思っているよ」

「いとこさんは、あなたがそんな活動をしていたことをご存じだったのでしょうか？」とハロルドは尋ねた。

「家に来たことはなかったが、おそらく知っていただろう」とガイは答えた。「彼の経営方針に口を出さない限り、私が何をやろうと気にかけなかっただろうね。私のほうは、必要な時だけ彼と顔を合わせていた。その原則を破ったのは、ローリーが私のところに解雇の件を相談しに来た時だけだ。私はいとこにその判断を再考するよう説得することにした。三週間ほど前に事務所で面談したが、彼は聞く耳を持たず、物別れに終わったよ。それが最後の会話だった」

「それ以来、今日の午後行くまで事務所に行ってないんですね？」とハロルドは訊いた。

「先週の金曜に一度行ったよ」とガイは答えた。「ローリーに会いたかったんだ。いとこが昼食に出ている時間を選んだんだ。秘書のミス・ワトキンズには、いとこに会いに来たふりをしてね。まあ、自分の微妙な立場を考えれば、慎重にならざるを得なかったのさ。単純にローリーに会いに行けば、いとこの耳に必ず入るし、疑り深い性格だから、何か企んでいるなと決めつけただろう。実際、新たな発明品の利益をローリーに保証してやろうと考えていたわけだから、企みがあったと言えばそのとおりだがね。だが、むろん、今となっては無用なことさ」

「あなたが事業の責任者となった以上、ローリーは社に残すのですね?」とハロルドは訊いた。

「当然さ」とガイは力を込めて答えた。「今日の午後、彼にそのことを話す機会があってね。私は彼とホスキンズの二人を取締役会に加えるつもりだ。検死審問が終わったら、すぐに社の経営に時間とエネルギーのすべてを捧げるよ」

ガイは黙り込み、ハロルドは、彼の頭は待ち受ける課題でいっぱいなのだなと思った。ハロルドも車の隅でゆったりと座ると、車が立てるブーンという一定した音で眠気を催した。ベイジングストークを通り過ぎたのに気づくと、車の音は次第に小さくなり、ハロルドは快適なクッションに背をもたれた。車がスピードを落としてブルフォードの〈クラウン〉ホテルの玄関の前で停車すると、ようやく目を覚ました。

第六章　検死審問

　翌朝、ガイとハロルドは車を借りてブラットン屋敷に向かった。屋敷はむろん警察が押さえていて、警視が玄関で出迎えた。ガイは自己紹介をした。警視はハギンズと名乗り、「ホルトンに勤務しております。ご存じのように、この地区の警察署です」と言った。「これは残念な事件ですね、ガイ卿。身元確認の証言をなさらなくてはいけないでしょう。一緒に来ていただければ、遺体の検分にお連れします。ご友人も検死審問を傍聴されますか？」

「手配できるのならお願いしますよ、警視」とガイは答えた。

「承知しました。もちろん一般の方も入れますよ」と警視は勿体《もったい》ぶって言った。振り返ると、そばにいた緊張気味の若い警察官に手招きをし、「デイ、この方を食堂にお連れしてくれ」と言った。「さて、ガイ卿、よろしければ一緒に――」

　ハロルドは巡査のあとについて、立派な石造りの暖炉がある、広い上品な部屋に入った。食堂のテーブルは隅に押しやられ、そのほかの床のスペースには椅子が埋め尽くしていた。明らかに屋敷中から集められた椅子だ。テーブルのすぐ前には陪審員団用の椅子が十二脚置いてあり、そのそばには二つ目のテーブルがあって、記者が六人ほど座っていた。一般の傍聴人は男女二十数人で、ハロルドは地元の人々だろうと思った。ヘクター卿死亡のニュースは、土曜の夜遅くに起きたことなので、時間もなく、ごく近隣にしか広まらなかったことが容易に見てとれた。

ハロルドは陪審員団用の席の真うしろの椅子を選び、部屋の隅の振り子時計をちらりと見た。十一時五分になったばかりで、辛抱強く待つことにした。傍聴人がさらに数人入ってきて、記者が一人か二人、テーブルの同業者に加わった。ようやく会場にバタバタと足音が響き、陪審員たちがいかにも尊大な態度で入ってきた。最後に検死官が書記官を伴って颯爽と入ってくると、食堂のテーブルの奥に座った。その間に期待するような静けさが人々を包んだ。

陪審員団が宣誓を行い、検死官が簡潔に説示を行った。「遺体の検分をすませた陪審員団の義務は、提示された証拠に基づいて評決を答申することです。偏見に陥らぬよう留意し、提示される事実にのみ基づいて意見をまとめなくてはなりません。証人に質問したい場合は遠慮なく質問してください」

ガイが最初の証人として呼ばれた。「名前はガイ・デイヴィッドスン卿。住所はロンドンのストランド・オン・ザ・グリーン。年齢は四十二歳です。遺体を検分し、いとこのヘクター・デイヴィッドスン卿の遺体であることを確認しました。故人は自分より数か月年上で、次の誕生日に四十三歳になるはずでした。彼は四年前の父親の死によりブラットン屋敷の所有権を相続しました。生きている姿を最後に目撃したのは、ロンドンのアッパー・テムズ・ストリートの事務所でした。三週間以上前で、その時は、見た限り健康そうでした」

ガイの証言が終わると、エディスン医師が証人席に呼ばれた。年配のややせわしい様子の男で、時計の鎖をそわそわといじる癖がある。

「陪審員団に事件の経緯を明らかにするには、当面、死因に限定して証言していただくほうがよろしいでしょう、エディスン先生」と検死官は言った。「ほかの証人の証言を裏付ける必要がある際には、あとであらためて先生をお呼びいたします」

　エディスン医師はお辞儀をし、説明を始めた。「土曜日の真夜中から日曜の午前一時の間にブラットン屋敷に着きました。有蓋トラックに案内されると、荷台の中に故人の遺体がありました。遺体は荷台の隅でうずくまっていました。そんな狭いスペースで検視を行うのは無理でしたので、その場にいたデイ巡査に、遺体を家敷の中に運ぶのを手伝うよう指示しました。巡査の立会いのもと、遺体の検視を行いました」

　医師はひと息ついた。効果を見極めるのが実にうまく、人々は次の言葉にじっと耳を傾けた。「故人のオーバー、上着、チョッキのボタンがはずれているのに気づきました。胸部を開くと、見たところ、シャツの左側、心臓のすぐ上に丸い木製の玉が付いていました。そのすぐ下に血痕がありましたが、血痕はさほど広範ではありませんでした。玉を取ろうとしたのですが、びくともしませんでした。しっかりつかんでみると、玉には頑丈な針金が付いていました。針金は故人の遺体に突き刺さり、心臓を完全に刺し貫いていたのです」

　低いざわめきが室内に拡がり、検死官が、包んであった紙から出した物を見せるために陪審員団に渡すと、全員が立ち上がった。ハロルドが前列の男の肩越しに首を伸ばすと、その品がよく見えた。長さ七、八インチ（二十センチメートル弱）ほどの頑丈な鋼の針金だ。先端は細く鋭利に削られ、反対の端は直径二インチほどの装飾のない木製の玉に打ち込まれていた。要するに、この凶器は実に見事な小剣だった。

　検死官の質問に答えて、エディスン医師が説明した。「傷を調べたところ、その器具が故人の遺体に力を込めて突き刺されたとわかりました。この傷では即死です。シャツに付着していた血痕は想定内の出血量です。これほど細い凶器の場合、傷口にそのまま残せば大量出血にはならないでしょう。この凶器で刺されたことが故人の死因であることは明らかです。故人の遺体にはほかに傷はありませんでした」

次に、死亡時刻の質問に移り、エディスン医師が説明した。「遺体の検視を始めたのは日曜の午前一時二十分前です。その時点で遺体は完全に冷たく硬直していました。遺体は発見された荷台から動かしていないと聞きました。非常に寒い夜でしたし、荷台の中は隙間風にさらされていました。以上の状況を勘案すると、検視時に少なくとも死後三、四時間経過していたと確信しています」

「ご所見では、傷の位置と方向から見て、みずから加えた傷という可能性はありますか、エディスン先生?」と検死官は質問した。

「もちろんです」とエディスン医師は答えた。「それどころか、解剖学の知識が多少はある右利きの男が、同じ凶器で自殺しようと自分を刺せば、まさにこういう傷になったでしょう」

その時、陪審員の一人が立ち上がり、「ヘクター卿が荷台の中で眠っていたとしたら、誰かが卿を起こさずに服のボタンをはずすことはできたでしょうか?」と尋ねた。

エディスン医師は検死官に目配せし、「ヘクター卿がどの程度深く眠っていたかによりますね」と答えると、その陪審員は着席した。

ガイは思い出しながら、いとこは右利きだったが、解剖学の知識があったかどうかは知らないと証言した。

次の証人はチャーリー・ファーマーと名乗った。グレート・ウェスタン鉄道会社の従業員で、アンズフォード連絡駅のポーターだ。「さる土曜の夜は勤務日でした。八時五十一分にアンズフォード駅到着予定のロンドン発ウェイマス行きの列車が八時五十四分に着きました。故人が列車から降りるのを目にして話しかけました。故人の顔は知っていました。たまにアンズフォード駅で乗り降りされるお客様でしたので。その日以前に、故人がその列車でアンズフォード駅を降りるところは見た憶えがありません。ブルフォード駅には停車しない、一時三分にロンドンを出る列車で四時二分に到着されたことはありました。故人の切符を回収しましたが、パディントン駅とアンズフォード駅往復の一等切符の往路半券でした。

手荷物車両にケースがあるので車に運んでくれと頼まれました。車が来ていないと知った故人は激怒していました。ケースの中身は非常に価値のあるものだとおっしゃったので、トム・ホワイトのトラックを呼んではどうかと申し上げました。最初は抵抗されましたが、最後は同意を得ました。ケースを荷台に乗せるのを手伝い、リアドアから一番遠い前端に置きました。故人は荷台の中に乗ると言い張りました。ケースの上に座るのを最後に確認してから、トラックのリアドアを閉めました。トラックが駅構内から走り去るのを見送ったあと、仕事に戻りました」

エディスン医師に質問した陪審員がまたもや立ち上がり、「ヘクター卿はどんな状態でしたか?」と質問した。

ファーマーはそわそわと陪審員のほうを向き、「素面《しらふ》とは言えませんでしたね」と答えた。

「酔っていたのですか?」と陪審員はなおも問いただした。

「私に言わせれば、飲み過ぎというやつでした」とファーマーは答えた。

次の証人が登壇すると、傍聴人は色めき立った。トム・ホワイトだ。居心地が悪そうで緊張した様子だ。彼が登壇すると、検死官はすぐさま警告した。「あなたは、今のところ、生きている故人を見た最後の人物です。細かい点まで正確に証言してください」トムはこうして証言を始めた。

「土曜の夜九時五分頃、チャーリー・ファーマーが家のドアをノックしました。中に入れてやると、ヘクター・デイヴィッドスン卿が荷物と一緒に八時五十一分着の列車で到着したが、車が駅に出迎えに来てなかったという話でした。ヘクター卿をトラックでブラットン屋敷まで送ってほしいと頼まれました。気が進まなかったけど、ファーマーに説き伏せられました」

検死官が「気が進まなかった」とはどういう意味かと質問すると、ホワイトは答えた。「もちろん、ヘクター卿に媚びへつらいたいとは思わなかったんです。この法廷には、卿がおれを〝不当に〟扱ったことを知っている者が何人もいますよ。わざわざ卿に便宜を図ろうと思わなかったんです」

「それどころか、ずっとヘクター卿に意趣返ししてやりたいと思ってたよな」と陪審員の一人が言った。

「今の質問に答える必要はありません」と検死官が慌てて遮ると、そうだそうだと賛同の声が上がった。

ホワイトは見るからにホッとし、証言を続けた。「トラックで駅に行き、ヘクター卿とファーマーに会いました。卿はけっこう酔っているようで、ファーマーとおれにケースの価値を力説して、ひと財産入っていると明言しました。確かにケースはすごく重くて、百六十から百八十ポンドくらいありました。おそらく、ほぼ一・五ハンドレッドウェイト（約百六十八ポンド、約七十六・二キログラム）でしたね。外側に何かキラキラしたものが張ってあって、棒と大きな南京錠で蓋に閂がかけてありました。ちなみに、ケースを動かすと軋んだから、籠細工製だと思いました。

ファーマーと一緒にケースを荷台に乗せましたが、ヘクター卿はケースに付き添うと言い張りました。トラックのリアドアの留め金が修理不能で、安全のためにいつもドアを紐で縛っていたんです。卿も乗ってるので、ファーマーが出発前に紐で縛りました。闇夜でしたが、ライトはしっかり点いていたし、道を見分けるのには困りませんでした。車を停めたのは、アンズフォード駅を出てからブラットン屋敷の玄関に着くまでにただ一度だけです。私道の門を開けるためです。玄関に着いて、運転席から降りて呼び鈴を鳴らすと、キャノンが出てきてトラックのリアドアを開けました。キャノンは、ヘクター卿が荷台の前方左側の隅に座っているのを目にしました。ケースは消えていました」

この証言で法廷はかなりざわついた。ホワイトは検死官の質問に答えて詳しく説明した。「駅からブラットン屋敷まで約三十分かけて五マイル走りました。駅を出たのは九時十五分頃で、キャノンが玄関のドアを開けてくれた時、時計が十時十五分前を打つ音が家の中から聞こえました。エンジンの馬力が出なくて、ドルリー・ヒルを登るのに時間がかかりました。頂上に近づく頃には歩く速さになっていました。走行中、荷台からは何も聞こえませんでしたが、エンジンの音がかなりうるさかったので驚くことじゃありません。荷台の前端には木製の仕切りが全面にあって、運転席から荷台の中は見えません。そもそも荷台に窓はありません。中を見るにはリアドアを開けるしかないんです。ブラットン屋敷に着いてリアドアを開ける時、紐が緩んでいるのに気づきました」

再び証人席に呼ばれたチャーリー・ファーマーは、紐はしっかり縛ったと断言した。戦時中、海兵隊に所属していたし、自分ほど結び方を心得ている者はいない、リアドアを閉めた時、三、四インチほどの隙間があった、と。

この幕間のあと、ホワイトは証言を続けた。「アンズフォード村を抜けたあとは人を追い越しちゃいません。寂しい道なので、夜のそんな時間は人が少ないんです。車から降りて私道の門を開けるのに二分ほどかかったかな。その間、ヘッドライトの明かりが輝いていて荷台は見えなかったし、かけっぱなしのエンジンの音しか聞こえませんでした。呼び鈴を鳴らしてからキャノンが出てくるまで三、四分くらいだったかな。紐は緩んでいましたが、ケースが落ちてしまうほどリアドアは開いていませんでした。ヘクター卿が荷台に乗った時、卿のオーバーは間違いなくボタンがかかってました」

次に証人席に呼ばれたのはフレデリック・キャノンだ。キャノン夫妻はこの三年半、ブラットン屋敷の管理をしている。ほかに使用人はいない。人手が必要な時は、ブラットン村の人間を日決めで雇う。妻は料理人で、彼自身は執事兼運転手をしている。

「ヘクター卿は週末にブラットン屋敷に来られるのが習慣でした。お一人で来られることは滅多にありませんでした。ご自分の必需品は屋敷に十分置いてありましたので、荷物を持ってくることはありませんでした。通常は金曜、ロンドンを六時発の列車に乗り、ブルフォード駅で下車しておられました。一時半発の列車に乗ると、アンズフォード駅まで行ってしまいます。出迎えをご希望の際は、電報を打ってこられるのが常でしたが、先週はそんな電報は絶対届いていません。ですので、旦那様が来られるとは予想もしていなかったし、ホワイトからトラックの荷台に乗っておられると聞いて大変驚きました。

ヘクター卿がなぜアンズフォード駅まで行かれたのかはさっぱりわかりません。ブラットン屋敷は、アンズフォード駅よりブルフォード駅のほうが近いのです。それに、ブルフォード駅は大きな村の中心にあるので、タクシーが常駐しています。駅での出迎えの指示を事前になさらずにヘクター卿が来られたのは初めてです」

キャノンは続いて、トラックのリアドアが開いた時の様子を説明した。「あまりに衝撃的でしたので、中に留まって旦那様の遺体を調べることはしませんでした。どうすべきか、ホワイトと一緒にしばらく考えました。そのあと、ヘクター卿の車を出しに車庫に行き、ホワイトは玄関からトラックを見張っていました。車庫に行って車を出すのに十分ほどかかり、そこから一・五マイルほど離れたブラットン村まで車を走らせ、警察官を呼びに行きました。事情を話して車に乗せた警察官とともにブラットン屋敷に戻ったのは十時半頃でした。

警察官から、ブルフォードに行ってエディスン医師を連れてくるようにとの指示を受けました。もう一度車庫に行きましたが、ガソリンを給油しなくてはならなかったので少し時間がかかりました。ブルフォードの医師の家に着いた時は十一時を回っていました。呼び鈴を鳴らすと、医師は往診で外出しているが、すぐ戻ってくるかもしれないと言われました。外の車中で少なくとも一時間は待ちました。教会の時計が真夜中を告げた直後、医師が戻ってきましたので、ブラットン屋敷までまっすぐ連れて行きました。生きている旦那様を最後に見たのは二週間前で、週末にご友人の女性と一緒にブラットン屋敷に滞在された時のことです」

キャノンはいろいろ質問されて、酔ったヘクター卿を見たことは何度もあると認めた。「そういう時、ヘクター卿は言葉が乱暴になりがちでした。卿が自殺を考えていたとは思えませんし、敵がいたとも思えません。私ですら卿が来ることを知らなかったのですから、土地の者がアンズフォード駅八時五十一分着の列車で旦那様が来ることを知っていたとは思えません」

エディスン医師とデイ巡査は再び証人席に呼ばれ、キャノンの証言を可能な限り裏付けた。再び呼ばれたファーマーは、アンズフォード駅八時五十一分着の列車を降りて構外に出た乗客は確かに故人だけであり、ほかの乗客も駅で下車したが、全員、隣のトーントン線のホームに待機していた列車に乗り換えたと証言した。

再び証人席に呼ばれたガイは、いとこが自殺を考えるような理由は知らないと断言した。彼の知る限り、いとこの生活は順調だった。

証言はこれですべて終わった。検死官はハギンズ警視と熱心に話し込み、傍聴席にはひそひそと憶測や議論を交わす声が飛び交った。一、二分後、検死官は着席して居住まいを正し、陪審員団に説示を始めた。

「皆さんが招集されたのは、ヘクター・デイヴィッドスン卿の死亡状況を明らかにするためです」と検死官は言った。「証拠が示すように、この事件は多くの点で不可解です。はっきり証明されたことは、故人はアンズフォード駅からブラットン屋敷までの移動中に有蓋トラックの荷台の中で死亡したという点だけです。ファーマーとホワイトの証言は、出発時に故人が生きていたこと、キャノンとホワイトの証言は、到着時に死んでいたことを明らかにしました。その証言を疑う理由はなく、彼らは率直にありのままを証言しました。

さらに、彼らの説明は、医師の証言によりある程度裏付けられました。エディスン医師による死亡推定時刻は遺体検視時の三、四時間前、つまり、九時二十分前から十時二十分前の間という証言を皆さんはお聞きになりました。これは、トラックの移動に要した時間にあたります。死亡時刻を正確に推定するのはきわめて困難ですが、この事件では推定時刻は正しいようです。

しかし、証人たちの証言に基づき、移動中に何が起きたのかを陪審員団が判断するのはきわめて困難でしょう。選択肢は、ヘクター卿がみずからの手で自分を刺したか、何者かが刺したという二つだけです。出発時に荷台の中にあったとされるケースの消失は陪審員団の関知するところではありませんが、ケースの消失が故人の死と何か関係がある可能性は高く、ケースが発見されれば、事件を取り巻く状況に新たな手がかりをもたらすと思われます。警察は、その件については捜査中と報告しましたが、このような状況では、新たな証拠が得られるまで検死審問を延期すべきでしょう」検死官は故人の親族にお悔やみを述べて説示を結んだ。

陪審員団は短い協議のあと、この説示に同意し、検死審問は延期となった。

第七章　模型のケース

ハロルドは、ガイと合流するまで少し待たされた。「いや、すまん」ガイはようやく姿を見せると謝った。「ハギンズ警視が消えた模型のことを詳しく聞きたいと言うものでね。模型がどうなったかを突き止めれば、謎も解決できると確信してるのさ。私も同感だ。さて、〈クラウン〉で昼食を摂ってから午後の列車でロンドンに戻ろう」

一等車に乗ると、乗客は運よく彼らだけだった。移動中、ハロルドはガイと一緒に証言の詳細をおさらいした。ハロルドは検死審問の間メモを取っていて、そのメモと優れた記憶力を頼りに状況を正確に再構成した。「もちろん」とハロルドは締めくくりながら言った。「警察がどんな切り札を隠しているかはわかりません。ただ、警察の仕事はさほど難しくはないはずです。捜査対象はアンズフォード駅からブラットン屋敷までの移動に絞られますから。むろん、キャノンとホワイトが揃って嘘をついていれば別ですが」

「ああ、もちろん、それはあり得る」とガイは思案顔で答えた。「私は二人のことを知らない。ホワイトは、伯父の時代にはあの土地に住んでいなかったと思うし、キャノンは、いとこがブラットン屋敷を所有してから屋敷に来たんだ。トラックが屋敷に着いた時、ヘクターがまだ生きていたと言いたいのかね？　むろん、その答えもあり得る。プリーストリー博士は、この事件に関心を持ってくれそうかな?」

ハロルドは肩をすくめた。「なんとも言えませんね。事件の状況が博士の興味をそそるかどうかです。一緒に博士のところに行きませんか?」

「今夜は無理だ」とガイは答えた。「わかってほしいが、懸案が山ほどあってね。事業はすべて私が継承しなくては。弁護士と相談したり、ブラットン屋敷の課題を処理したりと、いろいろさ。だが、もちろん、プリーストリー博士が君から説明を聞いて、私に会いたいとおっしゃるなら、なんとか時間を都合してお伺いするよ」

こうしてハロルドは、一人でウェストボーン・テラスに戻った。プリーストリー博士は、彼が書斎に入ってくるとすぐ、「さて、ヘクター・デイヴィッドスン卿を殺したのは誰かね?」と訊いた。

「検死審問は延期になりました」とハロルドは答えた。「いやはや、妙な事件ですよ。メモは取りましたが――」

「今はいい」とプリーストリー博士は遮った。「夕食の前に筆記してほしい手紙が幾つかある。君の説明はそのあとだ。それに、お招きした客人もその説明を聞きたいと思うだろう」

客人は夕食の直前にやってきた。ロンドン警視庁のハンスリット警部だ。おそらくプリーストリー博士の犯罪学研究のことを承知しているただ一人の人物だろう。ハンスリットがロンドン警視庁で得た評価は、極めつけの難事件で教授から得た支援によるところが大きかった。教授はいつも自分の名前を極力表に出さないでくれと言っていた。

ヘクター・デイヴィッドスン卿の死が話題になったのは夕食後のこと。三人が書斎でくつろいでいると、プリーストリー博士がその話を切り出した。

「君が捜査中の事件を教えてくれるおかげで、私も頭脳の訓練をさせてもらう機会が多いよ、警部」と博士は言った。「今夜はそのお礼にお招きしたのだ。ヘクター・デイヴィッドスン卿が亡くなった事件は聞いているかね？　化学装置メーカーのデイヴィッドスン社の社長だよ」

「ええ、ある程度は。サマセット州の自分の敷地で亡くなったとか」とハンスリットは答えた。「詳しくは知りません。何か興味を惹く点でも？」

「まだよくわからない」とプリーストリー博士は言った。「最初耳にした時、興味深い事件かもしれないと思ってね。ともあれ、ハロルドが今朝開かれた検死審問を傍聴した。説明してくれるかね、ハロルド？」

　こう促されたハロルドは、昨夜《ゆうべ》ガイが車中で語ったデイヴィッドスン家のいとこ同士の関係から説明し、検死審問での証言の詳細な説明で締めくくった。プリーストリー博士とハンスリットは、時々口をはさんで細かい点を確かめた。ハロルドの説明が終わると、ハンスリットは彼を称賛した。

「実に明快で簡潔な説明だね、メリフィールド君」と警部は感心して言った。「まるで自分がブラットン屋敷に行ったかと錯覚するほどだ。ファーマー、キャノン、ホワイトという、その三人の話を信用していいなら、確かに妙な事件だね。君はどう思う、メリフィールド君？」

「正直、彼らの証言を総合すると信じ難いのですが、いずれも本当のことを話しているように思いました」とハロルドは答えた。「検死官も同様に受け止めていたようです。お話ししたとおり、検死官自身、敢えてそう言っていました」

「事実がその証言のとおりだと仮定して、君の経験から見て、どんな仮説があり得るかね、警部？」とプリーストリー博士は尋ねた。

ハンスリットは苦笑し、「それは私のほうが何度もお尋ねしてきた問いですよ、教授」と答えた。

「そのハギンズという警視は、この事件の担当者でしょうね。私が彼の立場ならこう言います。ヘクター卿はアンズフォード駅を出発した時は生きていて、ブラットン屋敷に到着した時は死んでいたのだから、その二地点の間の移動中に殺されたのは確かです。自分で刺したか、誰かに刺されたかのどちらかですね。証人の証言が事実なら、そこまでは否定できません。

さて、自分で刺した可能性を考えてみましょう。まず、服のボタンがはずれていたのが妙な点で、その結果、凶器が刺し貫いたのはシャツと下着だけでした。寒い夜に暖かくもないトラックの中で上着とチョッキのボタンをはずしたとは考えられません。したがって、これは刺殺しやすくするためだったと推測できます。いくら熟睡する人間が相手でも、殺人犯はそんなことをして被害者を起こすリスクを冒したでしょうか。あらためて傷の位置を考えてみましょう。確かに、眠っている相手を刺す一番自然なやり方は、背中から刺すか、首と肩の間から刺すことです。もし自分で刺したのではなく他人の手で刺されたのなら、被害者はその時眠っていたと考えられます。いくらエンジンの音がうるさくても、トラックの運転手に格闘する音や叫び声が聞こえたはずですよ。

ここまでは自殺説に有利ですね。ところが、動機がまったく見当たらない。仮に我々の知らない動機があったとして、なぜ荷台の中を選んで自殺したのか？　その動機はケースの消失と何か関係があるのか？　ヘクター卿は熟睡から目を覚まし、ケースが消えていると知り、その事実があまりに堪えがたく自殺しか残された道がなかったのか？　だとすれば、どこで凶器を手に入れたのか？　既に持っていたのか？　メリフィールド君の説明によると、ポケットに入れて持ち歩くような代物じゃない。以上の検討は、自殺説を反証するように思えます。

しかし、残念ながら、厄介な事実があります。ヘクター卿は大の酒好きで、アンズフォード駅から出発した時は明らかに酔っていました。荷台の中で振戦譫妄症の発作を起こし、途中でケースを外に投げ捨てて自分を刺したとも考えられます。その手の不可解な行動はよく耳にしますから」

教授は疑わしげに首を横に振り、「最後の仮説は、可能性はあるが公算は小さいね、警部」と言った。「ケースは大きくて重く、運転手に気づかれずに車から放り出すことはできない。それに、すぐにではなくても、日曜の早朝には発見されたはずだ。おそらく警察が捜索しただろう」

「では、その可能性は除外しましょう」とハンスリットは応じた。「殺人説を検討します。殺人犯がいたわけですが、トラック運転手のホワイトか第三者ですね。ホワイトには多少疑惑があります。彼はヘクター卿と仲が悪く、その事実は地元でもある程度知られていました。移動中はずっとヘクター卿と二人だけでした。出発前に凶器を用意してあったのかもしれません。移動中、車を停めてリアドアを開け、被害者を刺す機会は幾らでもありました。そのあと、ケースを道端に隠し、あとで回収するつもりだったのかも。

彼にはかなり不利な証拠があります。ヘクター卿と不仲だったことに加え、卿は彼のいる前でケースの中身の価値を力説していました。箱にはひと財産入っているという表現を、文字どおり大金が詰まっていると解釈したのかも。きっと地元警察はしばらく彼に嫌な思いをさせるでしょうね。私が地元警察の立場なら、彼を監視すべきだと考えますよ。ただ、わかっている事実からすると、彼は確実に無実です。ああいう男が、被害者の死体を携えてブラットン屋敷まで冷静に車を走らせるとは思えない。無学な殺人犯は必ず、本能的に死体を隠して逃げようとするものです」

「同感だ」と教授は言った。「心理学的に見て、ホワイトが犯人なら、その後の行動は説明がつかない。それに、検死審問で話したことよりもっとましな説明を考えただろう。だからこそ、その説明は真実だと思える」

「あとは、第三者の犯行という選択肢だけです」とハンスリットは続けた。「その人物は出発前に荷台の中に隠れることはできなかった。隠れていたら、ファーマーかホワイト、あるいはその両人に見つかったはずです。したがって、その男は移動の途中で荷台に乗り込んだに違いありません。さて、トラックのリアドアは移動中に開けられたことが裏付けられています。まず、ケースはドアを開けなければ消えるはずがありません。それに、ファーマーがアンズフォード駅で紐をしっかり縛ったはずなのに、ブラットン屋敷に着くと、ホワイトが紐が緩んでいるのに気づいたという事実もあります。ちなみに、ホワイトが犯人か共犯者だったら、その事実には言及しなかったでしょう。

さて、第三の人物が荷台に乗り込む機会が確実に二度ありました。最初はトラックがドルリー・ヒルを歩くペースで登っていた時。二度目はホワイトが私道の門を開けるために停車した時です。おそらく両方の機会を利用したのでしょう。最初の機会に荷台に乗り込み、二度目に出ていったのかも。その人物が紐をほどいて荷台の中に乗り込み、ヘクター卿を刺し殺し、ケースを運び出して紐を縛り直したのでしょう。運転手に気づかれずにできたはずですよ。丘を登っている時のエンジン音はおそらく凄まじかったでしょうし、門を開けている間、ホワイトはトラックから数ヤード離れていたはずです。

ところが、ここでケースが嫌でも視野に入ってきます。重さについては証言が一致しています。約一・五ハンドレッドウェイトと考えていいでしょう。アンズフォード駅で荷台に積み込むのに二人分の男手が必要でした。しかも、彼らは重い荷物を扱い慣れた男たちでした。その重いケースはどうなったのか？　考えられることはただ一つ。やったのは複数の男で、ドルリー・ヒルを登っている間とも考えられますが、おそらくブラットン屋敷の私道の門前で停まっている間にトラックからケースを運び出し、近くに隠しておいた車に運んだのでは。だとすると、痕跡が残るはずだし、地元警察も追跡できるはずです」

「その仮説は確かに可能性の範囲内だ」と教授は言った。「だが、多くの困難がつきまとう。まだ答えが得られない重大な疑問が一つある。ヘクター卿がまさにその列車でロンドンからアンズフォード駅まで移動する予定だと知っていた者は誰か？　その移動には奇妙な点が幾つかある。ファーマーの証言では、ヘクター卿はアンズフォード駅に到着した時、車が迎えに来ていると思っていた。キャノンの説明では、彼はそんな指示を受けていなかった。地元警察はブラットン郵便局を調べて、指示がなかったことを確認しているだろう」

「ヘクター卿はアンズフォード駅に着いた時、酔っていたことをお忘れなく、教授」とハンスリットは口をはさんだ。「車の出迎えなど指示していなかったのに、指示したと思い込んでいたのかもしれない」

「そうだな。だが、ロンドンから出発した時は素面《しらふ》だったはずだし、伝言を送ったとすればその時だろう」と教授は応じた。「ヘクター卿が酩酊状態でケースを詰めてブラットン屋敷に向かったとは信じられない。よく考えた予定の一部だったし、車に迎えに来させるという大切な手配を忘れるとは信じ難い。それに、なぜ卿はブルフォード駅ではなく、アンズフォード駅までの切符を買ったのか？ブラットン屋敷の近隣住民が、卿が八時五十一分にアンズフォード駅に着く予定だと事前に知っていたとは思えない。ロンドンにいる共犯者がヘクター卿の行動を監視していたというなら別だが」

「おお、それは確かにあり得ます！」とハンスリットは声を上げた。「光明が見えてきましたね。メリフィールド君の話では、そのケースには大切な模型が入っていたようです。そこで、模型の存在を知った者がケースを盗もうとした。ヘクター卿は監視されていて、土曜の午後六時発の列車でパディントン駅から出発するという予定がわかると、すぐに計画が練られた。サマセット州にいた連中がトラックを襲い、ヘクター卿を刺し殺して口を封じた。さて、そうは言っても信じ難い話ですね」

「そのとおりだ」と教授は辛辣に言った。「その模型に価値を見出すのは、デイヴィッドスン社の設計者であるローリーか、デイヴィッドスン社の競合社だけだ。化学装置メーカーの会社が、公道での強盗殺人計画を実行するために犯罪者一味を組織したとは考えられない。ほかの問題を別にしても、その模型を基にした特許出願をしようものなら、すぐに誰が犯人かばれてしまう。同じことは、ローリーが特許申請手続きをした場合にも当てはまる。君の仮説では、少なくとも二人の男の存在が必要になる。彼らはブラットン屋敷の近隣で、誰にも予見できなかった機会をつかむために待機していたことになる。繰り返すが、盗まれた模型は盗んだ者には価値がないのだ。

ヘクター卿の行動は、この事件の最も不可解な点だ。一見すると、アンズフォード駅からブラットン屋敷まで重い箱を自分で運ぶのは無理だとわかっていながら、そんな物を携えてアンズフォード駅まで行ったわけだ。なぜキャノンに自分の到着を知らせなかったのか？　なぜタクシーを簡単に拾えるブルフォード駅で降りず、アンズフォード駅まで行ったのか？　警部、これらの質問の答えを見つければ、ヘクター卿の死の問題を解く手がかりも示されるだろう」

「当人は死んでいるし、誰にも打ち明けなかったとすれば、それはかなり難しいでしょうね」とハンスリットは応じた。「警察官の立場として地元警察に同情をもって言わせていただければ、彼らがケースの消失という確実な手がかりを追っているのは正しいと思いますよ。ヘクター卿の死はケースの消失と直接関係があるに違いありません」

教授はしばらく何も言わなかったが、「ケースの消失がヘクター卿の死と関係があるかどうかはよくわからない」とようやく言った。「いくら値打ちのあるものだろうと、模型を盗むことが犯行の動機とは思えない。盗んだ者には価値がないし、ヘクター卿も、模型を失くしたからといって、取り戻そうともせずに自殺する気になるとは思えない」

「そうだ、思いつきましたよ！」とハロルドが不意に声を上げた。「ローリーが、ヘクター卿が模型をブラットン屋敷に持っていく予定だと知り、その機会に模型を盗もうとしたのだとしたら？　彼が何を考えたかわかりますよ。自分を解雇した相手への復讐です。模型と図面がなければ、デイヴィッドスン社は発明を進められない。復元できるのはローリーだけです。ケースとその中身を破棄すれば目的は果たせるわけです」

「一理ありそうだね、メリフィールド君」とハンスリットは言った。「ローリーはもっと早い列車で近隣に行き、道に隠れていたのかも」

「土曜の彼の行動はおそらく追跡可能だろう」とプリーストリー博士は言った。「だが、ヘクター卿を殺すという極端な行動に出るだろうか？　それに、目の前を通りかかったトラックの中にケースがあると、どうやって知ったのかね？　この二つの問いに答えなければ、ローリーを告発する論拠は得られない。だが、さっきの話に戻ろう。この事件は、いわば、これまでのところ見方を間違えてきた可能性も否定できない。土曜夜の事件の主な目的はヘクター卿の殺害であり、ケースの消失は殺害の結果だという可能性もある」

「その可能性は警察にはさほど役に立ちませんね」とハンスリットは言った。

「役に立つどころか、問題の解決が難しくなるばかりだろう」とプリーストリー博士は応じた。「だが、この可能性は別の捜査の方向性を示唆している。ヘクター卿の死を望んだ者は誰か？　卿のいとこがハロルドにほのめかしたことから考えても、多くの人間が彼の死を喜んでいるようだ。私生活の評判は悪かったし、卿には我々の知らない敵がいたのかもしれないが、私生活を別にしても、卿の仕事ぶりを検討すべきだ。いとこが跡を継いで、デイヴィッドスン社は上から下まで皆が喜んでいるはずだ。卿はきわめて不人気のようだね。それどころか、こう言ってよければ、卿はまさに殺人の標的にふさわしい人物だった」

「なぜか地元警察はその線の捜査は進めていませんね」とハンスリットは言った。「彼らにすれば、ヘクター卿はブラットン屋敷の持ち主で、時おりそこに滞在する人だったにすぎません。私の勘違いでなければ、警察は地元で起きた犯罪と捉えて対応するでしょう。とはいえ、私は地元の新聞にしかと目を通して、捜査の成り行きを見守りますよ。行方不明のケースが見つかれば、何か手がかりが出てくるかもしれません」

プリーストリー博士はしばらく何も言わなかった。ようやく口を開くと、今までにない真剣な口調で言った。「警部、今夜ここにお呼びしたのは、これまでに明らかになった事実をあらためて偏見なしに聞いてほしかったからだ。この事件には尋常ならざる側面があり、ヘクター卿の死の問題は容易に解決できないと確信している。事件を解決するのが警察の仕事なら、最初からロンドン警視庁の最高の頭脳を投入すべきだ」

ハンスリットは肩をすくめ、「我々にはどうにもできません」と応じた。「教授、ご存じのとおり、我々は地元警察の求めがない限り、この事件に口出しはできません。彼らは今回の事件を実に簡単な仕事だと考えているし、他人に逮捕の名誉を譲ろうとは思わんでしょう。彼らが失敗し、地元の世論が声を上げれば我々に声がかかるでしょうが、その頃には一週間前のパンみたいに手がかりはみんなカビが生えちまってるでしょうね」

プリーストリー博士は顔に失望の色を浮かべ、「それはわかっている」ともどかしげに言った。「英国人とは奇妙な国民だ。犯罪を暴くために精巧で効率的な機構を作りながら、意図的にその活用に制約を加えている。残念なことだ。この事件は実に魅力的な問題だと思うだけにね」

「既に何か仮説をお持ちなのですか、教授？」とハンスリットはすぐさま尋ねた。

「だとしても、話すつもりはない」とプリーストリー博士は答えた。「推測に基づく仮説は無価値だ。バラバラの手がかりは、一つひとつを徹底的に検証した時、はじめて有用になる。今の我々にはそうした検証の手段がない。だが、説明のつかない細かい点がある——そう言えば警部、先日、ガリフォード事件のことを話していたね。何か進展はあったかね？」

プリーストリー博士は、ヘクター・デイヴィッドスン卿の死の話題には戻りたくないという意思表示をし、ハンスリットは少ししてからいとまごいをした。

第八章　ハンスリット警部、戸惑う

その後十日間、ヘクター・デイヴィッドスン卿殺害事件に関する新たなニュースはなかった。ハギンズ警視は近隣の捜索に取りかかった。その目的は二つ。行方不明のケースの追跡と、犯行当日の夜に近隣に潜んでいた者の手がかりの追求だ。「不審者」をことごとく尋問したが、満足のいく結果は得られなかった。地元の微罪初犯者や密猟者なども厳しい取り調べを受けたが、全員、事件とは無関係だと明らかになった。

例によって虚報があった。日曜朝の夜明け前、ある農夫がアンズフォード駅とブルフォード駅の間の線路沿いを急ぎ足で歩く男を目撃した。結局、その男は夜勤から帰る途中の信号士とわかった。長身の乗り手用に調整され、製造番号がきれいに削り落とされたほぼ新品の自転車が、クラヴァートンとバースの間にあるケネット・エイヴォン運河で見つかった。場所はブラットンから二十四マイル（約三十九キロメートル）ほどのところだ。例のケースを自転車に乗せてこれほどの距離を走れるとは考えられず、この手がかりもさほど役に立たなかった。

事件の一週間後、みすぼらしい身なりの浮浪者がホルトン警察署にやってきて、知っていることがあると謎めいたことをほのめかした。

ハギンズは既に懐疑的になっていた。その男に細かく質問し、興味深い事実を聞き出した。曰く、ブラットンがどっちにあるのか知らない、卿の命を奪った銃声を聞いた、十一月四日土曜の夜はサセックス州の浮浪者収容室で過ごしていた、と。警視はこれを聞き、男を警察署から叩き出した。

延期されていた検死審問は、これ以上再開を遅らせるわけにいかなかった。陪審員たちは十六日木曜に召喚され、こんなこともあろうかと常に備えていたハロルドは、傍聴せよとの指示を受けた。彼はガイに連絡し、二人は再び一緒にブラットンに向かった。

「事務所の仕事が忙しくて、事件のことを考える余裕がほとんどなかったよ」とガイはハロルドの問いに答えて言った。「プリーストリー博士は、私がお伺いしないものだから、失礼なやつだと思っているだろうね。うまく状況を説明してくれるとありがたいな。寸暇を惜しんで途切れた仕事を再開させようと努めてきたんだ。この四年間、私の与《あずか》り知らぬことがいろいろ起きていたよ。博士はいとこの死について何の仮説も立てていないのかね?」

「今のところはそうです」とハロルドは慎重に答えた。「博士は事実をすべて把握した上で仮説を立てることを好むのですよ。それで、新たな事実が判明するかもしれないから、今日、傍聴してくれとぼくにおっしゃったんです」

再開した検死審問は、六日に行われた検死審問の繰り返しにすぎなかった。ホワイトは質問攻めにされたが、当初の証言は微塵も揺るがなかった。警察に新たな証拠はなく、具体的な手がかりを見つける期待はとうに捨てていた。ハギンズ警視は、内心ではすっかり嫌気がさしていて、これ以上の骨折りは御免とばかりにそれとなく自殺説を示唆した。

陪審員団は退席し、活発な議論を始めた。彼らは金にもならぬこんな審理で時間を割くほど暇でもなく、再度延期にはしたくなかった。彼らの中には、警視の見解を受け入れて、ヘクター卿が自分の手で刺したと答申してはどうかと言う者もいた。とはいえ、いまだ良心的な陪審員たちは、ケースがきれいに消えてなくなったことは、ホワイトが乗客の死に気づいてケースをせしめたのでない限り、自殺説と矛盾すると指摘した。陪審員団は皆、ホワイトは正直な男だとの印象を受けていたので、そんなことをするはずがないと考えた。ようやく合意に達して食堂に戻り、「一人または複数の未知の人物による謀殺」という評決を答申した。

ガイとハロルドは審理終了後に顔を合わせた。「評決は正しいと思う」とガイは言った。「ヘクターが自殺したとは信じられない。自殺するはずがないよ。事業は少しずつ下り坂にあったが、彼の目の黒いうちは続いただろうし、彼にはそれで十分だったはずだ。それに、あの新しい発明品は、目覚ましい成果を上げただろう」

「でも、図面や模型が消えてしまったのでは?」とハロルドは尋ねた。

ガイは肩をすくめ、「対応が数か月ほど遅れるだけだ」と答えた。「ローリーは、私が慰留して会社に留まってくれたし、既に仕事を立て直し始めている。幸い、彼には素晴らしい記憶力があるし、設計内容の大半は彼の頭の中に残っている。むろん、特許局に仮出願書を提出する者がいないか目を光らせているが、盗んだ図面を基に出願して馬脚を現す者がいるとは思えない」

ガイはブラットン屋敷に一、二日滞在する予定だったため、ハロルドは一人でロンドンに戻ることになった。いとこの死はガイに大変な重荷を負わせていた。いまやデイヴィッドスン社の舵取りをすべて担っているだけでなく、いとこの最も近い親族として遺品整理もしなくてはならない。遺言書はまだ出てきていない。弁護士は遺言書が作成されたとは聞いておらず、ガイは事務所でいとこの私文書を探したが、やはり出てこなかった。ブラットン屋敷のどこかにある可能性もまだ残っている。

ハロルドが評決を伝えると、プリーストリー博士は期待で目をきらめかせ、「ごく平凡な田舎の陪審員団がそこまで健全な分別を働かせるとは驚きだね」と言った。「彼らは正しくも、その警視にごまかされなかった。これで、その『一人または複数の未知の人物』を探し出すことが警察の仕事になった。サマセット州の警察はもう万策尽きたのではないかな。これで彼らがあるべき対応をすることを切に願っているよ」

夕食の間、教授はずっと落ち着きがなく苛立たしげな様子を見せたが、望む結果がなかなか出てこない時にこんな様子を見せる。ハロルドも居心地が悪かったが、十時になる直前に玄関ホールの電話のベルが鳴った。ハロルドが電話に出ると、ハンスリットの声が聞こえた。

「メリフィールド君だね？　こんばんは、ハンスリットだ。教授をお訪ねするには遅すぎるかな？」

「大丈夫です」とハロルドは答えた。「でも、今夜は不機嫌ですよ」

「のるかそるかだな」とハンスリットは明るく言った。「どうしても今夜お伺いしなくては。タクシーですぐに向かうよ」

ハロルドが警部の話を伝えると、教授は唸り声を上げ、「無駄話をしに来るのでなければいいが」と厳めしく言った。「私は中断できない重要な作業を抱えている。机の一番下の引き出しに入れておいた書類の要約を明日中に作成してくれたまえ」

とはいえ、ハンスリットが来ると、教授はそれなりに温かく迎え、「さて、警部」と言った。「こんな遅くに来られるとは、大事な用件なんだろうね？」

ハンスリットはニヤリとし、「大事かどうかはわかりませんが、ご興味を持っていただけると思いますよ、教授」と答えた。「再開されたヘクター・デイヴィッドスン卿の検死審問で、謀殺の評決が答申されたことはご存じですね？」

「傍聴したハロルドから報告を受けたよ」と教授はきっぱりと言った。

「今夜、警視監が警察署長から依頼を受けましてね」とハンスリットは勝ち誇ったように続けた。「地元警察は行き詰まったことを率直に認め、ロンドン警視庁の協力を要請しています。警視監は要請を受け入れ、この仕事に私を派遣すると決めました。明朝の始発列車で現地に向かいます」

プリーストリー博士は一瞬目を輝かせ、「それはよかった、警部」と言った。

「さて、教授、お伺いしたのは、先日この事件について議論しましたので、出発前に何かヒントでもいただければと思いましてね」とハンスリットは続けた。

「ほう！」とプリーストリー博士は声を上げ、雇い主の声の抑揚をすべて心得ているハロルドは、博士が再びあらん限りの知恵を絞るべき問題に取りかかったと悟った。

「全力を尽くして協力させてもらうよ」と教授はひと息ついてから続けた。「だが、その前に、君の計画を正確に知りたいね」

「ブルフォードに行き、先日、メリフィールド君から教えてもらった宿に泊まります」とハンスリットは応じた。「それから、当然ですが、まずはハギンズ警視と話します。あとは自分の考えに従って捜査を続けますよ」

教授はもどかしげな身ぶりをし、「失礼だが警部、君の計画は時間の無駄としか思えない」と言った。「地元警察が手を付けていないことがあるとは思えない。彼らが管轄区内で手がかりを見つけられなかったものを、君が見つけられるとは思えない。彼らは地元の情報に通暁しているが、君では上っ面の情報でも何か月もかけないとわからないだろう。彼らの集めた情報を必ず入手してほしい。彼らには些末に見えることでも、君には意味が見出せるかもしれない。だが、君が捜査すべき真の場所は、サマセット州ではなく、ロンドンだ」

「ええ、おそらくは」とハンスリットは応じた。「でも、どのみち殺人はサマセット州で起きたのだし、まずは現場に行かなくては」

「判断するのはあくまで君だ」とプリーストリー博士は言った。「殺人が起きたのがサマセット州だったとしても、計画が立てられたのは確実にロンドンだ。私が捜査の担当なら、まずは被害者がその前の数日間どんな行動をしていたかをつぶさに調べる。たとえば、土曜に彼が事務所を出たのは何時か？　午後は六時発の列車に乗るまでどこにいたのか？　答えを要する同様の問いが幾つもある」

「なに、思っておられるほど私どもは眠りこけてはいませんよ、教授」とハンスリットは勝ち誇るように答えた。

「殺人の通報を受けてすぐ、ハラウェイという市警察の若い巡査が情報を提供しに来たそうです。彼はその日の午後、アッパー・テムズ・ストリートを巡回中で、ヘクター卿が五時十五分に事務所から出て、タクシーを拾うのを目撃したそうです。卿はタクシーを事務所の前まで来させ、運転手に手伝わせてケースを積み込んだそうです」

「その巡査は、ヘクター卿の顔を知っていたのかね？」とプリーストリー博士は聞いた。

「いえ。でも、彼はたまたま事務所のドアの奥に見えた社名を憶えていたんです」とハンスリットは答えた。「検死審問の記事を読んで、すぐにそれがヘクター卿だったと気づいたわけです。死者の写真を見せると、すぐに卿だと識別しました」

「当然そうだろう」と教授は不機嫌そうに言った。「そんなものだ。何気なく目にした男の写真を見て識別したと言っても、そんな証言はほとんど無価値とは思わないかね、警部？」

ハンスリットは苦笑を抑えた。プリーストリー博士は機先を制されて明らかに気に食わなかったのだ。「ええ。ただ、この場合、その男がヘクター卿であることは間違いありません」とハンスリットは答えた。「タクシーの運転手はすぐに見つかりました。彼はその件を憶えていて、パディントン駅まで走って運賃を貰ったそうです。駅のポーターは、タクシーからケースを降ろしたのを憶えていて、六時発の列車の一等車室にヘクター卿が入るのを見たそうです。これで、その男が誰かという疑念は消えました。ヘクター卿の顔を知る食堂車の係員は、その男が卿だと気づきました。ちなみに、彼によると、ヘクター卿は夕食前に既に聞《き》し召《こ》していて、食堂車ではウィスキーをガブガブ飲んでいたそうです。アンズフォード駅のポーターが目にした卿の状態もそれで説明がつきます」

「そうか、お見事だ、警部」とプリーストリー博士は穏やかに言った。「実に興味深い。だが、そうなると、問題は数時間前の出来事に遡るだけだ。ヘクター卿は、土曜の昼休みから五時十五分まで何をしていたのか？　その間ずっと事務所に一人でいたのか？　だとすれば、何をしていたのか？　これらの問いは非常に重要だと思う。その答えは、おそらく事件の最も不可解な側面に光を当てるだろう」

「その側面とは何ですか、教授？」とハンスリットは興味深そうに尋ねた。

「ヘクター卿がこれらの模型や図面をブラットン屋敷に運ぼうとした動機だ。本当に運ぶつもりだったとしてだが」とプリーストリー博士は答えた。「そのケースにデイヴィッドスン社の事務所から消えたとされる品々が入っていたとは立証されていない。ファーマーとホワイトが説明したケースの特徴は、土曜に事務所から消えたとされるケースと一致している。二人が見積もった重さも、行方不明のケースとほぼ同じだ。このため、ケースがホワイトのトラックから消えた時、その中に行方不明の品が本当に入っていたと誰もが思い込んでいる」

「その点に疑問の余地はないでしょう」とハンスリットは言った。「一致する点は、無視できぬほどたくさんあります。それに、行方不明の品がケースに入れて持ち去られたのでないとしたら、今どこにあるんです?」

「それはわからない」と教授は答えた。「とりあえず、ヘクター卿が模型と図面をケースに詰めて、ブラットン屋敷に運ぶつもりだったとしよう。土曜の午後五時十五分に急にその気になったのではなく、きっと最初から意図した行動だったという点に異論はないね?」

「もちろんです」とハンスリットは頷いた。

「パディントン駅まで車で行った時のヘクター卿の状態について何か証言は?」と教授はなおも問いただした。

「その質問は確かにしましたよ」とハンスリットは答えた。「タクシー運転手のハラウェイとパディントン駅のポーターは、卿が素面《しらふ》だったと口を揃えて言っています」

「では、予定した行動で、意識もしっかりしていたのなら、なぜキャノンに到着を事前に知らせなかったのか?」と教授は言った。「先日も言ったが、それがこの事件の妙な点の一つだ。繰り返すが、ケースをブラットン屋敷に運んだ動機は何か? 模型や図面を屋敷でどうするつもりだったのか? ローリーに手が出せないように運び去ったとも考えられる。だが、それならロンドンのどこか、たとえば銀行に預ければ、もっと簡単かつ安全に目的を果たせたはずだ」

「そんなに重要なことですかね」とハンスリットは応じた。「運んだ事実も、その途中で殺された事実も変わりませんよ。運んだ動機はどうでもいいことでは」

教授は不意に苦笑し、「警部、我々にはそれぞれのやり方がある」と言った。「私がこの事件を捜査するなら、まずヘクター卿の関係者をすべて洗い出す。その一人、いとこのガイ・デイヴィッドスン卿とは、君はどのみち顔を合わせる機会がある。ハロルドの話では、今、ブラットン屋敷に滞在しているそうだ」

「彼から得られる情報がさほどあるとも思えませんね」とハンスリットは応じた。「彼がメリフィールド君に話したところでは、いとことは三週間会っていなかったとか」

「うむ。いとこ同士の関係は良好ではなかったようだ」と教授は頷いた。「だが、彼と話をする値打ちはあるだろう。ところで、どのくらい現地に滞在するつもりかね?」

「なんとも言えません」とハンスリットは答えた。「その点では、あなたの助言に従いますよ、教授。月曜までに何も成果がなければ、ロンドンに戻ってやり直します」

ハンスリットは、明朝早くに出発しなくてはと釈明してすぐに立ち去った。警部が去ると、プリーストリー博士はブラットン屋敷周辺地区の大縮尺の測量地図を持ってくるようハロルドに指示した。博士は地図を机の上に広げ、しばらく黙々と調べた。

「地図からすると、ブラットン屋敷は緩やかな起伏のある牧草地の中にある」とようやく言った。「近くに小さな森が幾つかあり、大きな雑木林があって屋敷そのものは道からは見えない。そうだね?」

「そのとおりです」とハロルドは答えた。「屋敷はかなり高いところに建っていて、南側の景色が見渡せます。屋敷に続く道は見通しがいいのですが、森の中を抜けるドルリー・ヒルの道は別で、高くて険しい崖に挟まれています」

「私がよくわからないのは、そのケースをどう始末したかだ」と教授は言った。「証人は皆、ケースの重さと大きさについて同じ証言をしている。三人以上の男がケースの持ち去りに関与していたとは考えにくい。人数が多くなれば、確実に人目を惹いたはずだ。だが、男二人では、長距離を一・五八ンドレッドウェイトの物を運ぶことはできまい。車両を用意していたとも考えられる。だが、車両をどこに隠せたのか？　いや、車両を隠してあったという仮説は捨てなければなるまい」

プリーストリー博士は指先を合わせ、暫し黙ったまま天井を見つめた。「むろん、可能性はもう一つある」とようやく言った。「ケースは都合のいいドルリー・ヒルで荷台から降ろし、その場ですぐに開けたのかもしれない。一つひとつの模型は比較的軽くて小さく、ウサギの穴などに難なく隠せただろう。ケースそのものは籠細工だから、解体して部材を同じように隠すか、持ち去って焼却してもいい。それなら残るのは図面だけだし、おそらく本当に重要な情報が含まれているのも図面だろう」

「図面はオーバーの内側に、体に巻いておくこともできますね」とハロルドは熱を込めて言った。

「そのとおりだ」とプリーストリー博士は賛同するように言った。「だとすれば、単独犯という可能性もある。そんな男を探すとなれば、かなり絞り込めそうだな。その男は図面の存在も、ケースに入っていることも知っていた。ヘクター卿があの列車で移動する予定だったことも知っていた。土地も熟知していたし、自分の車ではなく、トラックで移動することも知っていたわけだ。だが、これらの条件を満たす者を見つけるのはかなり難しいだろうね」

ハロルドはちょっと考えると、「ローリーというやつが条件を満たす唯一の男のようですね」と言った。「そうですよ。すべてはヘクター卿に報復するローリーの計画だったとしたら？　何か手を使って、ブラットン屋敷にケースを運ぶようヘクター卿を唆《そそのか》した。ヘクター卿は同意し、キャノンに送る電報をローリーに託した。だが、彼は電報を送らなかった。そうすれば、アンズフォード駅に到着した時、ヘクター卿がホワイトのトラックに乗るしかないことを知っていたからです。それから、ローリーは先に現地に行き、ドルリー・ヒルで待ち伏せした。こう考えれば、キャノンに電報が届かなかったのも説明がつきます」

プリーストリー博士は首を横に振り、「見事な説明だが、推測が過ぎる」と言った。「ブルフォード駅ではなくアンズフォード駅に行くようにと、どうやってヘクター卿を説き伏せたのか？　卿が助手席ではなく、荷台の中に乗って移動すると、どうやって知ったのか？　これで君にも、ハンスリットにロンドンで捜査を始めるべきだと言ったわけがわかるだろう。おや！　もう深夜過ぎだ！　就寝の時間だね」

第九章　ストランド・オン・ザ・グリーン

　翌朝、プリーストリー博士はしばらく戸外で過ごしたいと告げ、「この時期にしてはよく晴れた日だ」と言った。「乗り合いバスのルーフ席に乗ろうじゃないか。十二時頃に出発して、どこでも好きなところで昼食を摂ればいい。終日屋内で作業したから、いい気分転換になるだろう」

　ハロルドは、教授が明確な理由もなしに書斎を離れはしないことを知っていて、なんとか苦笑を抑えた。雇い主が何を考えているかはわからないが、ヘクター・デイヴィッドスン卿の死と関係のあることだろうと抜け目なく見当をつけていた。しかし、外出してウェストボーン・テラスの角で二十七番線のバスのルーフ席に乗り、西に向かい始めても、初めのうちはそれがどんな目的なのか見当もつかなかった。

　キュー・ブリッジで下車して、ようやくハロルドはプリーストリー博士が何を考えているのかわかった。雇い主が川へと向かう短い通りを左に曲がると、ハロルドは黙々とあとに続いた。そこから数百ヤード歩くと、ストランド・オン・ザ・グリーンに出た。

　ストランド・オン・ザ・グリーンは、ロンドンの中でも目立たない一角だ。意欲的なジャーナリストがたまに〈発見〉するが、すぐにまた忘れられてしまう。小道と川の土手があり、家がずらりと並ぶが、どの家も古く、大きさもまちまちだ。小道は川に沿って伸びているが、その大半は潮が満ちると水没し、潮が引くと柔らかいドロドロの泥土になる。小道沿いに家が並び、玄関は川からせいぜい数ヤードしか離れていない。水位が異常に上がると、水が小道から溢れ、住人たちは玄関への浸水を防ぐため、小型の堰堤を築くことを余儀なくされる。家と家の間にはしけを組み立てる小さな場所がある。ここで組み立てたはしけを小道を越えて川に浮かべる様子は、住人たちの平穏な生活の目印でもある。

ストランド・オン・ザ・グリーンは確かに平穏な場所だ。小道や川もみな跨いでいく醜い鉄橋も、この場所の静穏さを妨げることはない。リッチモンド行きの乗客を乗せた電車が頭上をガタガタと唸りながら走っていくが、それはストランド・オン・ザ・グリーンとは無縁の別世界のようだ。このほぼ人目につかない一角は、ある意味、小型の港だ。独自の税関所があり、荷を積んだはしけが小道沿いに並んでいたり、川に係留されていたりする。時おり、下流から曳き舟が現れると、あれこれ操作したり、声が上がったりして、次々とはしけを係船所につなぎ、別のはしけをどこか未知の行き先へと曳いていく。海かと思わせる幻想の仕上げに、ストランド・オン・ザ・グリーンの男たちは皆、漁師用長靴と青いジャージを身に着けている。

プリーストリー博士とハロルドは、家並みにちらちらと目をやりながら小道を黙々と歩いた。小道は木立の下にベンチのあるところが突き当たりで、二人はここで一瞬立ち止まった。

「ガイ・デイヴィッドスンの家は、きっと途中にあったあの大きな家だね。ウィスタリアで覆われている家だ」と教授は静かに言った。「上の窓にレトルト（化学実験に用いられるガラス製の蒸留器具）が並んでいるのが見えた。彼がブラットン屋敷に移ったのが残念だね。せっかくここまで来たのだから、ロンドンにいるのなら訪ねたかった」

「こんな時間に家にいるとは思えません」とハロルドは言った。「日中はきっと事務所でしょうし、昼食のためにわざわざ戻ってくるとも思えませんが」

「おそらく君の言うとおりだ」と教授はぼんやりと頷いた。「〈ファルコン〉の厄介になるしかないね。ほら、家の隣の建物さ。そこまで戻って、パンとチーズを出してくれるか確かめよう」

〈ファルコン〉は静かな小さい酒場で、砂を敷いたバーがあり、男たちが数人、黙々とジョッキのビールを飲むという厳かな儀式を行っていた。店主は、酒場を開く前は船乗りを生業にしていたようで、教授の求めに快く応じた。

「承知いたしました。すぐにパンとチーズを二人前ご用意いたします」と主人は言った。「こちらに来られませんか？　心地よい暖炉の火がありまして――」

主人はバーから出て小部屋に案内した。白いモミ材のテーブルに長椅子が二つあった。長椅子の一つに胴付長靴を履いた男が二人座っていた。二人の前には新聞紙が広げてあり、そこに大きなパンと冷肉が載っていた。彼らは真っ黒なジャックナイフで食べ物を切り、一口ほおばるごとにジョッキのビールを飲んでいた。

「おはよう」と教授は部屋に入りながら礼儀正しく言った。

二人の男は顔を上げて頷いた。「おはようさん」と一人が言った。「この季節にしてはいい天気だね」

「うむ」と教授は愛想よく頷いた。「いい日差しなので、こちらの川を見たくなってね」

「ほう、すると土地のもんじゃないんだね？」と船乗りは尋ねた。「どうりで見覚えのない人だと思ったよ。この時期によそもんに会うことはめったにねえ。小型ボートが浮かぶ夏なら別だが」

「以前にも来たことがあってね」と教授は応じた。「実はこの辺りで家を借りたいと思っているんだ。同じロンドンでもずっと静かなのでね」

「ああ、確かに静かだ」と船乗りは言った。「だが、家を借りるのはどうかな。貸家はそう多くねえし、大半は旦那のような人には向いてないよ。あっという間に借り手がついちまうし。だろ、アルフ？」

相棒の男は、そう聞かれると、何か聞き取れないことをつぶやき、船乗りはこれに促されて話を続けた。

「ほれ」と肩越しに親指を差し向けた。「あの隣の家を借りたらいい。もっとも、時々少し浸水するが、それが気にならなけりゃ悪くない家さ。来年の三月で四年になるが、あの家の持ち主は死んだんだよな、アルフ？」

アルフはずっと口をもぐもぐしながら、そのことを考えていたが、「ああ」とようやく長靴の中から聞こえてくるような声で答えた。「次の三月で四年になるよ、ボブ。葬式があったのを憶えてる」

「ああ、あの家はすぐに賃借人が入った」とボブは得意げに続けた。「あの方が来てすぐに借りたのさ。立派な紳士だよ、あの方も。きっと聞いたことがあるだろう」

「ほう？　その方の名は？」と教授はさりげなく言った。

「デイヴィッドスンさんだよ」とボブは謎めかすように答えた。「もっとも、今はガイ卿だがね。二週間前、あの田舎で殺されたのはいとこのほうさ。新聞で読んだだろ？」

「ああそう、名前を思い出したよ」と教授は言った。「すると、ガイ・デイヴィッドスン卿が隣の家の住人なのかね？」

「ああ、そうさ。だろ、アルフ?」とボブは答えた「実に立派な紳士だ。そう、信じてもらえないかもしれねえが、この部屋であの方と話したんだ。今こうして旦那と話してるようにね。気取ったところなんてかけらもありゃしねえ。ここに座って一緒にジョッキを飲んだのさ。先々週の日曜におれが岸辺にいると、お巡りさんがあの方のいとこが殺されたって知らせを持ってきてね。あれがデイヴィッドスンさんの家かと聞かれたのさ」

ボブは不意に、こうした階級の人間がセンセーショナルな事件にちょっとでも関わりを持つと見せる勿体ぶった態度になった。プリーストリー博士は、ボブが説明したくてうずうずしているのを察し、テーブルをトントンと叩いて店主を呼ぶと、船乗りのジョッキのお代わりを注文した。

「すまんね」とボブは酒が来ると言った。「旦那とお連れの方のご健勝を祈って乾杯。さて、話の続きだが、お巡りさんが来て、あれがその家だと教えると中に入っていったよ。少しして、今度はデイヴィッドスンさんと一緒に出てきて、何かあったなと思ったね。こいつにもそう言ったんだ。だろ、アルフ?」

「ああ、そうだったな」と寡黙なアルフは面倒くささそうに答えた。

「まあ、翌日かその次の日かに新聞を読んで、何が起きたかはわかったけどな」とボブは続けた。「今にして思えば、そんなことが起きてるとデイヴィッドスンさんが知ってたら、あの土曜、あれほど精力的じゃなかっただろうよ」

「すると、土曜に彼に会ったのかね?」と教授は促すように訊いた。

「会ったどころじゃねえ!」とボブは声を上げた。「なに、あの方はあの日ずっとこの辺にいたのさ。最初に目にしたのはここのバーだった。十一時頃だったな。〈プライド・オブ・サリー号〉の綱を解いて出航させたのは何時だっけ、アルフ?」

「そいつが川に浮かぶのを曳き舟が待ってたな。半潮になるまで泥から浮かばなかったのさ」とアルフは答えた。

「満潮になったのは一時半だ」とボブは続けた。「十時半頃には浮かんでたはずだな。アルフとおれは〈プライド・オブ・サリー号〉を出航させたあと、ここに来たんだ。おれがまだジョッキを飲み干さねえうちにデイヴィッドスンさんが入ってこられた。あの方は朝からよく来るんだ。旦那方と同じでパンとチーズがお好きでね。家で自炊するより、ここに食べに来るほうが楽だとよく言ってたよ」

「使用人は置いていないと?」とプリーストリー博士は驚いた様子で言った。

「まあ、いわゆる常雇いの使用人じゃないのさ」とボブは答えた。「家ん中を女にうろうろされるのは嫌なんだとか。あの方はいわば化学者でね。店を構えて、ウィンドウに色付きの瓶を並べるようなやつじゃない。あの家に閉じこもって、自分で試験とか発見とかをするのさ。おしゃべりな女どもに大勢うろつき回られて、瓶をひっくり返されたくないんだろ。向こうのブレントフォードに住んでるコップル夫人が日曜以外は毎朝来て世話してるよ」

「なるほど」と教授は言った。「すると、彼はあの家に一人住まいなのだね?」

「蓼食う虫も好き好きさ」とボブは答えた。「寂しいと思う者もいるだろうが、デイヴィッドスンさんはそれが気に入ってるようだな。まあ、さっきも言ったが、あの方は十一時頃にこの酒場に入ってきた。一時間ほどいたかな。そん時、『ボブ、何日も運動してないから、一、二時間ほどボートを漕いでみようと思うんだ』とおっしゃったんだ。

『いいともさ。じゃあ、オールを据え付けてきますよ』とおれは言った。デイヴィッドスンさんは小型ボートを持ってるんだ。ほれ、あの岸壁の下につないであるよ。あの方は、ほかの連中と違って、冬の間、ボートを片付けたりしない。年中置いといて、どんな天気でも乗るんだ。おれに時おりお駄賃をくれてな。ボートに目を光らせておいてくれと頼まれてるのさ。オールは付けたままにしちゃいけない、川の周辺には電光石火の早業でオールをくすねるやつがいる、とね。だから、いつもおれの目の届く場所に置いてある。もしデイヴィッドスンさんがボートに乗りたくなって、おれがいなくても、どこにあるかすぐわかるだろ。

ちょっと外して戻ってくると、デイヴィッドスンさんがボートのそばにいてね。オールを渡したら、潮が変わるのはいつだと聞かれたから、一時半頃だと答えたよ。『上げ潮に乗ってトウィッケナムまで行って、引き潮の時に戻ってくるにはちょうどいいな』と言ってた。

おれは何も言わなかったが、内心思ったね。潮が変わる前にトウィッケナムの渡し場まで行けりゃ上出来だと。ここから川経由だと優に六マイルはあるし、デイヴィッドスンさんはまあ、腕力のある漕ぎ手じゃない。いくら漕ぐのがお好きでもね。それでもあの方は漕ぎ出したよ。四時にボートを戻しに来られたのが顔を合わせた最後だった。

『おやおや』とおれは冗談めかして言った。『無事トウィッケナムまで行けましたかい？』

『もちろんさ、ボブ。なかなかよかったよ』とあの方は言った。

いやはや、信用しなかったわけじゃないが、からかわれたと思ったね。ただ、あとでわかったんだが、確かにトウィッケナムまで行ったようだ。普段訓練をしてない方にしちゃたいしたもんだよ」

「実に見事な成績だ」とプリーストリー博士は頷いた。「その話が本当だと、どうしてわかったのかね？」

「なに、アルフが午後の潮に乗って、はしけでトウィッケナムまで行ったのさ」とボブは言った。「潮が引いた直後の二時頃に、デイヴィッドスンさんが渡し場からちょうど漕ぎ去っていくのを見たんだ。だろ、アルフ?」

「ああ、そうさ」とアルフは答えた。「いつもより大きく漕いでたな」

「それで、あの方とちょっと立ち話したんだが、徹夜になりそうな仕事があるとおっしゃってね。そのあとご自宅に戻って、おれも目にしたが、話のとおりだった。おれはその夜の満潮のあと、日曜の午前二時頃に床に入ったんだが、あの方はその時もまだ仕事をしておられたよ」

「どうしてわかるのかね?」とプリーストリー博士はさりげなく尋ねた。

「ちょっとこっちへ。お見せするよ」とボブは答えた。「上のほうに天窓があるだろ? そこから外が見えるね? ほら、あれがデイヴィッドスンさんの家の塀で、あの窓はデイヴィッドスンさんが仕事をする部屋の窓さ。中までは見えないが、明かりが点いていれば、ブラインドが降りていてもわかる。あの方が使う照明ならなおさらさ」

「ほう、なるほど」と教授は言った。「すると、土曜の夜に明かりを見たんだね?」

「ああ。ずっと明かりが点いてた」とボブは答えた。「こういうことさ。満潮は一時半だったから、夕方はずっと岸壁沿いは水が引いていて、することはさほどなかった。だから、開店から十一時の閉店までしょっちゅう店に出入りしてたのさ。店には客が大勢いたし、みんな窓のほうを見て、デイヴィッドスンさんは何をしてるのかなと思ってたよ。時々青い閃光がきらめいて、まるで稲光みたいだったが、稲光よりは長く光ってたな。一時間に二回は光を見たよ。何の光かわかるかい、旦那?」

「水銀灯ではないかな」と教授は言った。「青写真を作成するのに使うのだ。一種の写真の処理だね」

「ほう、きっとそうだな」とボブは言った。「そういや、デイヴィッドスンさんは複写する図面があるとおっしゃってた。その水銀灯ってのを使って複写してたんだな」

「きっとそうだろうね」とプリーストリー博士は戸惑いの色を浮かべて頷いた。

「閉店時間まで明かりが見えてたんだが、潮が満ちてきたんで、岸壁まで行って、それまで川にあった、アルフが曳いてきたはしけを引き上げたよ。岸壁からはあの窓は見えないが、むろん、家の正面からは窓は全部見える。おれたちには、二階の窓の奥でデイヴィッドスンさんが行ったり来たりする影が見えたよ。だろ、アルフ？」

「そうだな」とアルフは頷いた。

「何時にお休みになったかは知らないが、おれが床に入った時はまだうろうろしておられたな」とボブは続けた。「日曜の朝は、警官と一緒に出てこられるまでお姿は見なかった。しかし、わき目もふらず、ずっとここで仕事しておられる間に、いとこさんがあんなふうに殺されるとは悲しいね。おっと、水が岸壁際まで来そうだ。失礼するよ。さあアルフ、あのはしけをクレーンで引き上げるぞ」

二人の船乗りが酒場を出ていくと、まもなくプリーストリー博士とハロルドも店を出た。博士は小道の端に来るまで何も言わず、キュー・ブリッジには向かわず不意に右に曲がった。

「家並みの裏手を見てみたい」と博士は言った。「やれやれ、酒場は情報を得るにはもってこいの場所だね。いとこが殺された日にデイヴィッドスンがどんな行動をしていたか、実に貴重な一貫した情報が得られた」

「そうですね」とハロルドは応じた。「でも、どのみち何の進展もありません。ブルフォードに一緒に行った夜、デイヴィッドスン自身が説明していたとおりですよ」

「かもしれない」と教授は言った。「だが、説明の裏を取るのは常に重要なことだ」

彼らはストランド・オン・ザ・グリーンの家並みの裏手に来ていた。家の大半は裏手に小さな庭があるようで、庭はほかにさしたる用途もない道と境を接している。ガイの家もそうだが、庭にその道に通じる裏口がある家もあった。

「デイヴィッドスンの家には、小道を使わずに入れるね」と教授は言った。「訪ねる時、あの話好きな船乗りたちに出くわさないほうがいい。デイヴィッドスンのことは知らないと言ってしまったから、彼が旧知の間柄のように我々に挨拶するところをボブに見られたら厄介だろう。この裏口は覚えておくべきだ」

「はい」とハロルドは言った。初めて訪ねる家に裏口から入るのも同様に厄介だと思ったが、教授が口答えを嫌うのを知っていたので黙っていた。ガナーズベリー駅へ行く途中――プリーストリー博士は列車で帰ることにしたのだ――戸惑いを感じたことを思い切って口にした。

「よくわからないことが一つあるのですが」とハロルドは言った。「あの船乗りの話だと、デイヴィッドスンは、土曜は徹夜で図面を複写していたようですね。もちろん、どんな仕事かはよくわかりませんが、緊急のことでもない限り徹夜はしないでしょう。彼か、少なくとも友人のローリーが、緊急のことで図面を複写していたとわかったわけです。窒素装置に関連した図面ですよ」

彼が口を閉ざすと、雇い主は促すように彼を見つめ、「それで?」と言った。

「だって、〈ファルコン〉が開いていた時間に水銀灯が点いていたという話じゃないですか。その時、例の図面は行方不明のケースに入っていて、ブラットン屋敷に向かっているところだったんですよ」

「確かに興味深い点だね」と教授は応じた。「だが、残念ながら、その点に基づいて推論を組み立てることはできない。複写していた図面がその図面だという証拠もないし、行方不明のケースに実際に図面が入っていたという証拠もない。こうした調査では先入観を持ってはならない。だからこそ、事件のあった土曜のデイヴィッドスンの行動を確認したかったのだ。ヘクター卿がその日の五時十五分に事務所を出る前に何があったかを知ることが大切だ。たとえば、ガイ・デイヴィッドスンがローリーに会っていた可能性もあったが、今となっては考えにくい。デイヴィッドスンがボートを漕いでいた間のことだし、トウィッケナムに着いて戻るまでの時間は比較的短かったから、その可能性はない。むろん、その間のローリーの行動を明らかにする必要はある」

「でも、どのみち、デイヴィッドスンはそんな面倒なことはしませんよ！」とハロルドは声を上げた。

「どうして普通に家でローリーと会わないんです？　まさか、デイヴィッドスンがいとこの死に関与していたと思っておられるんですか？」

「ヘクター卿と関係のある者は、誰であれ一応は疑わなくてはならない」と教授は答えた。「犯人を見つける方法は、容疑者を一人ずつ消去していくことだけだ。デイヴィッドスンの行動はある程度わかった。別の方向から裏付けることも必要だが、それはハンスリット警部に委ねなくてはなるまい」

第十章　ローリーのこと

週末はそれ以上の進展はなかった。月曜の朝、ハンスリットが、プリーストリー博士に進捗状況を報告すると約束したとおり、ウェストボーン・テラスの家にやってきた。

「さて、教授。おっしゃったとおり、サマセット州では成果はほとんどありませんでしたよ」と警部は言った。「ホルトンに行って、ハギンズ警視と長時間話しました。警察署長がロンドン警視庁に支援を求めたのは、警視には不本意だったらしく、私に会うのが面白くなかったようです。昨夜《ゆうべ》、ロンドンに明日帰ると言ったら、見るからにホッとしていましたよ。とはいえ、丁寧に対応してくれました。捜査の内容を洗いざらい話してくれて、現場まで車で連れていってくれましたよ。彼の捜査は徹底していたと言わざるを得ないし、それ以上のことは思いつきませんでした」

教授は頷き、「思ったとおりだ」と言った。「警視は何か仮説を立てていたかね？」

「運転手のホワイトがクロだと確信しているようです」とハンスリットは答えた。「そいつとも話しましたが、何も知らないと思いますね。まっとうで正直な男のようです。けっこう厳しく問い詰めても、不安の色をまったく見せませんでしたよ。ヘクター卿を恨んでいたことも、仕返ししてやるとよく口にしていたことも認めていますが、殺人まで犯すような男ではありません。

むろん、ハギンズも彼に不利な証拠は握っていませんが、行方不明のケースを突き止めれば、捜査は進展すると考えています。ケースかその中身の情報をもたらした者に莫大な懸賞金が提示されているので、土地の者の半数が週末を費やしてケースを探してますよ。その近辺にあるのなら、早晩見つかるでしょう。その件は見つかるまで一歩も進みませんが、それはそれとして、故人の習慣についていろいろ情報を仕入れました。ほぼ一週間おきに、週末にブラットン屋敷に行っていたようです。調べたところ、毎回違う女を連れて。その女たちを調べ上げて話を聞かなくては」

「当然だな」と教授は頷いた。「不可欠の手順だ。だが、彼女たちからはヘクター卿の死に直接関わる情報は得られまい。卿のことで新たな情報は？」

「ええ、あります」とハンスリットはゆっくりと答えた。「というか、私が現地に行く前にハギンズが入手していた情報ですが。十月二十八日土曜と二十九日日曜、つまり、亡くなる一週間前ですが、卿はブラットン屋敷の近隣にいたようです。ところがキャノン夫妻は口を揃えて、卿はその週末、屋敷には来なかったと断言しているのです」

「それは妙だな」と教授は言った。「卿が近隣にいたとどうして知ったのかね？」

「ヘクター卿の顔を知る者が何人も目撃しているのです」とハンスリットは答えた。「いずれの場合も自転車に乗っていたようです。たとえば地元の郵便配達員が、ブルフォードからブラットンへ行く道で自転車に乗った卿に出くわしています。こそこそした様子もなかったとか。二人の労働者が帽子に触れて挨拶すると、頷き返してきたし、ほかにも目撃者がいます。ところが妙な点もあるんですよ。まず、卿がその夜どこに泊まったのか、ハギンズは突き止められませんでした。それと、キャノンもガイ卿も、ヘクター卿が自転車に乗っているのを見たことがないんです。少なくとも父親が死んで以来は。最後に、近くにいたのなら、なぜブラットン屋敷に寄らなかったのでしょう？　自分がいない間に、家で何が起きているのか確かめようとしたとでも？　ところが、人と顔を合わせても誰にも話しかけず、質問もしなかったようなんです。

ハギンズと話をしてから、ブラットン屋敷のガイ卿に会いに行きました。屋敷に泊まっていけと勧められたので、ご招待をお受けしましたよ。おかげでキャノン夫妻に会えました。夫妻はサマセット州の出身ではなく、いつも二人だけで過ごしているようです。実のところ、夫妻はさして役に立ちませんでした。ヘクター卿が所有して以来、ブラットン屋敷は悪評ふんぷん。村人たちは屋敷を悪の巣窟と見て、ヘクター卿の死は天罰が下ったのだと考えています。もちろん、キャノン夫妻も地元では評判がよくありません。

夫妻がひどく金に困っていた時、ヘクター卿が彼らの噂を聞いて仕事を与えてやったようです。彼らは、ブラットン屋敷で仕事を続けられるのなら、そこで何が行われていようとさほど気に留めなかったようですね。彼らは彼らなりに有能で正直者のようです。一つ確かなのは、夫妻にはヘクター卿の死を望む動機がないということですよ。

キャノンは知っていることを洗いざらい話してくれたようで、ヘクター卿の情報も主に彼から得たものです。卿は殺される二週間前の十月二十一日と二十二日にブラットン屋敷に滞在していました。どこかの若い娘と一緒にね。これはかなり重要なことですよ。卿はキャノンに、二週間後の十一月四日にまた来ると話していました。殺人のあった日ですよ。来る時は手紙か電報で知らせてくるのですが、キャノンは何の連絡もなかったと主張しています。その事実は郵便局でも確認しました。それに、キャノンが伝言を受け取ったのなら、なぜ指示に従わなかったのでしょう？　ほぼ確実に仕事を失っていたはずですよ」

「うむ、それは重要なことだ」と教授はじっくり考え込みながら頷いた。「すべては、ヘクター卿は死んだ日の午後何をしていたのか、という問いへの答えにかかっている。ガイ卿からは何か興味深い情報を得られたかね？」

ハンスリットは首を横に振り、「何も」と答えた。「彼はヘクター卿のいとこであり、最も近い親族でしたが、この四年、二人は赤の他人同然でした。ガイ卿は率直にそのことを話してくれましたよ。社の立場に立てば、ヘクター卿の死はなによりのことだったと言っていましたが、説明をお聞きすると、まったくそのとおりだと思います。彼自身にとってもありがたいことですよ。彼はいとこのまずい経営手法にいつも苛立っていたそうですが、抗議することしかできなかった。今では全事業、それに利益のすべてが彼の掌中にありますからね」

「うむ」と教授は言った。「私もそう思う。それどころか、動機を考えれば、デイヴィッドスンはいとこの死によって最大の利益を受ける人物だ」

「そうなんです」とハンスリットは応じた。「むろん、私も同じことに気づきました。というわけで、十一月四日のガイ卿の行動を調べるつもりです。彼が真っ先に教授のところに来たことを考えると馬鹿げてはいますが――」

「こうした調査に馬鹿げたことなどない」とプリーストリー博士は相手を遮った。「だが警部、私はその点で君の手間を省いて差し上げられるかもしれない。先週の金曜、ハロルドと私はストランド・オン・ザ・グリーンで実に有益な時を過ごしたのだ」

教授は二人の船乗りと話したことを詳しく説明した。説明が終わると、ハンスリットは納得したように頷き、「それはかなり決定的ですね」と言った。「ご配慮に感謝しますよ、教授。プロの捜査官より一般人のほうが疑いを招かずにそうした情報を容易に得られるものです。ガイ卿は冷酷にも人を刺し殺すような人には見えません。いくらいとこの死が自分の利益になるとしても」

「では、デイヴィッドスンのアリバイに納得しているのかね？」と教授は訊いた。

「もちろんです」とハンスリットは答えた。「事件に関与していれば、すぐさま教授に自分の犯行の解明を依頼するはずがありません。その確信が裏付けられましたよ。おっと、まだ教授にお話ししていないことがありますね。週末、ガイ卿とブラットン屋敷に滞在し、今朝の早い列車で一緒にロンドンに戻ったあと、アッパー・テムズ・ストリートの事務所などを調べたのです」

「では、ローリーに会ったんだね？」とプリーストリー博士は熱を込めて尋ねた。

「会いましたよ」とハンスリットは答えた。「ヘクター卿の秘書だった若い女性にも会いました。妙な話をしてくれましたよ。サマセット州よりもロンドンのほうが情報を得られるとおっしゃってましたが、そのとおりでしたね、教授。よろしければ、手持ちの情報の概略をお話しします」

「ぜひ頼む」とプリーストリー博士は言った。

「列車に乗っている時、ローリーと二人だけで話をしたいとガイ卿に言うと、すぐに承諾してくれて、ヘクター卿の秘書だったミス・ワトキンズとも話したらいいと言ってくれました。おそらくヘクター卿の行動について何か教えてくれるのでは、と。彼に礼を言い、事務所に着くと、彼女を紹介してくれました。それなりにきれいな女性ですね。ちなみにガイ卿は、彼女はローリーと事実上の婚約状態だと教えてくれました。

まず、ローリーと会うことにして、ミス・ワトキンズが地階の仕事場に案内してくれました。消失した図面や模型を作成したのは彼なので、話をするちょうどいい口実があったわけです。彼からその品々の詳細を聞き出し、最後に見たのはいつか聞いてみました。ガイ卿があなたに話したとおりでしたよ。ローリーは土曜の朝に事務所を出る時にその品々を片付けて鍵をかけ、日曜の午後に事務所に来て初めて紛失に気づいた、と。金庫室の鍵を持っていたのはヘクター卿と自分の二人だけだとも言ってました。

ハギンズからヘクター卿のポケットにあった鍵束を預かっていたのですが、その一つが金庫室の錠にピタリと合い、その点はけりがつきました。ローリーの話では、月曜の朝、金庫室の中を確認した時、貴重な模型や図面のほかにもなかった品が幾つかあったようです。時代遅れの古い模型のガラクタで、薪に使うほかに何の価値もないとか。事務所の鍵を一式持っていないと、泥棒が金庫室に入れないことも確かめました。ヘクター卿が、職員がいなくなるのを待って地階に降り、ケースを一階に持って上がり、そこに行方不明の品々を詰め込んだことは疑いありません。

さて、もう一つ妙なことがわかりました。ヘクター卿は、ある顧客が坩堝のことを問い合わせてきたと言って、土曜にローリーをバーキングの工場に行かせたんです。工場長にはローリーが行くと電話しておくと約束したのに、彼がバーキングに着いてみると、電話はなかったとわかりました。とはいえ、二人はその件について協議し、翌週、ガイが仕事を引き継いだあと、ローリーは彼に報告しました。ガイ卿は顧客に手紙を送りましたが、坩堝の問い合わせなどしていない、ヘクター卿とは何週間も会ってもいないし手紙も出していない、という返事でした」

「つまり、ヘクター卿がローリーを追い払うために話をでっち上げたと?」とプリーストリー博士は訊いた。

「そのようです」とハンスリットは答えた。「そのあと、昼前に事務所で起きたことに奇妙にも光を当てるものですね。とはいえ、ローリーの話に戻りましょう。その日の午後と夕方、彼が何をしていたのか突き止めたかったのです。ためらいもなく話してくれましたよ。十二時半頃にバーキングを出発してディストリクト鉄道の列車に乗り、住まいのあるイーリングに戻った。チャリング・クロス駅までは工場長と一緒で、工場長はその駅で下車した。ローリーはそのまま乗り続け、イーリングの自宅に着いたのは一時半頃だった。昼食を摂り、三時頃に隣家の病人を訪ねた。一緒にお茶を飲んで過ごし、五時少し前に帰宅した、と。

その事実は、午後から関係者を訪ねて確認しました。全員、彼の話を裏付けてくれましたよ。重要な点は、その時間帯に彼が事務所には戻らなかったと証明されたことです。ガイ卿と連絡を取ることもできませんでした。とはいえ、奇妙な偶然の一致があります。ローリー自身が認めているのですが、ヘクター卿が六時の列車でパディントン駅から出発しようとしていたまさにその時、彼は同じ駅にいたのです」

「なに！」と教授は興味を示して声を上げた。「どうしてそんなことに?」

「ローリーはミス・ワトキンズと会う約束をしていたようです。その夜六時半に、ノッティング・ヒルの彼女の部屋でね。一緒に夕食と劇場に行く予定だったんです。五時少し過ぎに家を出て、駅まで歩き、セントラル・ロンドン鉄道の地下鉄に乗ってノッティング・ヒル・ゲート駅まで行く予定でしたが、途中、ロンドン行きの列車に乗るために駅へと歩いていた友人と出くわした。そのローリーの友人は、グレート・ウェスタン鉄道の列車でパディントンに行く予定でした。彼はローリーに、パディントン駅まで付き合ってくれ、そこから地下鉄でノッティング・ヒル駅に戻ればいい、と頼みました。駅をほんの二つ寄り道するだけなのでローリーは承知し、二人はイーリング駅五時二十七分発、パディントン駅五時四十五分着の列車に一緒に乗り、駅で別れました。

さて、問題は、そのあと何が起きたのか、です。ローリーの話では、まだ四十五分ほど余裕があったので、ミス・ワトキンズの下宿まで歩いて行くことにした。ビショップズ・ロードに通じる跨線橋を渡ってすぐに駅を出たと。だが、本当にそうしたのか？　出発ホームを通って駅から出る途中、ちょうどその場にいたヘクター卿と荷物を目にした可能性はないのか？　彼ならケースに気づくだろうし、どんな中身かも推測できたのでは。ケースは事務所と工場を行き来して模型を運ぶのに使われるものだったからです。ヘクター卿の行き先は、卿が六時発の列車に乗るのを見て推測できたでしょう」

「むろん、その可能性はある」と教授は言った。「だが、彼が殺人に関与したとは考えにくい。同じ列車でアンズフォード連絡駅まで行ったのなら別だが。彼がヘクター卿に話しかけたと言いたいのかね？」

「いいえ。パディントン駅に行って、先日お話ししたポーターを見つけました。彼はタクシーから列車までヘクター卿の荷物を運び、卿と話もしました。彼の話では、ヘクター卿は、駅に到着してから列車が出発するまで、鉄道職員を別にすれば、誰にも話しかけず、話しかけられることもなかったそうです。あとで説明しますが、ローリーは同じ列車には乗っていません。もちろん、ブラットン地区の誰かに電報を打つか、電話をかけたかもしれませんが。郵便局と電話交換所の記録を調査しなくてはいけませんね」

「ローリーが、ヘクター卿を殺害してケースを取り戻すために共犯者を用意していたとはまず考えられないが」とプリーストリー博士は異議を唱えた。

「ええ」とハンスリットは認めた。「ただ、この事件は考えられないことだらけですよ。その一件は無視できません。ローリーの説明では、彼はノッティング・ヒルまでゆっくり歩いていき、ちょうど六時半に着いたそうです。その点は、彼を中に入れたミス・ワトキンズの下宿の女主人が裏付けています。ちなみに注目すべきは、彼が地下鉄で移動したのなら、時間はたっぷりあったし、伝言も送れたという点です。ミス・ワトキンズは、彼が来た時外出していて、七時十五分前に戻ってきました。そのあと、ローリーを玄関ホールに待たせて服を着替えました。二人は七時少し過ぎに一緒に出かけ、ノッティング・ヒル・ゲート駅からトッテナム・コート・ロード駅まで列車で行き、〈フラスカティ〉（オックスフォード・ストリートにあったレストラン）で食事を摂り、〈オックスフォード劇場〉のショーを観に行きました。上演が終わると彼らはタクシーに乗ってノッティング・ヒルに戻り、そこでローリーはミス・ワトキンズと別れました。彼はそのあと、列車でノッティング・ヒル・ゲート駅からイーリング駅まで行き、真夜中少し過ぎに帰宅しました」

　ハンスリットが口を閉ざすと、教授は満足げに頷き、「完璧なアリバイだ。パディントン駅でヘクター卿と出くわした可能性を除けばね」と言った。「仮に出くわしたとしても、今のところ、この事件とどう関係するのかはわからない。ただ、君の言うように、調べる価値はある。ミス・ワトキンズとは話したかね？」

「ええ、話しました。聡明な女性で、事務所の仕事をすべて切り盛りしています。ガイ卿の話では、優れた秘書だとか。ローリーとの話がすんだあと、彼女をつかまえて、ヘクター卿の習慣のことから質問を始めました。彼女の話では、卿は事務所にいる時間を極力短くしていたそうです。昼食に三時間もかけていたとか。卿が酔ったところは見たことがないものの、普段は濃いめのウィスキー・ソーダを飲んでいたそうです。部屋の戸棚に器具が置いてありました。土曜の午前は事務所に来ないこともあったし、来ても早めに帰っていたとか。ちなみに、彼女はブラットン屋敷での行状を全部知っていたようですね。卿は彼女に特に隠そうとはしなかったようです。

そのあと、例の土曜の出来事について聞きました。彼女は最初、ひどく戸惑いの色を見せて、その話を避けようとしました。執拗に追及すると、なにやら妙な話を打ち明けてくれましてね。平職員はローリーと彼女だけを残して土曜の十二時に退社する習慣で、ヘクター卿も、在室の時は残ることがあったようです。十一月四日、ご存じのとおり、ヘクター卿はローリーを追い払い、彼女と二人だけで事務所にいました。彼女がヘクター卿の部屋に入ると、卿はドアの前に立ち塞がり、週末、一緒にブラットン屋敷に行こうと誘ってきたそうです。卿のことがわかってきたので、その話は信憑性が高そうですね」

教授は頷き、ハンスリットは話を続けた。「彼女の話では、計略を用いて部屋から逃げ、通りすがりに前室の掛け釘から帽子と上着をひったくって建物から逃げ出したそうです。しばらくして、事務所の戸締りがされているか覚束なくなり、確かめに戻りました。彼女の話では、事務所のドアは鍵がかかっていたので、中には入らず、玄関ドアの鍵をかけてビルから立ち去ったとか。その時は一時を少し回っていたそうです。

その時、誰かに見られたかと尋ねると、それはないでしょうという答えでした。知っている人に会った憶えはないと。おそらくそうでしょうね。アッパー・テムズ・ストリートは帰宅の途に就く人で溢れていたし、人ごみの中では女性一人は目につきません。次にどうしたか聞きました。その出来事にひどく動揺したものの、会社を辞めるかどうか思いあぐねたそうです。ゆっくり散歩をしながらよく考えようと思い、行き当たりばったりで歩き始め、少し歩いたあと、どこかのA・B・Cティーショップに寄って昼食を摂ったそうです。何を食べたか、場所がどこかは正確には憶えていないとか。そこを出て歩いているとハムステッド・ロードに来たので、ヒースまで歩くことにしたそうです。ヒースにしばらくいたあと、再びハイゲートまで歩き、そこから二十七番線のバスに乗ってノッティング・ヒル・ゲート駅に行き、七時十五分前に下宿に戻ったそうです。

さて、教授、おわかりでしょうが、彼女の話の裏を取る術《すべ》はありません。本当の話かもしれないし、嘘だと言うつもりもありません。とはいえ、嘘の可能性もある。実際、事務所に戻ったのかもしれませんが、ドアの戸締りを確認しただけでなく、中に入ったのかも。午後はヘクター卿と一緒にいたのかもしれないし、卿がブラットン屋敷に模型などを運ぶことを知っていたのかもしれません。卿はキャノンに電報を送ってくれと彼女に頼んだが、彼女が送らなかったのかも。すべてはヘクター卿に復讐する計画だったのかもしれません。どう仕組んだかはわかりませんが。もちろん、彼女には何も言っていませんが、何か裏があるように思えてならないんですよ」

「おやおや、警部、君が憶測に惑わされるとは！」とプリーストリー博士は言った。「ミス・ワトキンズの話の裏を取る術《すべ》がないのはわかるが、嘘だと考える理由もない。その若い秘書がヘクター卿にアンズフォード連絡駅に行くよう誘導し、到着後すぐに殺されるよう仕組んだのではと考えているようだね。だが、ローリーの場合と同じ異議が当てはまる。実際に手を下した共犯者は誰だね？」

「手を下したのが誰かはわかりませんが、凶器の出所《でどころ》は見当がついていますよ！」とハンスリットは勝ち誇ったように言い返した。

第十一章　凶器

ハンスリットは、自分の発言にドラマチックな効果を与えようと暫し口を閉ざすと、「まあ、運が良かっただけです」と続けた。「ミス・ワトキンズとは初対面なので、いきなり彼女の行動に探りを入れて動転させたくなかったのですよ。まずはヘクター卿のことを話し、次に行方不明のケースのことを聞いたのですが、なによりも彼女が知っていることを探りたかったのです。

私はこう言いました。ヘクター卿が携えていたケースが土曜の午前に地階にあったケースだという証拠はない。確かに地階にあったケースは一つ消えていたが、何かの目的で工場に送られたケースとは考えられないか？　どのみち、どのケースも工場と事務所を行き来して物を運ぶために使われていた、と。

彼女は、それなら簡単に確認できると言うので、どうするのか聞きました。すると、規則的なシステムで運用されていると説明してくれたんです。工場から事務所にケースを運ぶ時は、運んできたトラックの運転手が納品伝票を渡し、代わりに受領伝票を受け取るシステムになっている、と。同じく、事務所から工場にケースを運ぶ時も、運転手が受領伝票を渡して納品伝票を受け取る。これらの紙は伝票差しに刺され、このため事務所には、送り出したケースの受領伝票と受け取ったケースの納品伝票の二つの伝票差しがある。ミス・ワトキンズが言うように、土曜の朝にケースが工場に運ばれたかどうかを知るには、受領伝票の伝票差しを確認すればいいわけです」

「それはそうだろう」と教授はもどかしげに言った。「ただの事務処理の詳細だ。ミス・ワトキンズは伝票差しを確認したわけだね。それで、何を見つけたと？」

「まあ、ちょっと待ってください」とハンスリットは答えた。「その詳細をはっきりさせておきたいんです。最後までお聞きになれば、その重要性がわかりますよ。アッパー・テムズ・ストリートのビルの玄関ホールに入ると、左手に会社の名前が記されたドアがあります。このドアは事務所の続き部屋の外扉ですが、そこから一種の待合室に入ります。この部屋にはさらにドアが二つあります。ドアの一つはミス・ワトキンズの部屋に通じていて、〈お問い合わせはこちらへ〉と記された小さな覗き口があります。彼女の部屋に入ると、ドアがもう一つあり、ヘクター卿の部屋に通じています。待合室のもう一つのドアは、タイピストなどの女性が三、四人いる部屋に通じています。タイピスト室の奥には別のドアがあって、地階に通じています」

ハンスリットは封筒の裏に大雑把な見取り図を描いて教授に手渡し、「部屋の配置はこうです」と言った。「ミス・ワトキンズの説明では、受領伝票と納品伝票の二つの伝票差しはタイピスト室の女性の一人が管理しているそうです。見てもいいかと言うと、部屋に案内してくれましてね。待合室に通じるドアのすぐそばに女性が一人座っていました。

ミス・ワトキンズがその女性に受領伝票差しを出すように言うと、その女性はバネクリップで留めた数枚の紙を持ってきました。ミス・ワトキンズが、これはいつもの受領伝票差しじゃないと言うと、タイピストはいつもの伝票差しを紛失してしまったので、見つかるまでクリップで留めているのだと言いました。ミス・ワトキンズが伝票を確かめると、一番古いものは十一月八日付けでした。

システムが少し支障をきたしたのだなと思いましたが、私は何も言いませんでした。その意味がすぐにはわからなかったんです。ミス・ワトキンズはタイピストに、伝票差しはいつ紛失したのかと聞きました。タイピストは答えられませんでした。十一月八日にはなくなっていた、渡された伝票を伝票差しに刺そうとして気づいた、と。紛失した伝票差しを最後に使ったのは十一月一日か二日だったそうですが、どちらかはよく憶えていませんでした。つまり、伝票差しはその間に消えたわけです。

そこで私も興味を持ち始めました。調べたかった日は十一月四日ですが、その前後に伝票差しが消えたのは妙だと思ったんです。どんな伝票差しか聞くと、その女性は、残っている納品伝票差しとまったく同じものだと言いました。彼女はドアのすぐ手前にある棚のところに行き、曲がった針金に刺した伝票の束を出してきました。ちょっといいですか、教授？」

ハンスリットは返事も待たずに椅子から立ち上がり、素早く部屋から出ていった。玄関ホールに掛けてあったオーバーを持ってすぐに戻ってきた。ポケットから小さな包みを取り出して中身を開け始め、最後の紙を外すと、ハロルドは驚きの声を上げた。

「おや！」と彼は言った。「ヘクター卿を殺した凶器を手に入れましたね！」

「ええ」とハンスリットは答えた。「教授に見ていただくためにハギンズから借りてきたんです。ご覧ください。まっすぐの太い針金で、片方の端に木製の玉が付いています。そう、この針金を半円に曲げれば、今朝、デイヴィッドスン社の事務所で見せてもらった納品伝票差しの正確な複製ができあがるわけです！」

教授は凶器を手に取ってつぶさに調べ、ハンスリットはそのまま説明を続けた。「からくりはわかりますね。針金は鉤状に湾曲しています。伝票差しはパイプ立てのような棚の枠に置いてあります。

木製の玉は伝票がすり抜けて落ちないようにするものです。ミス・ワトキンズの話では、数年前に工場で作られたものだそうです。ある種の熊手の一部で、余った部品をこの伝票差しに転用したわけです。もちろん、私が興味を抱いたとはおくびにも出しませんでした。だが、この件は疑いの余地がありません。今手にしておられるのが紛失した受領伝票差しですよ、教授。それをまっすぐに伸ばしただけです」

プリーストリー博士は読書用ランプの光に照らして高倍率のルーペで凶器を調べていたが、何も言わなかった。ようやく口を開くと、その声には満足感がにじみ出ていた。「君の言うとおりだ！」と言った。「木製の玉をよく調べると、血痕のほかに、もっと濃い汚れがあるのがはっきりとわかる。私の見間違いでなければインクの痕だ。この奇妙な凶器の出所が事務所だという君の仮説を補強するものだね。だが、この針金は――いや、その点はあとにしよう。君はきっと何か推理を組み立てたのだろうね、警部？」

「ええ、もちろん」とハンスリットは答えた。「この発見の重要性を考えてください。捜査対象は伝票差しを入手できる者に限定されるし、ブラットン屋敷の近隣住民は全員、対象から外れます。ヘクター卿がロンドンを離れる前に殺人の計画があったこともわかります。ここまでは認めていただけますね、教授？」

「もちろんだ」とプリーストリー博士は答えた。「むろん、これが本当に行方不明の伝票差しだと仮定すればだが」

「むろんです」とハンスリットは頷いた。「それは当然の前提と考えていいでしょう。おのずともう一歩踏み込めます。ヘクター卿を殺す動機を持つ、デイヴィッドスン社の事務所の何者かが、一番手頃な凶器として伝票差しをせしめたんです。まっすぐに伸ばすだけで実に恐ろしい短剣になる。しかも簡単に隠せる。見てのとおり、コルクを先端に付けて紙に包めば、難なくオーバーのポケットに入れられますよ。

これで土曜の事件全体を再構成できます。ヘクター卿はローリーを嘘の用件でバーキングに行かせて追い払い、ミス・ワトキンズに何か提案をした。その提案が何だったたか、二人の間にどの程度の進展があったかは知る由もないし、当面どうでもいいことです。いずれにせよ、ミス・ワトキンズは、ブラットン屋敷に一緒に行こうとヘクター卿に言われて激怒したと認めています。

ヘクター卿に腹を立てた理由はそれだけではありません。卿は少し前に、彼女と事実上婚約中の男にクビを通告していたんです。お話ししたとおり、私はローリーのアリバイを調べるためにイーリングに出かけました。そこで彼の母親に会ったんです。素敵な老婦人ですよ。あれこれ話をして、その中で重要な事実をもう一つ引き出しました。殺人前日の金曜の夜、ミス・ワトキンズはローリー家の人たちと夕食を共にしていたんです。夕食後、誰かがヘクター卿を片付けてくれれば、誰もが幸せになれるのにと皆で話していたそうです。卿はずっとミス・ワトキンズにしつこく迫っていたようですね」

「その点にさほど重きを置くべきではあるまい」と教授は言った。「誰しも一度や二度は、邪魔者が始末されればいいと口にするものだ」

「ええ。でも、実際に始末されるほんの少し前のことですよ」とハンスリットは応じた。「その件は、どんな予兆があったかがわかるだけでも意味があります。些細な証拠も疎かにはできません。さて、ミス・ワトキンズは、証言どおり実際に事務所から逃げ出したのだろうし、事務所に戻ったのも本当だと思います。ただ、ドアの戸締りを確かめただけでなく、もう一度中に入ったと思いますね。

彼女は不意にヘクター卿を始末する方法を思いついた。伝票差しのことを思い出し、見事な凶器になると気づいた。女が殺しの手段として刺殺を好むのは、犯罪史上、周知のことです。シャルロット・コルデー（フランス革命の指導者の一人、マラーを刺殺した女性）から現代に至るまで、数多《あまた》の事例を思い浮かべることができますよ。彼女の元々の意図は、おそらくその場でヘクター卿を刺殺することだったのでしょう。ところが事務所に戻ると、それでは露見する恐れ大だし、もっといい計画があると気づいたのです。

彼女は、ヘクター卿が昼食に出る前にウィスキー・ソーダを飲むことを知っていた——ヘクター卿の習慣について尋ねた時、彼女自身が教えてくれましたよ。彼女が逃げる前、卿はまだ酒を飲んでいなかったので、事務所に戻れば卿が事務所に残っているのは確実だった。彼女は卿の部屋に入り、提案のことをよく考えたが、週末、一緒にブラットン屋敷で過ごしてもいいと言った。ただし、二人一緒に行くところを人に見られたくない、と。パディントン駅二時四十五分発の列車があり——ウェストベリー駅で車両を切り離す三時半発の列車は、十一月は運休だった——六時九分にブルフォード駅に着く。キャノンに送る電報は彼女が送っておく。彼女はその列車で行き、キャノンに出迎えてもらう。ヘクター卿には六時発の列車に乗ってもらい、キャノンには卿を出迎えるよう伝えておく、と。こう考えれば、キャノンに電報が届かなかった謎も解けます。もちろん、彼女は電報を送らなかったんですよ」

「実に巧妙な再構成だ、警部」とプリーストリー博士は言った。「かなり推測に基づいてはいるが——」

「あの娘を捕まえれば、その点は苦もなく立証できると思いますよ」とハンスリットは陰気そうに応じた。「まあ、話を続けます。おそらくヘクター卿は彼女にあっさり同意したでしょう。だが、彼女の話にはまだ続きがあった。ローリーが解雇の仕返しに新しい発明品の図面と模型を持ち去るつもりだと卿に明かしたのです。ローリーの目論見をくじくには、その品々をこっそりブラットン屋敷に運ぶしかないと雇い主に説明したわけです。六時発の列車で運ぶとして、人目を惹く恐れのあるブルフォード駅より、ひと気の少ないアンズフォード駅に運ぶほうがいいと。そう、これは、その夜ヘクター卿がアンズフォード駅行きの切符を買ったことを説明できる唯一の仮説ですよ。

ミス・ワトキンズは例の伝票差しを鞄に入れて事務所を出た。おそらく、まっすぐに伸ばしたのはあとです。曲がった状態のままのほうが持ち運びやすいですから。パディントン駅に向かう途中、ローリーと連絡を取り合った。あるいは、前の晩に二人ですべて段取りをしておき、彼女は事務所でヘクター卿を挑発したのかも。女が絡むとさっぱりわかりませんよ。彼女は二時四十五分発の列車に乗ってブルフォード駅へ向かい、六時九分に着く。言うまでもなくブラットン屋敷の近隣には行かず、あとでヘクター卿がアンズフォード駅を出てから採るルートを張っていたわけです」

「そのためには土地の事情を事前に知っていなくてはなるまい」とプリーストリー博士は異議を唱えた。

「地図がありますよ」とハンスリットは応じた。「女はたいてい地図が苦手ですが、そうでない女もいます」

「まあね」と教授は不服そうに言った。「だが、私の経験では、女を道に迷わせる一番確実な方法は地図を持たせることだ。だが、もう一つ明らかな難点がある。六時九分にブルフォード駅にいたミス・ワトキンズが、どうやって七時十五分前にノッティング・ヒルの下宿に戻れたのかね？　二つの場所は百マイル以上離れている」

「はっきり申し上げていなかったかもしれませんが、その前後のミス・ワトキンズの行動に関する証拠は、すべて共犯者と思われるローリーの証言によるものです。ミス・ワトキンズの下宿の女主人を訪ねたのですが、彼女は六時半にローリーを中に入れてやったのを憶えていました。以前もしょっちゅうミス・ワトキンズを訪ねてきたので、顔をよく知っていたんです。女主人は彼を玄関ホールに座らせて台所に行き、ほかの下宿人たちの夕食を作っていたとか。ミス・ワトキンズが服を着替えに入ってくるのも、二人で再び出かけるのも耳にしなかったそうです。女主人はいつもの習慣で十一時に寝たので、ミス・ワトキンズが劇場から戻ってくるのも耳にしませんでした。ちなみに、ローリー夫人は同じ理由で、その夜、息子が家に戻ったのを耳にしていません。したがって、ローリーとヘクター卿を除けば、事務所の職員が帰宅した土曜の正午から、下宿の女主人が彼女を朝食に呼んだ日曜の朝九時までの間、ミス・ワトキンズを知る者は誰一人、彼女を見ていないわけです。

以上の事実を全体にまとめると、実にすっきりと見えるようになりますよ、教授。ローリーの計略が見えてきます。彼はヘクター卿が六時発の列車でちゃんと出発するのを見届けにパディントン駅に行った。まさにそうです！　同伴していた男の証言があとで出てくるといけないので、その駅にいたと告白せざるを得なかったんです。万事順調なのを確かめると、彼はノッティング・ヒルへ行き、三十分ほど玄関ホールに座り、再び出ていったわけです。捜査されるのに備えて、別の女性を連れて〈フラスカティ〉や〈オックスフォード劇場〉に行く段取りをしていたのではないですかね。そのあとイーリングに戻ったが、寝たわけではない。彼は家の裏の小屋に車を置いています——今日の午後、たまたま見つけたんですよ。彼は車を出してサマセット州まで飛ばし、ミス・ワトキンズと打ち合わせてあったブラットン屋敷近くの場所に行ったんです。先日、ブルフォードまで車で行った時、どのくらいかかったかな、メリフィールド君？」

「三時間ほどですね」とハロルドは答えた。「運転手はなかなか安定した運転をするな、とその時思いました」

「よし、ローリーが三時間で行ったとしよう」とハンスリットは応じた。「夜のその時間なら、道はすいてるだろうし、そんなにかからなかったかも。ローリー夫人の話では、彼の車はスピードの出る車だそうです。ミス・ワトキンズとケースを乗せ、日曜の朝六時にはロンドンに戻れます。その時間帯なら人も少ないし、ミス・ワトキンズも下宿の近くで降ろせたので、二人が人目に触れる恐れはほぼありません。

その間、ミス・ワトキンズはどこかで待機していたんですよ。迎えの車が来ていないと気づけば、ヘクター卿は乗せてくれる最初の車に乗るしかないと彼女にはわかっていた。おそらくその車を停め、ヘクター卿をそこからおびき出し、暗闇の中で刺し殺すつもりだったのでしょう。彼女の目論見を正確に推し測るつもりはありませんが、トラックが来るのを見た彼女は、もっと良いアイデアが浮かんだのです。トラックがドルリー・ヒルを登る途中、その後部に近づき、紐をほどいて中に飛び乗り、ヘクター卿を刺し殺し、ケースを外に投げ捨てると、飛び降りてから紐を縛ったわけです。緩く縛られた紐は、女の仕業《しわざ》のように見えますよ、教授。それから、ローリーが来るまでにケースを道端に隠したんです。ハギンズの話では、ケースの捜索は日曜の朝にようやく始めたようですね」

「女の手には余る仕業のようだが」とプリーストリー博士は言った。

「さあ、どうでしょう」とハンスリットは答えた。「もちろん、ケースのことをお考えですね。もっとも、彼女は床の上でケースを一、二ヤードほど押してやればよかったんですよ。丘の傾斜もあって押しやすかったでしょう。それに、彼女は健康で丈夫な女性だし、その程度の仕事なら十分やれそうですよ」

「ケースとその中身は今どこにあると？」とプリーストリー博士は尋ねた。

「二度と目にすることのない場所でしょう」とハンスリットは肩をすくめて答えた。「ロンドンに車で戻る途中、いくらでも処分する方法がありましたよ。ステインズ・ブリッジ（サリー州にあるテムズ川にかかる橋）から放り投げることもできたし、ソールズベリー平原のウサギの穴に隠すこともできた。もっとも、欺瞞に満ちたケースにはもう興味がありません。そのケースに捉われすぎましたね。見つかれば手がかりになったかもしれませんが、見つからない以上、ケースなしで最善を尽くすだけです」

「確かに、実に見事な犯罪の再構成だったよ、警部」とプリーストリー博士はひと息ついて言った。「君の説明は多くの点で正しいと思うが、主役の俳優、あるいは女優の正体が正しいからではなく、あとで説明する別の理由からだ。こうした推測に基づく再構成の一番まずい点は、証明が困難だということだ。たとえば、ミス・ワトキンズがその夜、サマセット州にいたことをどうやって証明するつもりかね？　彼女の特徴に合致する女性がパディントン駅からブルフォード駅まで移動したことを立証できると？　二週間以上も経つのに、彼女を憶えている者がいるとでも？　たまたま彼女に気づいた乗客を当てにするほかあるまい」

「彼女に鎌を掛けて自白させるしかありませんね」とハンスリットは答えた。「逮捕を根拠づける十分な証拠を確保するのはそう難しくないはずです。それに、今挙げた事実に加えて、それなりのハッタリをかませれば、怯えさせて自白に導くことができますよ。あるいは、ローリーを逮捕して殺人罪で告発することもできます。そうすればおそらく彼女も自白するでしょう。急いで何かしようとは思いませんが、論拠を一つずつ確認していきますよ。探すものが何か正確にわかっていれば、見つけ出すのははるかに簡単です。でも、なぜミス・ワトキンズのことでは私が間違っていると思われるのですか、教授？　彼女にお会いになったこともないのに」

「確かに会ったことはない」と教授はゆっくりと言った。「君の仮説は、凶器と行方不明の伝票差しが似ている点だけを根拠にしているのでは？」

「凶器は行方不明の伝票差しをまっすぐに伸ばしたものです」とハンスリットは答えた。「間違いありませんよ」

「私もそう思う」とプリーストリー博士は言った。「だが、そう簡単にまっすぐに伸ばせるのなら、元の形に曲げるのも簡単なはずだ。試してみたまえ、警部」

博士から凶器を渡されたハンスリットは、それを膝の上に置いて両端を引き寄せた。針金は曲がったが、手を離すと再び跳ね返った。「おや！　思ったより硬いな」と警部は驚いて言った。

「気をつけたまえ！」と教授は不意に叫んだが、遅すぎた。ハンスリットは、今度はもっと力を込めて曲げようとしたが、針金はパキンと折れてしまい、警部は悔しそうに二つになったまっすぐの破片を見つめた。

「くそ、しくじった！」と彼は叫んだ。

「まあね。だが、ミス・ワトキンズにはできない」と教授は言った。「それは普通の針金ではなく、鍛えた鋼の細い棒だ。ちなみに事務所に残っている伝票差しが同じ素材とわかれば、これが行方不明の伝票差しだということは疑問の余地なく証明される。だが、見てのとおり、ミス・ワトキンズにはまっすぐにすることはできない。それどころか、まっすぐにする方法は一つしかない。火にくべ、熱いうちに伸ばすしかないのだ。さあ、このルーペで針金に刺してある木製の玉をよく見たまえ。焦げた跡がはっきり見える」

ハンスリットは指示どおり確かめると顔を輝かせ、「そうですね。でも、ミス・ワトキンズだって火にくべることはできたのでは？」と尋ねた。「そう言えば、事務所の彼女の部屋には暖炉がありますよ」

「この凶器はまっすぐに伸ばしたあと、再び鍛え直されている」と教授は答えた。「そうでなければ、折れずにいくらでも曲がっただろう。鍛え直す作業は専門家にしかできない」

「ローリーにやらせたのかも」とハンスリットははかない望みでつぶやいた。

だが、プリーストリー博士は首を横に振った。「朝、事務所を出る前にかね？　いや、違う。遅かれ早かれ特定されてしまう物を、その時手近にあった唯一の物だったというだけの理由で、凶器にしようと手に取ったというのはまだ理解できる。だが、ミス・ワトキンズが計画的に伝票差しを選び、ローリーが改造してやったとは信じ難い。彼なら足がつかない小剣を簡単に作れたはずだ」

「でも、誰かがやったんですよ！」とハンスリットは声を上げた。「やれたのは誰だと？」

「その問いに答えれば、君はおそらくヘクター・デイヴィッドスン卿の殺人犯がわかるはずだ」と教授は謎めかすように答えた。

第十二章　ドルリー森《ウッズ》にて

翌朝、プリーストリー博士が朝食の席に座ったとたん、ハロルドが食堂に飛び込んできた。その日は興奮の色で輝いていた。

「先生！」と彼は叫んだ。「行方不明のケースが見つかりました。ハンスリット警部から電話が入っています。パディントン駅十時半発の列車でアンズフォードまで一緒に来てくれないかと」

教授は新聞から顔を上げ、「わかった」と答えた。「二人で行こう。十時十五分にホームで待ち合わせようと警部に伝えてくれ」

プリーストリー博士とハロルドが時間どおりにパディントン駅に着くと、ハンスリットがローリーと一緒に二人を待っていた。「ローリー氏には、ケースとその中身を確認してもらうために一緒に来てもらったのです」とハンスリットはお互いに挨拶を交わしたあと言った。「いえ、どういう経緯かは知りません。ハギンズ警視からケースが見つかったという連絡があったんです。すぐにガイ卿に連絡して、ローリー氏を一緒に連れていってよいか打診したんです。すぐに承諾してくれて、キャノンに連絡して出迎えさせ、我々が使う車も用意させると約束してくれました。一等車を四席分押さえてあります。十二時四十九分にアンズフォード駅に着きます。この列車はブルフォード駅には停まりません」

警部はローリーとハロルドを席に案内すると、プリーストリー博士のところに戻ってきて、「ローリーを連れていくのは悪いアイデアではないでしょう？」と早口に言った。「やつを観察する機会が持てます。やつはこの件について、きっとまだ話していないことがありますよ」

教授は頷くと列車に乗り込み、ハンスリットがあとに続いた。移動中はほとんど黙っていた。目下の問題を口にしてはならぬという暗黙の了解が四人の間にあるかのように。皆、別の話題を捻り出そうと思いあぐねているようだった。列車がアンズフォード駅を前に速度を落とすと、ようやくハンスリットがローリーに話しかけた。

「この土地はご存じですね、ローリーさん？」と警部は尋ねた。

「いいえ、よくは知りません」とローリーは答えた。「ガイ卿がお話しになるのはよく聞きましたが。もちろん、伯父さんがご存命の頃はよくこの土地に来られたそうです。でも、ぼくは一度も来たことがないんですよ」

列車はホームに停まり、彼らは下車した。キャノンは車で迎えに来ていて、ハンスリットの姿を認めると、帽子に手を触れて挨拶し、「ガイ卿からお出迎えするようにと電報をいただきまして」と言った。「家内は屋敷で昼食の用意をしております」

「ありがとう、キャノン。あとでいただくよ」とハンスリットは応じた。「だが、その前に、できればホルトンの警察署まで送ってほしい」

ホルトンはアンズフォード駅からせいぜい五、六マイルで、キャノンは十五分で走った。ハギンズ警視が待っていて、ハンスリットは一行を紹介すると、「差し支えなければ、この方たちにケースとその中身を見てもらいたいのですが」と言った。「確認の助けになるでしょう」

「もちろんです」と警視は答えた。「ただ、お見せする前に、発見された経緯をご説明すべきでしょう。発見者に懸賞金を提供していたのはご存じですね？　この二週間、誰もがこの田舎を捜索していましたよ。何マイルもの土地が虱潰しに捜索されたはずです。まるで宝探しで、毎日のように不法侵入の苦情が来ていました。

ブラットン駐在のデイに会われましたか？　昨夜《ゆうべ》暗くなってすぐ、ジャック・コープという労働者がひどく興奮して彼のところに来ましてね。その話によると、ドルリー森《ウッズ》を通って家に帰る途中、持ち上げるのがやっとの大きな箱を見つけたそうです。実は、その男は名うての密猟者でしてね。きっとウサギを狙っていたんでしょうが、それはどうでもいいことです。デイが一緒にその場所に行くと、確かにケースがありました。デイはコープに、ブラットンに戻って私に伝言を伝えるよう指示しました。私は車で行き、デイと二人でケースを車に乗せてここに運んできたわけです。

さて、ケースをご覧になったら、発見場所を見に行きましょう。ドルリー・ヒルを通る道から五十ヤード（約四十六メートル）も離れていません。ただ、不思議なのですが、日曜の朝一番にドルリー森《ウッズ》を徹底的に捜索したんですよ。その時どうしてケースを見逃がしたのか、さっぱりわかりません。まずはご覧ください。物置に保管してあります」

警視は巡査を呼び、彼を伴って署の裏手にある離れ屋に案内した。

巡査がドアの鍵を開け、一行は中に入った。「さあこれですよ！」と警視は得意げに声を上げた。

ケースは物置の中央にあった。オイルクロス張りの頑丈な籠細工製のケースだ。蓋の上の二つの穴に鉄の棒を通して閂をかけ、棒の端に巨大な南京錠がかけてあった。

ハンスリットはローリーのほうを向き、「これがデイヴィッドスン社の事務所から消えたケースですか、ローリーさん？」と尋ねた。

ローリーは進み出てケースを調べ、「そうです」と答えた。「そこに記された〈D社〉という文字でわかります」

「けっこうです」とハギンズは言った。「コープに懸賞金を払いますよ。開けてみましょう。君、南京錠をこじ開けるのに棒か何かないかね？」

「その必要はありません」とローリーは言った。「鍵は持っています。我が社のケースの南京錠は全部同じ鍵で開くんです。工場長が一つ、私が一つ、ヘクター卿が三つ目を持っていました。自分の鍵を持ってきたんですよ」

ローリーはポケットから鍵束を取り出し、鍵の一つを南京錠に差し込もうとしたが、教授が遮り、「このケースの重さは量ったかね、警視？」と尋ねた。

「重さを量る？　いえ、量っていませんが。なぜそんなことを？」とハギンズは不機嫌そうに答えた。

「ヘクター卿が携えていたケースは、パディントン駅で重さを量ったはずだ」と教授は言った。「君の話では、駅の計量台の担当者がそのことを憶えていたそうだね、ハンスリット警部。ケースの重さを量って、一致するかどうか確かめるべきだ」

「おっしゃるとおりです」とハンスリットは言った。「はかりはありますか、警視？」

「いえ。でも、隣の家の石炭置き場にならあります」とハギンズは答えた。「なんでしたら、ケースをそっちに持っていきますが」

呼ばれた二人の巡査がケースを持ち上げて石炭置き場に運んだ。ほかの者もあとに続き、教授はハギンズと並んで歩きながら、「最近、この土地では雨がよく降るかね、警視？」とさりげなく尋ねた。

「いえ。この時期にしては、ここ数日はよく晴れていますよ」とハギンズは答えた。「ただ、一週間ほど前はひどく荒れましたが。あやうく家が浸水するほどでした」

ケースがはかりに載せられ、担当者が移動錘を棹に沿って動かした。「一ハンドレッドウェイト、四分の二と七ポンドです」と告げた。

巡査たちは再びケースを持ち上げ、警察署に運んだ。「鉛筆と紙を貸してください」とハンスリットは声を上げた。「計算は苦手でしてね。一ハンドレッドウェイトは百十二ポンド。四分の二は、えっと、五十六ポンドですね。それに七ポンドだから、計百七十五ポンドだ。そう、パディントン駅の担当者が量った重さと同じですよ」

「同じケースに間違いありません」とハギンズは苛立たしげに言った。「ほら、鉄道の荷札が貼ったままです。〈パディントン駅からアンズフォード連絡駅へ〉とある。さっそく中身を調べましょう」

教授は苦笑し、ローリーは再び鍵を持って進み出た。南京錠はすんなりと開き、ローリーは鉄の棒を引き抜いた。ハンスリットが蓋をパッと開けると、ローリーはホッと大きく吐息をついた。最初に目に入ったのは積み重なった図面だった。

「お確かめください、ローリーさん」とハンスリットが言うと、ローリーは熱心に図面を調べ、「ええ、全部あります」と素早く確かめてから言った。「新しい発明品の図面がすべて揃っています。土曜の朝に金庫室から消えたものですよ。ガイ卿も喜びますね。何か月も遅れずにすみます」

「では、図面はどこかに出していただいて、残りは私が手伝いますよ」とハンスリットは言った。

「おや、まるで子どもの玩具箱だな！　この変な物はいったい何です?」

「機械の部品の模型です」とローリーは答え、ハンスリットがケースから取り出した模型を受け取ると、そっと床に置いた。彼の周囲はすぐに、形も大きさもバラバラの奇妙なツゲ材の模型でいっぱいになったが、どの模型も実に入念に仕上げられていた。

「さあ、これで全部だ」とハンスリットはようやく言って体を起こした。「大事な物だとおっしゃるなら、そうなんでしょうが、私には薪にも使えそうにない代物に見えますよ」

「作るのにほぼ一年がかりだったんですよ」とローリーは苦笑して応じた。

「まあ、私には作れそうにないですな。確かに」とハンスリットは言った。「問題は、すべて揃っているかどうかですが」

「大事なものはすべてあります」とローリーは答えた。「ただ、申し上げたとおり、まったく価値のない模型のガラクタも金庫室から消えていましたが、それは一つもないですね」

「パディントン駅を出た時と同じ重さということは、そのガラクタは最初からケースに入っていなかったわけだ」とハンスリットは言った。「さて、警視、証人はたくさんいます。ケースの中身の目録と簡単な説明書きを作っていただければ、全員で署名しますよ。持ち主に返却することにご異議はありませんね？　何もいじられていないのは明らかです。だが、まったく進展なしですね。ヘクター卿を殺した犯人はケースとその中身に関心はなかった。目くらましにトラックから投げ出しただけですよ」

警視は処理の仕方に同意し、ハンスリットが模型を元に戻そうとすると、ローリーが口をはさみ、「警部、よろしければきちんと梱包したいのですが」と言った。「模型は箱に放り込んだだけで、ひどく傷ついています。ひとっ走りボール紙を買いに行って、自分で梱包したいのですが」

「いいですとも」とハンスリットは認めた。「どうすればいいか説明しましょう。アンズフォード駅四時十六分発の列車に乗れば、七時にはロンドンに戻れます。我々がケースの発見場所を見に行っている間に、中身の目録を作って荷造りしておいてください。それから車を手配してもらって、四時にアンズフォード駅で合流しましょう。きっとハギンズ警視が手伝いの人員を寄こしてくれますよ」

「承知しました」とハギンズは言った。「作業のために部下を一人出しますよ。部下にはローリーさんを車でアンズフォード駅まで送らせましょう」

「けっこうです！」とハンスリットは応じた。「説明書きを作っていただいたら、すぐに出発しましょう」

説明書きができ、皆が署名すると、一行はローリーを残して再び車に乗り込んだ。「ドルリー・ヒル経由でブラットンへの道を行ってくれ」と警視は言った。「私はあとでここに戻るから、自分の車でついて行くよ。丘の中腹に来たら車を停めてくれ」

「承知いたしました」とキャノンは答え、車は走り出した。二マイルほど進むと、十字路に出て右に曲がった。「アンズフォード駅からブラットンへ行く道ですよ」とハンスリットは言った。「あの夜、トラックが通った道です。前方に見えるのがドルリー・ヒルです。ブラットン屋敷は頂上を越えて半マイルほど行ったところです」

プリーストリー博士は頷いたが、何も言わなかった。博士は携えてきた一マイル一インチ縮尺の測量地図を見ながら車の進路を辿っていた。車が登り始めると、すぐに高い崖に挟まれた小道になった。崖は苔とシダに覆われた石造りで、その上はドルリー森《ウッズ》の藪だった。

うしろからクラクションの音が聞こえた。ハギンズ警視だ。キャノンは車を片側に寄せて道をあけ、警視に追い越させた。警視は半マイルほど進み、車を停めた。キャノンはそのうしろに車を停め、一行は降りた。

「ここの崖はさほど急じゃないし、登り道もあります」とハギンズは説明した。「森の中に一番行きやすい道ですよ。ここを登りましょう」

警視が道案内し、ほかの者はあとに従った。森は主に藪で、あちこちに幹の太い樫の木があった。百ヤードほど森の中を進むと、ハギンズは立ち止まった。「この辺りですが、この森はこんもり生い茂っていて先が見えません。デイがいるはずなんですが。ここで待ち合わせるように言っておいたので。おい、デイ、どこにいる？」

「こっちです」と答える声がして、やがて枝の間からデイの制服が垣間見えた。デイは強風で根こそぎ倒れた大きな樫の木のそばに立っていた。

「あそこです」とハギンズが言った。「ケースを見つけた場所をこの方たちに教えてやってくれ、デイ」

「ちょうどここです。この倒れた木の枝の下に」とデイは言い、彼らをそばに呼んだ。「見てください。置いてあった跡が地面に残っています。ケースの重さで木の葉がぺちゃんこになっていますよ」

ハンスリットとプリーストリー博士は順に身をかがめて地面を調べた。博士はハギンズのほうを向き、「ケースを車に運ぶのは大変だっただろうね、警視」と言った。

「いやまったく」と警視は熱を込めて応じた。「もちろん、今来た道は通りませんでした。数ヤード先に、丘の頂上の街道に通じる小道があるんです。それでも一、二度休まなゃいけませんでしたよ。だよな、デイ？」

「足跡とかはありませんでしたか？」とハンスリットは訊いた。

「いえ。枯れ葉の上には足跡は残りませんよ」とハギンズは答えた。「デイとコープが残した足跡もほとんどわかりません。それに、ご存じのとおり、ケースは二週間前からここにあったんですよ。こんな場所では足跡はすぐに消えてしまいます。一緒に来てください。ここから街道までどう行くのかお教えしますよ」

ハンスリットと警視はしばらくその辺を調べてから、みんなのいる倒れた木のそばに戻ってきた。

「ほかに何か見たいものは、教授?」とハンスリットは尋ねた。

「いや、もう十分だ」とプリーストリー博士は答えた。「そろそろブラットン屋敷に戻って昼食としよう。もう二時を回ったよ」

全員、車に戻り、ハギンズはいとまごいをしてホルトンに引き返した。ほかの者たちがブラットン屋敷に向かうと、素晴らしい昼食が待ち受けていた。教授は屋敷に強い関心を示し、案内を頼むと、キャノンは快く承諾した。博士が心ゆくまで見てまわると、アンズフォード連絡駅に向けて出発する時間になった。キャノンは車を取りに行き、教授が図書室に入ると、ハンスリットとハロルドが暖炉を囲んで座っていた。

プリーストリー博士は部屋を横切ってハンスリットの横に座ると、「あのケースをどうするつもりかね、警部?」と尋ねた。

「なに、ガイ卿に引き渡しますよ」とハンスリットは答えた。「アンズフォード駅から電報を打って、デイヴィッドスン社のトラックに駅まで取りに来てもらおうと思ってましてね。ねえ教授、申し上げたとおりでしょ。ケースも中身も殺人とは無関係ですよ。昨夜《ゆうべ》お話しした仮説のとおりだと思いますね。あの二人はケースを持ち帰らなかっただけです。森の中に隠したんですよ。考えてみれば、ちっともおかしなことじゃない。どのみちケースが見つかっても、犯人を指し示す証拠にはならなかった。わかったのは、ケースが未開封だった点から見ても、ヘクター卿殺害の動機は図面や模型を盗むことではなかったということだけです。つまり、容疑者はほかの動機を持つ者ですね」

「その件を議論する余裕はない」とプリーストリー博士は言った。「だが、忠告させてもらうなら、ケースはまだ引き渡してはいけない。わけはあとで話す。ローリーには、今夜はロンドン警視庁にケースを持っていかなくてはいけないし、必要な手続きが終われば、こちらからデイヴィッドスン社に届けると説明すればいい。これは非常に重要なことだ」

ハンスリットは教授をちらりと見ると、渋々ながらも頷いた。ケースとその中身にはもう興味がなかったのだ。ヘクター卿殺害の手がかりにならない以上、さっさと忘れたいと思っていた。もっとも、プリーストリー博士と知り合って何年にもなるが、博士の助言を受け入れて後悔したことは一度もない。

「わかりました」と警部は言った。「ご助言に従いますよ、教授。ただ、それなりの理由がないと、いつまでも保管はできません。デイヴィッドスン社はすぐに返却を求めてくるでしょう。彼らは特許の仮申請の手続きをしたいし、図面がないと無理ですから。実は今朝、ガイ卿にケースが見つかったと伝えたら、すぐ引き渡してほしいと頼まれましてね」

「まあ、当然、彼には大事なものだな」と教授は認めた。「きっとその知らせを聞いて喜んだことだろう」

「ええ」とハンスリットは応じた。「おそらくもう見つからんでしょうと申し上げていたのでなおさらですよ。まさにこの部屋でその話をしていました。先週の日曜、この屋敷に滞在していた時です。

捜索隊を雇って森や周辺をもう一度捜索しようと考えていたようですね。この辺りの土地はほとんど彼の所有地ですので、やろうと思えばできたでしょう。ケースが隠されているのがこの辺なら、必ず見つかりますよと申し上げました。懸賞金を提供しているのだから十分ですよ、と。ただ、この期《ご》に及んで見つからないのだから、今さら出てこないだろうと彼も言っていました。あのコープという密猟者は運のいいやつですよ。どこにあるのか知っていたのかな？　殺人のあった翌日に見つけて、隠していたのかも。懸賞金の額が増えるのを期待してね」

プリーストリー博士は首を横に振り、「そうは思えない」と言った。「さて、列車がパディントン駅に着くのは七時五分前だったね。ケースをロンドン警視庁に運んでから、八時に私のところに夕食に来られるかね？」

「あの忌々しいケースを抱えておくわけを教えていただけるのなら、すっ飛んでいきますよ」とハンスリットは答えた。

「それが引き換えというなら受け入れよう」と博士は言った。

キャノンが入ってきて会話を遮り、車の用意ができたと告げた。彼らが車でブラットン屋敷を出発してアンズフォード連絡駅に戻ると、ローリーが待ち受けていた。巡査とポーターのチャーリー・ファーマーがケースを見張っていた。

ハンスリットがやってくると、ファーマーは帽子に手を触れて挨拶し、「このケースは見た覚えがあります」と言った。

「だろうね」とハンスリットは応じた。「荷札を貼って、パディントン駅行きの手荷物車両に積んでくれ」

プリーストリー博士は、ファーマーが荷札を貼るところをじっと見ていた。列車が入ってきて、彼らは席に座った。移動の途中、ハンスリットはローリーに説明した。このケースは手続き上、ロンドン警視庁に運ばなくてはいけないが、できるだけ早く返すつもりだとガイ卿に伝えてほしい、と。

教授は移動中、いつもより饒舌になったようだ。発明品の詳細をローリーにあれこれと訊き、発明に至るまでの経緯に強い興味を示した。会話はパディントン駅に着くまで続いた。四人は駅で別れ、ハンスリットはタクシーにケースを積み込むと、中に乗り込んで運転手にロンドン警視庁に行くよう指示した。

第十三章　仮説の検証

ハンスリットは八時ちょうどに夕食にやってきたが、食事が終わるまでケースとその中身の話は出なかった。プリーストリー博士は、食堂では通常の会話しかしないのだ。書斎でゆったりと席に着くまで、事件の話は出なかった。

「さてと、教授、あの箱はしっかりと鍵をかけて保管していますよ」とハンスリットはコーヒーを飲みながら言った。「どうして引き渡したくなかったのか教えていただけますか？」

博士は口元に穏やかな微笑を浮かべて警部を見た。「君にも言ったが、ケースとその中身から推理できることがあるのだ。そう、警部、我々のサマセット州訪問は実に興味深い心理学研究の材料を提供している。君は先入観の仮説に捉われたままだった。無意識のうちに、その仮説に当てはまらない新事実に目を向けたくなかったのではないかね。ハギンズ警視は、我々を支援するのにやぶさかではないが、ヘクター卿の死の謎を解決してほしいと強く願っているわけでもない。ロンドン警視庁が事件解決の栄誉を得るよりも、犯人が捕まらないほうがいいと思っているのだ。彼の態度は社会のためにはならないだろうが、少なくとも血の通った人間らしい態度ではある。

ケースを開けたが、殺人犯の正体を示す明確な手がかりがなかったので、君たちは二人ともそれぞれ違う理由で興味を失ってしまった。私がそう言うまで、二人ともケースの重さを量ってパディントン駅を出た時と同じ状態かどうかを確かめようとも思わなかった。だが、捉われない目で観察する私には、ケースとその中身は多くの興味深い考察のポイントを示していた」

ハンスリットは椅子の中でもじもじした。講義という形で情報を伝える教授の習慣には慣れていたが、さっさとポイントを言ってほしかったのだ。

「あの土地の最近の天気がどうだったか、ハギンズ警視に尋ねたのは聞いていたね?」とプリーストリー博士は続けた。

「ええ」とハンスリットは答えた。「ごく普通の会話のとっかかりなのでは?」

「そうじゃない。君は警視の返答を気に留めなかったかもしれないが、一週間ほど前に大雨に見舞われたと言っていた。ケースは少なくとも二週間、ドルリー森《ウッズ》にあったと考えられている。今日は二十一日で、ヘクター卿が殺されたのは四日の夜だ。だが、ケースを風雨から守っていたのは倒木の枝だけなのに、パディントン駅で貼られた荷札は付いたままだった。アンズフォード連絡駅でポーターの作業を観察して確認したが、荷札は糊で貼るだけだ。

これが私の目を惹いた最初のポイントだ。二つ目はもっと明白なものだ。ケースを開けてすぐに出てきた物は、積み重ねた図面だった。気づいたかもしれないが、図面はごく普通の画用紙だった。だが、どの紙も完全に乾いていて、湿ったり、よれている様子はなかった。しかし、この二週間、ケースは野外に置かれ、大雨にさらされたが、保護するものは新品でもないオイルクロスを張った籐細工の箱だけだった。

ケースが見つかった場所をもう一度検討してみよう。まず、ケースはドルリー・ヒルを登っている間か、私道の門前で停車中のトラックから持ち去られた可能性が高い。したがって、その近隣で綿密な捜索が行われたことだろう。ハギンズ警視自身がそれ以前に発見されなかったことに驚いていた。こう言ってよければ、見つかると想定される場所にあったのだ。

もっと重要な問題は、トラックから発見場所までの運搬だ。一人や二人でケースを崖の上に引っ張り上げ、森の中を引きずっていくことはできない。警視がやったように、小道を運ぶしかない。その道を選んで、屈強な男二人で運んでも大変だったのだ。以上の事実は非常に重要なことだと思える」

「つまり、ケースはずっとそこにあったわけではないと？」とハンスリットは訊いた。「だとしても、私の仮説とは矛盾しませんね。ミス・ワトキンズとローリーは、その夜、ケースを運び出してどこか——ローリーの車庫とか——に隠したのかも。ある夜、おそらく日曜に、再び車でケースを運び、密猟者のコープが見つけそうな場所に隠したのかもしれません」

「可能性はあるが、ありそうにない」と教授は応じた。「ローリーは正直な男だという強い印象を受けた。その判断に依拠すべきではないが、別の可能性を探りたいところだ。さて警部、辛抱して耳を傾けてもらえるなら、その可能性を簡単に説明したいのだが」

「それはありがたい限りです」とハンスリットは丁重に言った。

「いいだろう。私の仮説は、多くの重要な点で、事件に関する昨夜の君の見事な再構成と似ている。犯人はケースとその中身をブラットン屋敷に運ぶようヘクター卿を説き伏せた。犯人の目的は、問題を混乱させ、殺人の動機がケースとその中身を盗むことにあるように見せかけることだ。ここまでは君と同じ意見だよ。だが、ミス・ワトキンズが犯人だとは思わない。犯人は男であり、殺人の前におそらくはホテルで、土曜の午後、重要な案件で事務所にて面会したいという手紙をヘクター卿宛に書いたのだ。面談時間は四時から五時の間だろう。

犯人はヘクター卿のよく知っている人物で、デイヴィッドスン社の内情を知っている者に違いない。面談の中で、犯人は金庫室から図面や模型を持ち出す計画を明かした。もちろん、ヘクター卿自身が既に何かの目的でブラットン屋敷に運ぶつもりでいた可能性もある——たとえば、特許権を売るつもりだったが、その事実を事務所の者に知られたくなかったのかもしれない。いずれにせよ、犯人はその夜、模型がサマセット州に運ばれることを知っていたのだ」

「ええ。でも、面談がそんなに遅い時間だったとすると、犯人はどうやって殺人現場に着けたのでしょう?」とハンスリットは異議を唱えた。「二時四十五分から六時までは、ブルフォード駅行きもアンズフォード駅行きも列車がありませんよ」

「我々がこれまで見落としていたのは、ブラットン屋敷とアンズフォードの近隣には別の駅があるという事実だ」と教授は答えた。「今日、地図を見ていて気づいたが、サマセット・アンド・ドーセット鉄道には、ブラットン屋敷から一、二マイル以内にスコールという駅がある。この鉄道はテンプルクーム駅でサザン鉄道の本線と接続し、ホルトン駅とスコール駅を通って北のバース駅まで走っている。ブラッドショー鉄道案内をくれたまえ、ハロルド」

プリーストリー博士はハロルドから鉄道案内を受け取り、しばらく黙々とページをめくると、「やはりそうだ!」と声を上げた。「ウォータールー駅を六時に出れば、九時四分にスコール駅に着く。つまり、これが犯人に利用できたルートだ。ヘクター卿のあとにアッパー・テムズ・ストリートの事務所を出れば、ウォータールー駅六時発の列車に乗るまで時間はたっぷりある。スコール駅に着いたあと、一マイルも歩けば、ヘクター卿とケースを乗せたトラックが来る前にドルリー・ヒルに着ける。四日の夜、スコール駅で九時四分着の列車から下車した乗客を調べるべきだよ、警部」

「実施予定の捜査リストに追加します」とハンスリットは応じた。

「実際の殺人は、昨夜《ゆうべ》君が説明したとおりに行われたのだろう」と教授は続けた。「ケースはトラックから道に放り出されたが、犯人にはまだケースを始末する問題が残っていた。ケースを盗むことが殺人の動機だと見せかけるためには、ケースに消えてもらう必要があった。だが、どうやってケースを安全な隠し場所に運ぶのか？　方法は一つしかなかった。犯人はケースを開け、あらかじめ決めておいた場所にまず中身を運び、そのあとケースを運んだのだろう」

「でも、それなら犯人は鍵を持っていたはずですよ！」とハンスリットは声を上げた。「南京錠はこじ開けられていなかったのに」

「なぜ鍵を持っていなかったと言えるのかね？」と教授は穏やかに訊いた。「鍵は三つ存在しているのだ」

「それなら、犯人が持っていたのはローリーの鍵です」とハンスリットは即座に言った。「どう考えても、ローリーとミス・ワトキンズの共謀に行き着きますよ、教授」

「なぜかね？」とプリーストリー博士は応じた。「三つ目の鍵はヘクター卿の鍵束に付いていて、荷台の中に既にあった。昨日、卿の鍵を使って金庫室の扉を開けることができるか試したそうだが、その鍵束はまだ君が持っているのかね？」

「警視庁にあります」とハンスリットは言った。

「南京錠を開ける鍵がその中にあるか確かめるべきだろう」と教授は続けた。「その鍵があれば、犯人は自分で別の鍵を持っていたと考えられるし、ローリーに対する疑惑が強まるだろう。なければ、犯人は自分の鍵は持っておらず、ヘクター卿の鍵束から奪い取るほかなかったと考えられるから、ローリーへの疑惑は弱まる」

「すぐに突き止めますよ。電話をお借りしていいですか、教授」とハンスリットは言い、部屋から出ていき、数分後に戻ってきた。「同僚に、私の机から鍵束を出して、その中の鍵で南京錠を開けられるか確かめてくれと言いました。折り返し電話がありますよ」

「その間、私の仮説を続けよう」と教授は言った。「犯人はケースとその中身を始末したあと、その近隣から去ったと考えられる。だが、何かの理由で、ケースとその中身が発見されることが計画上必要になった。そこで以前の行動を反対に辿り、ケースとその中身をコープが発見した場所まで何度も往復して運んだ。ケースとその中身の状況、ケースがそれ以前に発見されなかったこと、男一人でケースを別の場所に運べたことを説明するには、この仮説しかあり得ない。

次に、地図をよく調べてみたが、ドルリー・ヒルから二マイル以内にある建物はブラットン屋敷だけだ。屋敷から森を抜け、ケースの発見場所に行くには半マイル以上の距離がある。君が屋敷に滞在していた間、ケースは屋敷かその離れ屋のどこかに隠されていたのではないかね、警部」

「では、あのキャノンがすべて承知していると?」とハンスリットは訊いた。

「いや、そうは思わない」と教授は答えた。「だが、犯人は屋敷をよく知っている者だろう。そう考えれば、ブラットン屋敷は犯人の目的にぴったりの場所だ。屋敷に住んでいたのは、キャノン夫妻の二人だけだ。荷台の中からヘクター卿の死体が発見され、関係者は皆そこに目を奪われた。キャノンは警察官と医者を呼びに行くのに追われ、ホワイトとそのあとに来た警察官は死体を見張るために現場に留まった。犯人は、行き方さえ知っていれば、いくらでも屋敷の裏手に足を運べたのだ。しかも、ブラットン屋敷は犯人にとって最も安全な場所だった。ほぼ確実に捜索されることはない。ケースは盗まれたと思われていたし、泥棒がケースの持ち主の屋敷に戻ってくるとは誰も思わないだろう」

「でも、ケースが屋敷の中に隠されていれば、キャノン夫妻のどちらかが目にしたはずです」とハンスリットは異議を唱えた。

「そうは思わない。隠されていたのが屋敷の中だったとしてもね」とプリーストリー博士は応じた。

「今日の午後、家の中を見てまわったが、鍵のかかった使用されていない部屋が多いことに気づいた。年に一、二度掃除する時を除けば開けることはない、とキャノンが言っていたよ。だが、ケースを屋敷の中に持ち込む必要はなかった。敷地の裏手には、やはり使われていない厩舎や小屋があった。ヘクター卿の存命中に庭師はいなかったし、キャノンの話では、屋敷内のことで手いっぱいで、離れ屋にはかまっていなかったという。おや、電話だね、警部」

ハンスリットは部屋から出て電話に出ると、戸惑い気味の顔で戻り、「部下の話では、南京錠に合う鍵は鍵束にないそうです」と言った。

「ないと思ったよ」と教授は穏やかに言った。

「ねえ教授、犯人が誰か、見当がついているのですね」とハンスリットは言った。「あなたが私の仮説の信憑性を揺るがしたのは認めますが、容疑者の目星はつけられませんね。ミス・ワトキンズを除けば、あなたが説明した犯人の行動に当てはまる者はいません。彼女の線を捨てるつもりはありませんよ」

「そのほうが賢明だろう」とプリーストリー博士は応じた。「私が犯人の目星をつけていることは否定しない。だが、今の段階でその目星を明らかにするつもりもない。一つには、裏付けが得られないのと、もう一つは、君がその線で捜査を行えば、まだ残っているかもしれない証拠の破棄につながる恐れがあるからだ。そう考えると、君にはミス・ワトキンズに目星をつけておいてもらうほうが無難だろう」

ハンスリットはいとまごいをしようとして立ち上がり、「異存なしですね、教授。私はまだ彼女に目星をつけてますので」と言った。「土曜の午後の彼女の行動が裏付けられるまでは、彼女が最有力容疑者だと考えざるを得ません」

プリーストリー博士はハンスリットが帰るまで何も言わなかった。「できればハンスリットには、特に示唆しなくても私と同じ結論に辿り着いてほしいのだが」ハロルドと二人だけになると、博士は言った。「もちろん、まだはっきりした証拠はないが、あらゆる公算が一人の人間を犯人だと指し示しているし、その人間以外にあり得ない」

ハロルドは何も言わなかった。雇い主が口をはさまれるのを嫌うとわかっていたので、次の言葉を辛抱強く待った。

「まず、凶器の問題を検討してみよう」と教授はひと息ついて続けた。「凶器は事務所から消えた伝票差しであり、必要な知識と器具を持っている者がそれをまっすぐに伸ばし、鍛え直したことは間違いない。さて、なぜその特別な道具が選ばれたのか？　そんな凶器を作るための唯一の材料だったからではあるまい。それならば、殺人犯はそんな足がつく証拠品を死体から抜き取っていたはずだ。デイヴィッドスン社の事務所に疑いが向くように意図的に選んだ道具なのだろう。

あらためてケースとその中身を検討してみよう。私には、この問題の最も不可解な点だと思える。ヘクター卿がケースをブラットン屋敷に運んだ動機が私の推測どおりなら、犯人は社の内情を熟知する者に違いない。だが、それ以上に重要なのは、犯人はブラットン屋敷とその周辺について非常に正確な知識を持っていたことだ。それも、地図を調べただけではわからないほど完全な知識をね。つまり、犯人は個人的に現地をよく知っていたに違いない。

キャノン、ホワイト、それに、ブラットン屋敷周辺の住人は除外していい。一つには、彼らがその凶器を入手できたとは考えにくいのと、もう一つは、この犯罪は並外れた知能で計画されたことを示しているからだ。となると、犯人の可能性がある人物の中で、必要な現地の知識を持っていたのは二人だけ、つまり、ヘクター卿本人といとこだけだ」

「でも、それなら、以前の自殺説に戻ってしまいますよ」とハロルドは敢えて口をはさんだ。「殺人があった時、ガイ卿はロンドンにいたとわかっています。ストランド・オン・ザ・グリーンに行って確かめたことですよ」

「自殺説が根拠なしとは証明されていない」と教授は応じた。「ヘクター卿が凶器を用意し、荷台の中で自分を刺すことも、その前にケースを荷台から放り出すこともできた。ハンスリットが指摘したように、これを裏付ける一つの根拠として、妙なことに服のボタンがはずれていて、背後からではなく前から刺されていた事実がある。だが、ヘクター卿の死とまったく無関係の何者かが二週間もケースを隠し持っていたとは、可能性は否定しないが、まずありそうにない」

「その難問には抜け道が一つあると思います」とハロルドは言った。「ホワイトのトラックが通り過ぎた直後に、人の集団――ジプシーとか――がドルリー・ヒルを通ったとします。道端に転がっているケースを見て、何か貴重なものが入っているのかと思い、拾って荷車に乗せた。その後、ヘクター卿が死んだと知り、ケースの発見者には懸賞金が出ると聞き、自分たちが殺したと疑われるのを恐れてケースを差し出すのをためらった。好機が訪れるのを待って発見場所に置いた、というわけです」

「それなら、最初に警戒心を抱いた時点でケースを破棄しただろう」とプリーストリー博士は応じた。「それに、ハギンズ警視が現地捜査を行ったことを考慮しなくては。君の言うような人々が近隣にいれば、警視はほぼ確実に突き止めていただろうし、尋問も行っただろう。だが、自殺の可能性はまだ残っている。その可能性は決して忘れてはなるまい」

プリーストリー博士は黙り込んだが、かなり経ってから再び口を開き、ずっとその件を考えていたことがわかった。「近代的な空中窒素固定の手法について知っているかね」と博士は不意に尋ねた。

「それほど詳しくは」とハロルドは答えた。「実は先日、ガイ卿に教えてもらったんです。利用されている手法はほぼすべて電弧法（電弧炉中に空気を通じ、窒素と酸素を直接反応させて酸化窒素とし、これを冷却の上、さらに酸化して二酸化窒素を得て、水に吸収させて硝酸をつくる方法）で、採算が合うためには大量の安価な電力供給が必要だとか。デイヴィッドスン社が得た新しい発明品では、従来の半分以下の電力で窒素化合物を得られるようです」

教授は頷いた。

「デイヴィッドスンがその問題に長く取り組んできたことは知っている」と教授は言った。「その方策のことで彼が最初に私の助言を求めてきたのは二年前だ。私の見込み違いでなければ、新しい発明品の基礎となる理論は彼のものだろう。実用的な形に仕上げたのは確かにローリーだが、予備実験はおそらくストランド・オン・ザ・グリーンのデイヴィッドスンの私設実験室で行われたのだ。彼はひたすら研究に打ち込む男だよ」

「自分が発明に果たした役割については、彼はとても控えめですね」とハロルドは応じた。「時おりローリーに助言したと言っていただけです。いとこから妬まれ、社の事業への積極的な参与から締め出されなければ、きっとその開発に専念していたでしょう」

「彼には大きな打撃だったはずだ」と教授は言った。「だが、個人的な立場で寄与することで自分を慰めてきたようだね。いとこの支配体制が続いた四年の間、科学雑誌にG・Dという署名のある実に素晴らしい研究論文が多数載っているのに気づいたよ。いとこが亡くなったために、その活動に終止符が打たれたのは残念だ。会社の全責任を背負った以上、研究を続ける余裕はほとんどあるまい。だが、彼が実験室を閉鎖する前に、ぜひ訪ねたいと思っている。この家に来てもらおうかとも思ったが、それより、ストランド・オン・ザ・グリーンのお宅を訪ねたいね」

「あの家で会えば、彼もきっと喜ぶでしょう」とハロルドは言った。「でも、彼がいとこを殺したと疑っておられるのなら――」

「私の疑いには何の根拠もないかもしれない」と教授は遮った。「それに、いとこを殺した男だとしても、科学者としての能力に支障が生じるわけではあるまい。その二つは無関係だろう。近いうちに実験室を見せてくれるよう頼むつもりだ。だが、彼の承諾を得てストランド・オン・ザ・グリーンを再訪しても、前回の訪問のことは一切口外してはならないよ。彼の行動を監視していたと思われたくない。もしわかれば、当然、腹を立てるだろう」

第十四章　実験室

　ガイ卿が経営責任者になって、デイヴィッドスン社の雰囲気は一変した。アッパー・テムズ・ストリートのビルに入れば、すぐさま変化に気づく。壁の名前は塗り直され、真鍮板は磨き抜かれて輝いている。陰気な待合室は模様替えされ、一つだけあった電球の代わりに複数のシェード付きランプが置いてある。はっきり言えば、全体がずっと爽やかで健全な様子になったのだ。

　オルガは快適な自分の部屋で仕事に勤《いそ》しみ、すごく生き生きとしていた。夢が叶ったのだ。実現するとは思いもよらなかった悲願どおりに事は進行している。フィリップは地位を保証され、社の便箋にはガイ卿の名前のすぐ下に取締役として名前が載っている。そして、これこそ大事なことだが、長年の疲れ果てた戦いは終わりを告げ、思いやりと能率に長《た》けたガイ卿が上司になったのだ。

　オルガはデイヴィッドスン社の行く末をとても気にかけていた。十年働いてきたこの会社を心から愛していたのだ。新社長が采配を振るい、切望されていた経営改革に取り組む姿を温かく見守っていた。ガイ卿が、まず彼女に相談してからでないと重要なことを決めたりしないのが、彼女には嬉しかった。たとえば、ガイ卿は彼女を自分の部屋に招き入れ、そばに座らせる。

「ねえミス・ワトキンズ、これはおかしいよ」と言って彼女に書類の束を手渡す。

「ええ、ガイ卿。そのとおりです」と彼女は答える。「ヘクター卿がそのやり方にしたんです。ジョージ卿の頃にはかくかくしかじかでした」

ガイは彼女の説明に耳を傾け、「ああ、そうか」と言う。「では、伯父のやり方に戻して、これこれの修正を加えよう。それで改善するかな?」

こんなふうに論じ合って結論が出ると、彼女は自分の部屋に戻る。フィリップにも言ったが、オルガは自分の能力にふさわしい仕事をしていると実感する。それはフィリップも同じだ。ガイは彼を部下ではなく同僚として扱い、いつも彼とホスキンズに相談していた。今も親愛を込めてガイさんと呼ばれる彼が経営のトップとなった以上、幹部から工場の清掃員に至るまで、社全体が全力を尽くさなければならぬという新たな意気込みに溢れていた。

プリーストリー博士がサマセット州に行った翌日の朝、オルガは、自分の前室と待合室との間のドアをノックする音で机から離れた。覗き口を開け、そこにいる二人の男性に丁重に用件を尋ねた。彼女の訓練された目には、商品を売りつけようとする巡回セールスマンではないことがひと目でわかった。彼らは顧客だろうし、丁重に扱わなくては。名前を聞いてその推測は裏付けられた。プリーストリー博士――そう、デイヴィッドスン社が時おり器具を売っている相手だ。

「お入りになって、お座りください」と彼女は笑顔で言った。「待合室よりこちらのほうが快適です。お越しになったことをガイ卿に伝えてまいります」彼女は奥の社長室に姿を消し、すぐ戻ると、「ガイ卿がお会いいたします」と伝えた。「お入りください」

彼女がドアを開けると、ガイはデスクから離れ、部屋を横切って教授とハロルドを出迎えると、「これはプリーストリー博士、なんとも申し訳ないことです」と言った。「ご挨拶にも伺わず、気が咎めておりましたのに、あなたのほうからわざわざお越しくださるとは。よく来てくださった、メリフィールド。一緒にブルフォードに行って以来だね」

ガイは椅子を二つ持ってきて、客に葉巻の箱を渡すと、「ご説明しなければならないと思っていましたよ、プリーストリー博士」と話を続けた。「あの日曜、悩んだ挙句にあなたをお訪ねしながら、それきり訪ねようともしなかった私の態度は弁解の余地もありません。膨大な仕事が降りかかり、いとこの死をめぐる問題もそれどころでなくなってしまったとしか言い訳のしようがないのです。ご理解いただけるとよいのですが」

「いや、無理もないことだ」と教授は応じた。「デイヴィッドスン社の経営に伴う責任の重さは十分承知している。昨日、私がブラットン屋敷をお訪ねしたことはもちろん知っているね？」

「ええ。キャノンが然るべくおもてなししたのであればよいのですが」とガイは言った。「理想というほど完璧な使用人ではありませんが、住んでみて、夫人の料理の腕はまずまずだとわかりました。もちろん、ローリーから聞きましたが、ケースは元のまま発見されたそうで。彼も私もどれほどホッとしたことか。ハンスリットが型どおりの手続きをすませて図面を返してくれたら、すぐに特許の仮申請をするつもりです。昨日までは、何か月もかけて図面を作り直さなくてはいけないかと思っていましたよ」

「ローリーがケースを開けた時、私も居合わせていた」と教授は言った。「図面は、ケース以外に保護するものもなく二週間も放置されていたのに、無傷だったようだ」

「ローリーも、図面はまったく傷んでいないと請け合っていますよ」とガイは応じた。「むろん、今も申しましたが、ケースが戻ってきたのは大変ありがたいことです。ただ、ハンスリットはがっかりするでしょうね。彼の口ぶりからすると、ケースが見つかればヘクターの死亡状況の手がかりが出てくると信じ切っていたようです。ところが、ケースはいじられておらず、その期待も肩透かしというわけです」

「確かに」と教授は言った。「だが、ハンスリットは実に粘り強い男だし、捜査の線の一つが徒労に終わったからといって、手を抜くことはしない。ところで、意外に思われるかもしれないが、こちらに伺ったのはいとこさんの死亡状況のことを話すためではない。その捜査は有能な人々が行っているところだ。お訪ねした理由は、もっと個人的な事柄でね。この四年、君が行ってきた研究に前から強い関心を持っていたのだ。研究を続ける意思はあるのかね？」

「これまでと同じというわけにはいきません」とガイは苦笑して答えた。「あれこれ忙しくて、ストランド・オン・ザ・グリーンで終日過ごすわけにもいかないので。器具の大半はバーキングにある社の研究所に移して、見込みのある若い職員に任せようと思っています。もちろん、研究は私が指導しますよ。それ以外の器具は主に週末の楽しみのために手元に残しておくつもりです」

「そんなことではないかと思っていた」と教授は残念そうに言った。「もっと早く実験室をお訪ねすべきだったか」

「いえ、プリーストリー博士、まだ手遅れじゃありませんよ！」とガイは熱を込めて言った。「まだ何も移していません。いとこが死んでから実験室に入る余裕もないのです。ご関心をお持ちと知っていれば、もっと前にお招きしたのですが。八時以降にお越しいただければ、いつでも家におりますよ」

「それはご親切なことだ、デイヴィッドスン」と教授は応じた。「ありがたくご招待をお受けするよ。できるだけ早くね。さてとハロルド、今週の夜は、何か予定が入っていたかね？」

「いえ、なかったと思います」とハロルドはちょっと考えてから答えた。

「では、デイヴィッドスン、今夜、ストランド・オン・ザ・グリーンに伺ってもよろしいかな?」

「もちろんですとも」とガイは答えた。「都合が合うなら、メリフィールドも一緒に来てほしいですね。夕食にはお誘いできません。私の家事能力ではとても無理ですので。とはいえ、八時以降ならいつでも歓迎ですよ。ところで、せっかく来られたのですから、事務所を見学なさいませんか? 下の階にローリーが所管する注目すべき部署がありますよ」

「それはなによりだ」とプリーストリー博士は言った。「ご多忙な時間を潰すことにならなければいいが」

「とんでもない。博士のためなら時間を割きますよ」とガイは丁重に答えた。「ではまいりましょう」

ドアを開けて二人を室外に送り出した。「こちらは秘書のミス・ワトキンズです。この方々はプリーストリー博士とメリフィールドさんだ。ローリーのところにご案内するよ、ミス・ワトキンズ。何かあったら、そちらに連絡してほしい」

彼は先に立って待合室とタイピスト室を抜け、通りかかるたびに一人ひとりの女性職員に声をかけた。ドア近くの机の横でちょっと立ち止まり、座っていた女性職員に何か質問した。教授は受領伝票が刺してある曲がった釘を素早く見た。同じような伝票がまだ何枚も普通のバネクリップで留めてあるのに気づいた。ガイはそのまま進み、先導して石の階段を地階へと降りた。

ガイはドアを開け、暖かく快適な製図室へと案内した。ローリーは紙がピン止めされた机の前に立っていて、彼らが入ってくると、くるりと振り返った。

「お客さんをお連れしたよ、ローリー」とガイは言った。「君が皆さんにお会いしたのは、ほんの少し前だね。プリーストリー博士に我々の秘密を見てほしいとお勧めしたんだ。ここはローリーの縄張りでしてね。プリーストリー博士、あとは彼に任せますよ」

ローリーは器具を下に置き、「さあ、ご覧のとおり、ここがぼくの仕事場です」と言った。「もちろん、バーキングにはもう一つの製図室があって、そこで通常の業務と複写を行っています。ここで行うのは特別な仕事だけです。そのドアの向こうに小さな模型製作室があります」

そう言ってドアを開け、小型ながら非常に見事な模型製作用の作業台を見せた。「内密にしたい場合は、主だった模型はここで製作します」とローリーは言った。「たとえば、昨日ご覧になった、あのケースの中の模型は、ほとんどがここで作られたものです。もちろん、助手はいますよ――今はちょうど非番ですが――ほとんどの作業は私が自分でやっています。まさに趣味でしてね」

ガイは愉快そうに笑い、「うちの模型製作主任は、精度の面ではローリーの足元にも及ばないと認めていますよ」と言った。

ローリーは親愛に満ちた表情で雇い主を見つめ、「ガイ卿はぼくをおだてて使うのがうまいんですよ」と言った。「模型が保管してある金庫室をご覧になりますか？　製図室の奥のドアから入れます」

ローリーは再び客を案内した。ドアを開け、周りに棚が並ぶ広い部屋に入った。「ここは、特に値打ちもない物が保管してある物置部屋です。古い模型や青写真などが保管してあります。隅っこに、昨日ご覧になったのと同じケースが三、四個ありますよ」

プリーストリー博士は歩み寄り、興味深げにケースを調べた。どのケースも鉄の棒と南京錠で封印してあった。「確か、どの南京錠もまったく同じだったたね、デイヴィッドスン？」と博士は尋ねた。「どれも同じ鍵で開けられるのでは？　鍵をお持ちなら試してみたいのだが」

ガイは一瞬ためらい、「鍵ですか？　私は持っていませんが」と不意に言った。「君は鍵を持ってるだろ、ローリー？」

「持ってますよ」とローリーは答え、プリーストリー博士に鍵束を手渡した。「ホスキンズが別の鍵を持っています。ヘクター卿が三つ目を持っていました」

「それなら、いとこの鍵束に付いているはずだ」とガイは言った。「先日、ハンスリットが預かっていると言ってたから、返してもらわなくては」

合う鍵をローリーから示された教授は、南京錠を一つひとつ試すと、「そう、確かに合うようだ」と言ってローリーに鍵束を返した。「これが金庫室の扉かね？」

教授が物置部屋の奥にある鋼鉄製の扉を指さすと、ローリーは別の鍵を選んで扉を開け、「さあどうぞ」と言った。「ご覧のとおり、ほとんど何もありません。ミス・ワトキンズは上階の自分の金庫に元帳や会計簿を保管しています」

プリーストリー博士は金庫室の中を一瞥すると、しばらくおしゃべりしたあと、ローリーにいとまごいをし、ガイに付き添われて上階に戻った。

「博士、それにメリフィールドも、昼食を一緒にどうです？」とガイは部屋に戻ると言った。「五分か十分で手があきますので、お待ちいただければ」

だが、博士は首を横に振り、「ご親切なことだがね、デイヴィッドスン」と応じた。「ハロルドと私は、昼食に客をお呼びしている。なに、今夜、ストランド・オン・ザ・グリーンでまたお会いしよう」

博士とハロルドはいとまごいをし、流しのタクシーをつかまえてウェストボーン・テラスに戻った。

ストランド・オン・ザ・グリーンのガイの家に着いたのは、その夜八時ちょうど。玄関まで来たが、〈ファルコン〉で会った船乗りたちには出くわさなかった。なにしろ寒い夜で、道でうろうろしてはなおのこと寒い。潮は引き、道にまばらに立つ街灯の光で泥がメロドラマ風に輝いている。ノックすると、ガイがみずからドアを開けて彼らを迎え入れた。

「寒さが厳しい夜ですね、プリーストリー博士」と彼は言った。「上に行きましょう。二階のほうが暖かいですよ。一階の部屋は寝る時以外は滅多に使わないんです」

ガイは立派な古い階段を先導して上がると、ドアを開けて電灯を点けた。大きな部屋で、書斎と事務室を兼ねていた。部屋の端の暖炉のそばには書き物机と専門書の並ぶ本棚がある。もう一方の端は製図室に設えられていて、科学機器が散在していた。プリーストリー博士は機器を興味深そうに眺めた。

「ここが見ていただくのに一番ふさわしい部屋ですよ」とガイは言った。「あまり片付いていませんが、最近は片付ける余裕がないんです。このテーブルで手紙をしたためたり、メモを書いたりします。向こうには、ご覧のとおり、製図用の作業台があります。水銀灯を備えた青写真用の焼き枠もあります。これを使っている時、近所の人たちがどんな陰口を叩いているかは知りませんが」

ガイは部屋を横切りながら様々な器具の用途を説明し、「一人で全部こなすには極力自動化する必要があります」と続けた。「たとえば、これは水銀灯用に考案したタイムスイッチです。適切な露光に調整すると、自動的に水銀灯を点けたり消したりします。それから、これは特許取得の現像タンクで、ちょっとした自慢の品なんですよ。それと、ちょうど紙を感光させる新しい方法を実験していたところでしてね。これは私が試みた最初の実験用青写真です」

ガイは青写真を取り上げ、プリーストリー博士に手渡した。博士は青写真を書き物机に持って行ってよく調べた。ポケットに入っていたケースから別の眼鏡を取り出し、いつもかけている眼鏡の上にかけた。ガイは博士が調べるに任せ、ハロルドにほかの独創的な装置について説明を続けた。一、二分して、教授は再び彼らに加わった。

「新しい感光方法で実に見事な成果を得たようだね、デイヴィッドスン」と博士は青写真を返しながら言った。「だが、これらの装置はむろん、まったく付随的なものだ。極力手間をかけずに実験結果を記録可能にするにすぎない。君の本当の研究は、きっとほかの場所で行われているのだろうね？」

ガイは笑い、「ええ、ここはいわば入り口の間《ま》にすぎません」と答えた。「すべてをご覧になりたいと思ったものですから、まずここにご案内したのです。本当の実験室は二つあります。化学実験室と物理実験室ですよ。通路の向こうです」

ガイは二つ目のドアを開け、奇妙な形をした化学器具でいっぱいの部屋に案内した。どんな用途の器具かは素人には想像もつかない。ここに来ると彼は真の科学者になり、自分の趣味に没頭してしまった。窒素固定に関する自分の研究史を皮切りに、いかに実験に実験を積み重ね、発明の核となった手がかりに到達し、ローリーに引き継いだかを説明した。最後に、ガラスとプラチナでできた、小さいが実に精巧で複雑な装置を教授に見せた。

「これこそあらゆる秘密の核ですよ！」とガイは声を上げた。「これは何年にもわたる絶え間ない努力の賜物なのです」

教授はポケットに手を入れると、まごついた声を上げた。「おっと！　さっきの部屋のテーブルに別の眼鏡を置き忘れてしまった。いやはや！　取ってくるよ。置いた場所はわかっている」教授はパタパタと出ていき、さっきの部屋に入る音が聞こえた。やがて眼鏡を手にして戻ってきた。

「うっかりするのは悪い癖でね」と教授は謝った。「気を取られると、別の眼鏡を置き忘れる癖があるのだ。さて、デイヴィッドスン、一番興味深い器具を見せてほしいのだが――」

ガイは再び説明を始め、三人は説明に出てきた科学的な問題をずっと議論していた。そのあと、ガイと教授はゆっくりと部屋の中を歩き始め、様々な器具を吟味した。やがてそれも終わると、ガイは物理実験室に行こうと言った。

「この部屋の隣です」と彼は言った。「家の正面側にあるので、本来は一番いい寝室にするつもりだったのでしょう。大きな暖炉があって、かまど代わりに使うとか、いろいろ便利なので物理実験室兼作業場にしたのです。ここほど面白い実験室ではありませんが、よろしければお見せしましょう」

教授は見るべきものはすべて見たいと言い、彼らは三つ目の部屋に入った。こちらも器具でいっぱいだった。プリーストリー博士は部屋を見まわし、大きく複雑な幻灯機のような装置に歩み寄った。その投射レンズは窓のほうを向いていた。

ガイも歩み寄って微笑し、「これも私の装置です」と言った。「以前、テレビが持つ可能性にとても興味を抱きましてね。実験のためにこの器具を作ったんです。小さな電気モーターで動く装置があって、幻灯機のスライドを任意の速度でレンズの前を移動させることができるのです。螺旋状のセレン（セレンは半導体で、光を当てると自由電子が増加して伝導率が増加し、光の強弱で電流の大きさを変えることができる）に光が当たり、セレンの電気抵抗は当たる光の強さに応じて変化します。その点に関する実験は諦めるしかなかったのですが、ある時、この器具で非常に興味深い成果を得たのです」

「ほう！　実験を続けられなかったのは残念だね」と教授は言い、暖炉のほうに歩み寄ると、そこに並んだかまどをまじまじと見つめた。「さて、デイヴィッドスン、実に有益な夕べが過ごせたことを感謝申し上げるよ。今夜ここを訪れて多くのことを学べたと思う」

ガイは微笑し、目に奇妙な色を浮かべた。「プリーストリー博士が私のような卑しき素人から何かを学んでいただけるとは、光栄の極みですよ」と言った。「ここで興味を引くものを見つけていただいたのなら、これにすぐる喜びはありません。さっきの部屋に戻って一杯やりませんか?」

「いや、遠慮させていただく。ありがとう」と教授は答えた。「もう遅いし、帰りは距離もあるのでね」

教授とハロルドは家の主人にいとまごいをし、ガナーズベリー駅に向かった。プリーストリー博士は帰りの移動中、ほとんど口をきかず、難しい判断を迫られたかのように、険しく困惑した表情を浮かべて正面をまっすぐ見つめていた。ウェストボーン・テラスに着くとまっすぐ書斎に向かい、座ってしばらく黙っていたが、不意にハロルドのほうを向いた。

「休みたまえ。私を一人にしてほしい」と唐突に言った。「考えたいのだ」

第十五章　プリーストリー博士の解説

翌朝、プリーストリー博士は、ハロルドがデイヴィッドスン事件の話をしようとしても受け入れなかった。書斎にこもり、科学の研究論文を書く材料を集めることに集中し始めた。ハロルドには、博士が意図的に気を紛らせる仕事を求めているように見えた。教授は眠れなかったらしく、顔色が悪く憔悴していたし、ハロルドが必要な質問をすると、椅子に座ったまま何度もハッとし、気を取り直してから答えるありさまだった。

二人は朝から気を張る作業をしていたが、一時になる前にドアをノックする音がし、メアリが入ってきて、「ハンスリット警部がお越しです」と告げた。「緊急の用件ですぐにお会いしたいと」

プリーストリー博士はぼんやりと彼女を見つめると、「ハンスリット警部？」と初めて聞いた名前かのように繰り返した。前に置いた書類に目を落とし、鉛筆を手に取ってそわそわといじった。ハロルドは、この優柔不断な様子が雇い主のいつもの単刀直入な態度とあまりに違うことに驚き、不意に博士の体に不安からくる震えが走るのを感じ取った。博士は病気なのか？

教授はようやく頭を上げ、メアリのほうを虚ろな目で見ると、「わかった。お通ししてくれ」と小声で言った。

ハンスリットはいつもの無頓着な明るさで入ってきた。「こんにちは、教授。朝のこんな時間にお通しいただき恐縮です。お煩わせしたくはないのですが、大事なことでして。おや、今朝は体調がお悪そうで――」

「座ってくれたまえ、警部。ご用件は何かね」と教授はハンスリットの最後の言葉を無視して言った。

ハンスリットはハロルドをちらりと見ると、かすかに眉をつり上げた。プリーストリー博士の様子がいつもと違うのに気づいたが、邪魔が入ったのを迷惑に思ったせいだと考えた。警部は座り、それ以上の前置きはせず話を切り出した。

「ヘクター卿が殺された土曜の出来事で興味深い事実を見つけたんですよ」と彼は言った。「いただいたヒントのおかげです。犯人はウォータールー駅六時発の列車でサマセット州に行ったのかもしれないとおっしゃいましたね？」

教授が頷いて促すと、ハンスリットは話を続けた。「そこで、部下の一人をウォータールー駅に行かせ、ホルトン駅かスコール駅に行く列車の切符を調べさせたんです。あちこち調べてまわったところ、十一月四日に発券されたスコール駅行きの一等片道切符が回収されていないのを突き止めました。実に抜け目のない部下で、切符を発券した出札係に会いに行きました。その出札係はたまたま勤務日で、発券したことをよく憶えていました」

ハンスリットは口を閉ざした。教授は鉛筆をいじり続け、警部の話を聞いていない様子だった。

「これはかなり重要なことですよ、教授」とハンスリットは鋭い口調で言った。

「わかっている。続けてくれたまえ」とプリーストリー博士はもごもごと言った。「君の話はちゃんと聞いているよ」

「さて、ここからは出札係の説明です」とハンスリットは続けた。「十一月四日の午後四時半頃、一人の紳士が窓口に来て、スコール駅行きの一等片道切符を買い求めました。係員が切符を発券し、その紳士は支払いに十ポンド紙幣を出しました。係員が紙幣を横に置いて見つめていると、紳士は妙に慌てた様子で、釣り銭を受け取るのに一晩中待たせるつもりかと尋ねました。紳士の態度はいささか妙だったのですが、係員は、運賃は三十シリングしないので小銭を持っていないかと尋ねました。紳士は持っていないと答えましたが、係員は、紙幣が本物らしく見えたので、お釣りを渡しました。紳士は切符とお釣りを受け取って立ち去りました。

それでも係員は一抹の疑念が残ったらしく、紙幣と発券した切符の番号を書き留めたのです。彼はその番号を私の部下に伝え、その紳士を再び目にすればわかるだろうと言って、紳士の特徴も説明しました。背が低めで、顔をきれいにあたり、整った顔立ちの紳士だったそうです。服装でわかったのは、グレーのオーバーとマフラーに、グレーの帽子だけでした。

部下が係員から聞いた番号を調べたところ、切符は未回収とわかりました。紙幣は、十一月二日にウェスタン銀行のチジック支店から顧客の一人、ガイ・デイヴィッドスン卿に払い出されたものでした」

ハンスリットが再び口を閉ざすと、今度はプリーストリー博士も顔を上げ、「すると警部、君はそこから何を推測するのかね?」と尋ねた。

「むろん、土曜の午後、サマセット州に行ったのはガイ卿だったのですよ」とハンスリットは答えた。「ウォータールー駅五時発の列車があって、これを使えば、テンプルクーム駅で乗り換えてスコール駅に行けたのです。紙幣の証拠を別にしても、出札係の説明した特徴はガイ卿と一致します。もちろん、一致する人はほかに何千人もいるでしょうが、月曜にブルフォードから彼と一緒に移動した時、彼がグレーのオーバーとマフラー、グレーの帽子を身に着けていた事実を看過することはできません」

「二週間前、彼を乗せて運転した時も同じ服装でした」とハロルドは言った。

「それで、切符が回収されなかったことはどう説明するのかね？」と教授は静かに尋ねた。

「実に簡単ですよ」とハンスリットは答えた。「列車がスコール駅に近づいて減速した時に飛び降りたんです。改札を通らずにすむようにね。あんな小さな路傍の駅では、きっと人目に留まるとわかっていたのでしょう」

「これからどうするつもりかね？」と教授はひと息ついて質問した。

「その土曜のガイ卿の行動を入念に調べなくては」とハンスリットは慎重に答えた。

しばらく沈黙が続き、ハンスリットとハロルドはプリーストリー博士をじっと見つめていた。博士は不意に心を決めた様子でようやく顔を上げた。

「私は難しい立場にあるのだ、警部」と言った。「昨夜《ゆうべ》以来、この目で見たと言っていいほど、ガイ・デイヴィッドスン卿がいとこを殺したと確信している。君にすれば、彼はその事実で犯罪者となり、厳格な法に則して裁かれるべき存在だろう。だが、私にすれば、人に懲罰を課すことは科学的な原理ではないし、彼は人々に恩恵をもたらしたと思っている。二人のいとこたちを知れば知るほど、ガイ卿がヘクター卿に取って代わったのは、関係者全員にとって素晴らしいことだったとわかる。それは否定できまい。デイヴィッドスン社と従業員が受けた恩恵を別にしても、ヘクター卿がたちの悪い生活を送っていたのはわかっているし、狭義の正義の観点からも、彼の人生に終止符が打たれたほうがよかったのだ」

「よくわかりますよ、教授」とハンスリットは苛立たしげに口をはさんだ。「ただ、犯罪者の逮捕と有罪判決を導く証拠を集めるのが私の仕事でして」

「そんなことをすれば、せっかくガイ卿がもたらした成果を無にしてしまうだけだ」とプリーストリー博士はうんざりしたように応じた。「私が見つけた証拠を君に委ねるべきかどうか、ひと晩じゅう考えあぐねた。君が自分でほかの証拠を見つけたと知って、私も心が決まったよ。私が情報を隠しても、避けられない悲劇を遅らせるだけで、回避はできまい」

ハンスリットは肩をすくめ、「ご存じのことをお話しいただくのはあなたの義務だと思いますよ、教授」と冷ややかに言った。

「どうなろうとも、私はこの事件の証人として出廷するつもりはない」と博士は応じた。「その点をしかと理解してもらえるなら、君の目的に必要な証拠を提供しよう」

「その点はお約束しましょう」とハンスリットは少し考えてから言った。

「けっこうだ」と教授は応じた。「すぐにストランド・オン・ザ・グリーンのデイヴィッドスンの家の家宅捜索令状を取りたまえ。家に入って二階に上がると、左手の最初の踊り場に部屋がある。一角が書斎になっている。書き物机の横に屑籠があるから、中身ごとすぐに私のところに持ってきてほしい」

ハンスリットは何も言わず、役目を果たすべく立ち去った。プリーストリー博士は、なんとか自分の仕事に再びとりかかった。昼食の用意ができたと告げられたが、博士は放心したようにテーブルに座ったまま、料理にもほとんど手をつけなかった。博士とハロルドが書斎に戻ると、すぐにハンスリットが戻ってきた。大きな包みを抱えていた。

「さあどうぞ」と警部は言った。「中も見ずにそのまま持ってきましたよ」と包み紙を開き、ごく普通の籐製の屑籠を取り出した。紙屑でほぼいっぱいだった。

「ピンクの紙片を取り出してテーブルの上に置いてくれたまえ」と教授は指示した。

ハンスリットが指示どおりにすると、教授は紙片を一つずつ拾い上げ、つなげていった。すぐに三、四枚の正方形の紙片が出来上がり、博士は残りのピンクの紙片を脇に押しやった。

「我々の目的にはこれで十分だ」と博士は言った。「これらの紙片はすべて同じで、端にミシン目があるから、明らかに帳簿やメモパッドから切り離されたものだ」

ハンスリットは身をかがめて紙片をつぶさに見た。どの紙にも〈デイヴィッドスン社、事務所から工場への輸送の受領伝票、ケース番号――、内容――〉という印刷された見出しが付いている。その下に、鉛筆で幾つかの品目が記され、一番下にサインが書き込んである。一番わかりやすい伝票は十月十六日付のもので、番号が記入され、品目は一連の文字や数字で表した模型だ。

「むろん、これはデイヴィッドスン社の事務所から消えた受領伝票だ」と教授は言った。「昨夜《ゆうべ》、ガイ卿の家に行った時に見つけたのだ。眼鏡をテーブルに置き忘れたという口実で機会を捉えて確かめたのだが、ちょっと前に目にした、バネクリップで留めてあった伝票と同じものだとすぐに気づいた。それぞれの伝票に穴が開いているのがわかるね。伝票差しに刺した穴だ。紙片をすべてつなぎ合わせれば、行方不明の伝票がすべて見つかるだろう」

「すると、事務所から伝票差しを持ち出したのはガイ卿だと？」とハンスリットは興奮気味に訊いた。

「間違いない。おそらく十一月三日に持ち出したのだ。知ってのとおり、彼はその日、表向きはいとこに会うために事務所を訪ねた。彼が話したように、そのあと地階に降りてローリーと会った。タイピスト室を通る途中、伝票差しを取ってポケットに入れることができただろう。伝票差しは誰にも見咎められずに持ち去れるような場所に置いてあった。さらに、彼の実験室には、伝票差しを伸ばして鍛え直せるかまどなどの器具が都合よく置いてある。かまどのそばによく似た小さな鋼があったし、明らかに鍛え直す実験を行っていたのだ」

「なんと、これで凶器の出所《でどころ》ははっきりした！」とハンスリットは声を上げた。「この屑籠にまだ捜査すべきものがあるかな」

警部は一つずつ紙片を拾い上げ、テーブルの上に置いた。ほとんどは破いた手紙の断片だったが、鉛筆書きのメモ用紙も二枚あり、くしゃくしゃに丸めてあった。ハンスリットはその一枚を平らに伸ばすと、満足の声を上げた。自分の手帳に挟んだ紙を取り出し、その筆跡と比較した。

「これはガイ卿の筆跡です！」と警部は声を上げた。「ブラットン屋敷を訪ねた際に書いてもらった住所ですよ。この妙に几帳面な筆跡は見間違えようがありません。では、何が書いてあるのか見てみましょう」

メモ帳の紙は、手紙の下書きのようだった。「拝啓　H殿、先日、ローリーの解雇の件では意見が合わなかったのですが、結論からすると、あなたの判断が正しいと認めざるを得ません。内密のツテを通じて陰謀の存在に気づいたのです……」

文章はその箇所で紙の末端に来ていた。ハンスリットは紙をひっくり返したが、裏は白紙だった。

「おそらく二枚目の紙に手紙の残り部分が書いてあるのでしょう」と言いながら、その紙の皺を伸ばした。だが、一ページ分欠けているようだ。こう書いてあったからだ。「ひそかにブラットン屋敷に運ばなくてはなりません。私はその日の早いうちに、人目につかないように行きます。車を手配して八時五十一分にアンズフォード駅であなたを出迎えるようにさせます。念のためですが、この件は絶対に……」

「手紙はこれで全部です」とハンスリットは屑籠の中をさらに調べた上で言った。「あとの下書きは燃やしたのでしょう。とはいえ、これで何もかも説明がつきますよ。ヘクター卿はケースとその中身を携えてパディントン駅六時発の列車で出発した。一方、いとこのほうは先に出発してヘクター卿を出迎える予定だった。これでガイ卿がウォータールー駅五時発の列車で出発したのも説明がつきます。犯行の全容も容易に再構成できます。ヘクター卿はこの手紙をいとこから受け取った。おそらくは土曜にね。内密にするよう求められたため、ローリーを追い払い、ミス・ワトキンズを口説いた。嫌がって事務所を出て行くと見越してね。邪魔者をきれいに追い払うと、卿は昼食に出かけた。いや、ちょっと待てよ！　ミス・ワトキンズを誘ったのは本気だったのかも。昼食の間に手紙が届いたのかもしれません。そのほうがありそうだ。昼食後、事務所に戻ると、土曜の午後は誰もいないことを知っていたので、ご存じのとおり、品々をケースに詰めて持ち出した。

アンズフォード駅に着くと、出迎えの車が待っていると思っていたが来ていなかったので、いとこの予定に問題が生じたのかと思い、できるだけ早くブラットン屋敷に行こうと考えた。ガイ卿のほうはスコール駅に着き、ドルリー・ヒルに向かい、いとこを待ち伏せた。トラックがやってきて、私が先日説明したとおりの展開となった。ケースはブラットン屋敷に隠されていたとおっしゃった意味がようやくわかりましたよ。もちろんガイ卿は敷地の隅々まで知っているし、見つかる心配もなしにケースを隠せたでしょう。彼はヘクター卿を殺害したあと、卿の鍵束から南京錠の鍵をはずしたのです」

「昨日、南京錠の鍵を持っているかと訊いた時、持っていないと答える前に一瞬ためらったのが意味深長だったよ」と教授は言った。

「ええ、なにもかもが実に明白です」とハンスリットは応じた。「一つだけわからないことがありますね、教授。あなたのお話では、土曜の夜はずっと、実験室で作業中のガイ卿が目撃されていたとか。例の船乗りたちが嘘をついたのか、それともガイ卿にはなりすましの共犯者がいたのですか？」

「どちらでもない」と教授は言った。「そのアリバイには納得できなかったし、昨夜《ゆうべ》家を訪ねた理由の一つは、そのアリバイを調べることだったのだ。知ってのとおり、例の船乗りの話では、デイヴィッドスンが家にいるとわかったのは、〈ファルコン〉から見える部屋に時おり青みがかった閃光が見えたためだ。君が屑籠を見つけた部屋だよ。気づいたと思うが、その部屋の奥には青写真を作成する器具があった。それには水銀灯と、それを点けたり消したりする自動スイッチがあった。

　繰り返すが、目撃されたのは家の正面にある部屋のブラインドを横切るデイヴィッドスンの影だ。この部屋は物理実験室として使われていて、幻灯機と同じ原理の映写機が置いてある。舌を巻くほど巧妙な仕掛けだよ。映写機には写真がレンズの前を動く装置が付いていた。デイヴィッドスンの説明では、セレン受光器に光が当たるとのことだった。この器具を少し調整すれば、光線が窓のブラインドに当たり、幻灯機のスクリーンのようになるのだ。それに、デイヴィッドスンが実験用に選んだ写真は自分の横顔写真だった。即座にわかったが、装置を作動させるだけで、彼のシルエットが間隔を置いてブラインド上を通り過ぎる。外から見ると、このシルエットは彼自身の影のように見えるのだ。

　あの夜、実際に何があったのか、疑問の余地はない。彼は船乗りたちとおしゃべりをしたあと家に戻り、暗くなるとすぐにタイムスイッチが作動するように設定した。その結果、水銀灯が定期的に点滅したり、窓のブラインドに彼の影が時おり映るようになった。近隣の人々に対しては、このイリュージョンは見事に成功した。彼はその間に、すぐに裏口からひと気のない道に出て、まっすぐウォータールー駅に向かったのだ」

「巧妙なトリックです」とハンスリットは言った。「あなたでなければ決して気づかなかったでしょうね、教授」

「忘れないでもらいたいが、私は証人として出廷するつもりはない」と教授は応じた。「以上の点は、君が自分で発見したことにしてもらわなくては。発見した事実を然るべく説明できる専門家の証人を雇うといい。専門家であれば必要な設備を持っているよ」

「ええ、そうしますよ」とハンスリットは言った。「教授、もう一点だけ。ガイ卿はどうやってロンドンに戻ったのですか?」

「それは私にもよくわからない」と教授は答えた。「さほど難しい問題とも思わないが。日曜に警察が訪ねてきたのは昼過ぎだった。戻るのに十分な時間があったわけだ。日曜はサマセット・アンド・ドーセット鉄道は運行していないし、アンズフォード駅やブルフォード駅からの最初の上り列車は、パディントン駅に到着するのが午後三時三十五分だ。だが彼は、たとえば犯行現場から十二マイルほど離れたテンプルクーム駅まで徒歩で行ったのかもしれない。そこならウォータールー駅行きの早朝の列車がある。その経路が彼の使った実際の経路だと言うつもりはない。だが、その点を重要だと思うなら、慎重に捜査すれば容易に判明するだろう」

「その点はさほど重要だとは思いません」とハンスリットは言った。「凶器の件とアリバイを偽装した巧妙な手口だけで陪審員団を十分納得させられます。それに、いとこへの手紙の下書き、強力な動機、出札係の証言を加えれば、きっと犯人と特定できますよ。なにもかも火を見るより明らかです。ただ、正直申し上げて、教授がおられなければこうも早くはわからなかったでしょう」

プリーストリー博士は厳格な顔のまま陰気な微笑を浮かべ、「わかったと言えるのかね?」と言った。「ミス・ワトキンズへの疑惑は捨てたと?」

「ええ、もちろん」とハンスリットは多少まごついて答えた。「あれはただの仮説です。もっと説得力のある仮説が出てくるまでのね。それに、女の犯行と思ったことはありませんよ」

ハンスリットは帽子を手にしていとまごいをした。「それで、これからどうするのかね?」とプリーストリー博士は訊いた。

「警視庁に戻って、いとこ殺害の容疑でガイ・デイヴィッドスン卿の逮捕令状を取ります」と警部は答えた。

第十六章　逮捕

アッパー・テムズ・ストリートにあるデイヴィッドスン社の事務所の前にタクシーが停まったのは四時過ぎだった。大柄だが機敏なハンスリット警部がタクシーから降りてきた。運転手に待つように言うと、玄関のドアを押し開け、ミス・ワトキンズの部屋のドアの覗き口を強くノックした。

彼女は覗き口を開け、歓迎の微笑を浮かべて警部に挨拶し、「こんにちは、ハンスリットさん」と言った。

「こんにちは、ミス・ワトキンズ」と彼はややぶっきらぼうに応じた。「ガイ卿はご在室かい？　すぐにお目にかかりたいのだが」

オルガは警部をじっと見つめた。以前、彼が来た時、このロンドン警視庁の大柄な男に好感を抱いた。とても好意的で、ヘクター卿との関係を話した時も彼女のことを理解し、同情してくれたように思えたが、今はその横柄な態度についむっとした。

「待合室でお待ちください、ハンスリットさん。ガイ卿がお目にかかるか尋ねてまいりますので」と彼女は応じ、警部の面前で、そっとだがピシャリと覗き口を閉めた。ガイ卿の部屋のドアをノックすると、入るようにと声があった。社長は暖炉の前に立ち、さっき出したばかりのお茶のカップを手にしていた。

「お茶の最中にお邪魔して申し訳ありません、ガイ卿」と彼女は言った。「ハンスリットさんがまたいらして、すぐにお目にかかりたいと。社長にお伺いしますと申し上げておきました」

「ハンスリット?」とガイ卿は微笑みながら応じた。「ああ、それならお会いするよ。それと、ミス・ワトキンズ、お茶をもう一杯持ってきてもらえるかな。警部もお気に召すだろう。もう事務所には酒など置いてないからね」

オルガは部屋を出て待合室のドアを開け、「ガイ卿がお目にかかるそうです、ハンスリットさん」と言った。

ハンスリットは事務室に通され、オルガが警部のためにドアを開けてやると、ガイ卿の部屋に足を踏み入れた。ガイ卿はまだ暖炉の前に立っていて、ハンスリットに傍らの肘掛け椅子を勧めた。「ちょうどお茶の時間でしてね、警部」と明るく言った。「上着をお脱ぎになりませんか? ここは少し暖かいですから」

ハンスリットはドアが閉まるのを待ってから一歩前に出て、「ガイ・デイヴィッドスン卿」と厳粛に言った。「あなたの逮捕状を持っています。いとこのヘクター・デイヴィッドスン卿殺害容疑のね。あなたの発言はあなたに不利な証拠として採用される場合もあることを警告しておきます」

警部はこれまでも多くの人を逮捕してきたし、そのたびに警戒して神経を張りつめた。法の手が伸びた時、相手は何をするかわからない。逃げようとしていきなり走り出すかもしれない。武器を取り出して攻撃するか自殺を図るかもしれないし、突然のショックで気を失うこともある。だが、ガイ卿はそんなことをしなかった。マントルピースにゆったりともたれたままお茶を飲み、穏やかな微笑を浮かべてハンスリットを見つめた。

「こんな状況で私に何を言えと？」と彼はようやく言った。「罪を告白して血まみれの手を洗う仕草をするとでも？（マクベス夫人の仕草） 無実だと言っても、きっと信じてはもらえないでしょうから、さして役に立ちませんね。だが警部さん、真面目な話、これはひどく迷惑ですよ。この喜劇の次なる場面は何なのでしょう？」

経験豊富なハンスリットも驚いた。こんな反応は予想外だったのだ。何か言おうとしたとたん、ドアをノックする音がして、オルガが再びお茶を持って入ってくると、カップをデスクの上に置いた。ガイ卿は彼女が出ていくのを待ってから、また愉快そうに話し始め、「お茶をお試しください、警部」と言った。「お気に召すと思いますよ。私用に特別にブレンドしたお茶です。ご心配には及びません。薬など入っておりませんよ」

ハンスリットは苛立たしげに体を揺すり、「私を担ごうとしても無駄ですよ、ガイ卿」と言った。「外にタクシーを待たせてあります。おとなしくご同行願いますよ。騒ぎを起こしたくありません。そうせざるを得ないなら別ですが」

「騒ぎ！」とガイ卿は声を上げた。「まさか。どこだろうと同行いたしますよ。さっさとまいりましょう。そのほうが、この馬鹿げた状況を早く片付けられる。ただ、私がこんなふうに事務所からいなくなれば、いろいろ支障が生じることもご理解ください。ローリーに電話してもよろしいですか？」

ハンスリットはためらった。これは油断させるための計略か？ だが、ガイ卿の要望を受け入れても支障はないと判断した。こんな危機に直面して、重要なヒントを漏らすかもしれない。「いいでしょう」と警部は答えた。「ただ、手短に願いますよ」

ガイ卿は内線電話の受話器を取り、ボタンを押すと、「やあ君か、ローリー？」と言った。「聞いてくれ。ハンスリット警部が来られてね。私にすぐに同行してほしいとのことだ。私は数日留守にするかもしれない。ホスキンズと二人で仕事を進めてくれるね？　ありがとう。そう言ってくれると思ったよ」

ガイ卿は受話器を置き、ハンスリットのほうを向いた。

「さて警部、用意はいいですよ」とガイ卿は言った。「手錠をかけられたりして、ドラマチックに事務所を出ていくわけですか？」

「おとなしく従うとお約束いただけるなら、そんなことはしません」とハンスリットは不機嫌そうに答えた。警部は、囚われの男が逮捕をこんなふうにあしらうのを苦々しく思っていた。人生で初めて自分の判断を疑った。自分も教授も何かとんでもない間違いを犯しているのか？

「ああ、もちろん、お約束しますとも」とガイ卿は軽く言った。「この茶番劇を早く終わらせて、仕事に戻りたいと考えているだけです。私が同行するつもりなのに、警察署に連行せねばと焦ることはありませんよ。ではまいりましょう。お茶をお召し上がりにならないのは残念ですが」

ガイ卿は上着と帽子を身につけ、ハンスリットのすぐあとに続いて事務所を出た。前室を通る途中、一瞬立ち止まり、「警部と一緒にすぐ出かけなくてはいけないんだ、ミス・ワトキンズ」と言った。「私の不在中、ローリー君が仕事を引き継ぐ。君ら二人なら何の問題もないと思うが」

オルガはまごついた顔でガイ卿の背中を見送った。何か異常なことが起きたと直感した。ハンスリットの態度が一変し、ガイ卿がいつ戻るかも言わずに突然事務所を出ていくときては、漠然とした不安でいっぱいになる。しばらく指で机の上を叩きながら座っていたが、不意に立ち上がってタイピスト室に行った。「しばらく私の部屋にいてちょうだい、ミス・ディーン」と主任の女性に言った。「用があったら、私は地階にいるわ」

ローリーは図面の作業をしていたが、邪魔をされて苛立たしげに顔を上げた。相手が誰かわかると顔を輝かせ、仕事の手を休めて彼女を迎えると、「やあ、オルガ、社長はあんなに急いでどこに行ったんだい？」と尋ねた。

彼女は素早く部屋を見まわした。ほかに誰もおらず、ローリーの助手は用があって工場に行ったようだ。「それは私が知りたいことよ、フィリップ」と彼女は答えた。「あなたに電話してるのが聞こえたわ。何て言ってたの？」

「数日留守にするってだけさ。ハンスリットが会いに来てたから、ヘクター卿の死と関係したことだろう。警察はそんなものだ。みんなを追っかけ回すのが一番だと思ってるのさ。ぼくもおとといはハンスリットのせいで一日無駄にしちまったよ」

だが、ヘクター卿の死の話が出るとオルガは顔を曇らせ、「やめて、フィリップ、考えたくないわ」と言った。「ヘクター卿が殺される前日の夜、私たちが話したことが忘れられないの。すぐ翌日に死んだなんて、考えるのも恐ろしいわ。フィリップ――今まで訊かなかったけど――殺したのは誰だと思う？」

ローリーは肩をすくめ、「さあ、そんなことは考えたこともないな」と答えた。「冷酷と思われたくはないけど、彼の死はぼくには天恵のように思えてね。経緯を探ろうとも思わなかった。酔っ払った勢いで自分を刺したんじゃないか。ともあれ、君が動揺するようなことは何もないさ」

「そんなこと言ったって、動揺するわよ」と彼女は身震いしながら言った。「ああ、どうしてなのかわからない。でも、ハンスリットさんは先日来られた時、優しく話しかけてくれたけど、疑われてるんじゃないかって感じてた。もちろん、ああいう捜査をしなきゃいけないのはわかるけど、それだけじゃなかった。私たちに罠をかけようとしている気がしたの――今度は、ガイ卿と一緒に突然あんなふうに出ていくなんて！　きっと何かおかしなことがあるのよ、フィリップ」

ローリーは軽く笑い、「君が神経質になるとは思わなかったな、オルガ」と応じた。「大丈夫だよ。怖がることはない。一人で過ごす時間が長すぎるのさ。要はそういうことだ。今夜はロンドンで食事をして、そのあとショーを見に行こう」

その頃、ガイ卿とハンスリットは車でエンバンクメントを素早く走り抜けながら、キャノン・ロウ警察署に向かっていた。ガイ卿は煙草に火を点け、ハンスリットにもシガレット・ケースを差し出したが、警部は首を横に振って断った。ガイ卿はしばらく黙って煙草を吹かすと、ハンスリットに悲しげな微笑を向けた。

「実に迷惑なことですな、警部」と彼は言った。「法的な手続きはよく知りませんが、殺人の容疑が数時間では晴らせないことぐらいわかっていますよ。私はいきなり責任ある立場になったので、時間が非常に貴重なのです。よろしければこの先どうなるのか教えていただけますか？」

「警察署に連行され、正式に告発されます」とハンスリットは答えた。「そのあと、犯罪はホルトン地区で起きたので、現地の治安判事のもとに連行されます」

ガイ卿は面白そうな表情で座席の背にもたれ、「つまり、あの優秀なハギンズの管轄下に置かれるわけですね」と言った。「我々の関係がこれほど変わるとは！　そのあと、地元の警察裁判所に出廷するわけだ。判事の半数は私のことを子どもの頃から知っていますよ。もちろん、伯父は州の治安判事でした。存命でないのが残念だな。これほど不都合でなければ、伯父も私もこの冗談を楽しめたものを。警部、厳格な法の番人であるあなたでさえ、この冗談の面白さを理解されるはずだ」

「ご忠告申し上げますが、ガイ卿、この問題の真面目な側面をご覧になったほうがよろしいですな」と警部は応じた。「罪状の重さをよく認識しておられないようだ。はっきり申し上げますが、これは冗談ではありませんよ」

「以後は礼儀作法をきちんと守りますよ」とガイ卿は上辺だけの厳粛さで宣言した。「だが、正直、こんな状況でどう振る舞えばいいのかわかりませんね。思いがけず殺人の容疑で逮捕された者にエチケットのマニュアルはない。あるとしても、見たこともないな。おや、キャノン・ロウ警察署に着きましたね？」

タクシーが停まり、ガイ卿が降りると、ハンスリットがすぐあとに続いた。「タクシー代は払わせていただけますね？」とガイ卿は言い、ポケットから小銭を出して運転手に渡した。それから当直の警官に明るく会釈して石段を上がった。

ハンスリットはガイ卿をデスクに案内し、当番の係員の前で彼を正式に告発した。その様子はまるで厳粛な芝居の一場面のようで、全体が何か異様だった。ガイ卿は必要な質問に丁寧に答え、軽薄さは微塵もなかったが、一切の供述を拒否した。そのあと、足音の響く長い通路を連行されていった。

ハンスリットは係員と二人きりになると、「おかしなやつだ」と言った。「証拠が不利なのは火を見るより明らかなのに、自分の逮捕は一時《いっとき》の不都合にすぎないと考えてる。とはいえ、我々の知る事実を教えてやるまで待つことにしよう。そうすりゃ、すぐにへなへなになっちまうさ」

ハンスリットは警察署を出ると、すぐにロンドン警視庁の自分の部屋に向かった。警部は鈍重な男ではなく、既に専門家に会う手はずをしていた。その男は警視監の部下の一人で、警部を待っていた。

ハンスリットは部下を二人呼び、その三人と一緒に車でストランド・オン・ザ・グリーンに向かった。弁護側がアリバイを主張すれば、すぐに崩せる用意をしておくつもりだった。

移動の途中、彼は専門家に打ち明け話をし、「私はそんな偽装装置は見たこともないし、見てもわからない」と言った。「そこで君の出番だ。わけあって証人席に登壇したくない友人がいてね。彼がその奇策を見抜いて、何を探せばいいか教えてくれたんだ。留守中に水銀灯を灯す装置と、ブラインドに動く影を投影する一種の幻灯機だ。君にしてほしいのは、これらの装置を見つけ出し、法廷で納得してもらうために、必要なら実演の準備をすることだ」

「さほど難しくもなさそうだね」と専門家は微笑して答えた。「ご友人というのが誰かは想像がつくよ、ハンスリット。これまでも君の捜査に協力してきた人だね?」

「そうだ。だが、名前は伏せておかねば」とハンスリットは答えた。「ちょっと風変わりな人でね。一度でも証人席に登壇させようものなら、きっと二度と口をきいてもらえないよ。おや、キュー・ブリッジに着いたね」

ハンスリットは車を停めさせ、運転手に角を曲がったところで待つように指示した。仲間とともに道を進むと、ガイ卿の家に着いた。ハンスリットは奇妙な形の鍵で玄関のドアを開け、「さっきもここに来たんだ」と言った。「幸い、このドアは簡単に開く。できれば人目を惹きたくない。ニュースが広まれば、それこそ大騒ぎさ」

警部は二人の部下を配置し、専門家を二階に案内すると、「さあここだ」と言った。「鍵のかかった部屋はない。私は我らが友人の私文書に目を通すよ」

ハンスリットは机に座り、専門家は実験室を調べに行った。一時間ほどして専門家が戻ってくると、顔に強い関心の色を浮かべ、「この男は、この国で最も優秀な研究者の一人に違いない」と言った。「実験室には初めて見るような装置がいっぱいあって、用途は推測するしかない。彼が放免されることを祈りたいね。しばらく弟子にしてもらいたいよ」

「放免されることはないさ。賭けてもいい」とハンスリットは唸るように言った。「それより、例の偽装装置は見つけたかい？」

「ああ。すぐにわかったよ。なぜ迂闊にもあんなものを放置しておいたのかさっぱりわからない。装置は簡単に解体できたはずだし、そしたら、何に使ったのか誰にも見当がつかなかっただろうに」

「自信過剰だとそうなるのさ」とハンスリットは答えた。「屑籠に確実に足がつく証拠を残してたなんて信じられるかい？　見たとたんにわかるようにだぞ！　この手の狡猾な犯罪者によくあることだ。ばれないと高をくくっているから、油断してしまうんだ。さあ、思い残すことがなければ帰ろう。私のほうは興味を惹くものは見つからなかった」

ガイ卿は、独房に入れられると、すぐに弁護士の派遣を要請した。弁護士は一時間足らずで、すぐに依頼人との面会に臨んだ。ユーアート・アンド・ユーアート弁護士事務所は、関わりの深い産業界を別にすれば、さほど名の通っていない事務所だ。だが、老ユーアートはずっとジョージ・デイヴィッドスン卿の顧問弁護士だったたし、その息子は、今では事務所のただ一人の弁護士だが、戦時中はガイ卿と一緒に従軍していた。ガイ卿がヘクター卿の死去に伴って生じた問題を相談したのは、つい先日のことだ。彼はとても心配そうにガイ卿に挨拶し、「いやはや、これは大変なことだが――」と言いかけたが、依頼人は苦笑しながら遮った。

「なに、そうでもない」とガイ卿は言った。「だが、ハンスリットのこの失策は――普段は実にいい男だが――この時期、迷惑ではあるね。君の仕事は、できるだけ早く私をここから出してもらうことだ。さて、今後どうなるのか教えてくれるかい？」

「ホルトンの治安判事のところに連行される」とユーアートは答えた。「警察は、そんなのはまず無理だが、証拠をすべて洗い出して証人を集めない限り、再勾留を申請するだろう。異議を申し立てても意味がない。治安判事は再勾留の許可を与えないわけにいかない。次に、準備が整えば、君は再び出廷することになる。検察側はあらん限りの証拠を出してくるだろう。今は弁護を控えたほうがいい。確実なアリバイでもない限り、どのみち裁判にかけられる。そうせざるを得なくなる前に弁護の方針を明かしても仕方がない。検察側に留意すべき点を教えてしまうことになる。そのあと、君は一月にウェルズで開かれる地方の巡回裁判にかけられる」

「すると、六週間ほど仕事を休めるわけだ」とガイ卿は言った。「むろん、弁護は控えるよ。それが一番無難な手だろう。まあ、考えたい事業計画は山ほどある。時間をまったく無駄にするわけじゃない。さあ、座って楽にしてくれ。協議することにしよう」

翌朝八時、ハンスリットが独房に来て、「これからホルトンに連行します、ガイ卿」と言った。「今度もおとなしく従うとお約束いただけますか？」

「もちろんですよ、警部」とガイ卿は明るく答えた。「これも運命と諦めています。いつ出発してもかまいませんよ。確か、ウォータールー駅九時発の列車がありますね」

ハンスリットは何のそぶりも見せなかったが、囚人のその言葉はゾクッとするほど腑に落ちた。ホルトン行きの列車運行を正確に知っているとは、確かに怪しい。警部はガイ卿を独房から連れ出し、待機していたタクシーに一緒に乗り込んだ。ウォータールー駅で三人目が加わり、揃って貸し切りの一等車に乗った。ホルトン駅までの移動中、誰も口をきかなかった。駅でハギンズ警視が出迎え、四人は護送車で警察署に向かった。

治安判事たちは既に着席していて、ガイ卿はすぐに被告席に誘導された。彼は判事席に一礼すると、手すりにもたれてしげしげと周囲を眺めた。逮捕のニュースはまだロンドンの新聞社に届いていなかったが、噂は明らかにホルトンに多少広まっていた。小さな法廷は興味津々の人々で埋まっていたのだ。ガイ卿はちらほらと知った顔がいることに気づいた。ブラットン屋敷に住んでいた子どもの頃に知り合った人たちだ。伯父の友人たちは判事を務めることを差し控えたため、治安判事は見ず知らずの人ばかりだった。

審理はほんの数分で終わった。ハンスリットが登壇し、逮捕について正式に証言すると、続いてハギンズ警視が登壇し、再勾留を申請した。主任判事はほかの判事たちと小声で少し相談した上で許可を与えた。被告人には、殺人罪では保釈が認められる余地はないことを理解してもらいたい、と。

ガイ卿は被告席から連れ出され、その日の午後、護送車でシェプトン・マレット監獄に送られた。

第十七章　ローリーの打ち明け話

再勾留後の数日、ハンスリットはどうも気分がすぐれなかった。もちろん、せっせと論拠を準備していたし、既に得た手がかりを吟味すればするほど、ガイ卿を疑う根拠は強まるばかりだった。ただ、その作業の合間、妙に気持ちが沈み、何か見落としがあり、慎重に準備した論拠をひっくり返す手段として、弁護側がその見落としを利用するのではと恐れていた。

逮捕時のガイ卿の態度は警部をひどく悩ませた。見当違いの度胸から、迂闊にも自分の犯罪の処罰に無頓着な態度をとる犯罪者はいる。そんな犯罪者には慣れていた。だが、ガイ卿の態度に潜むのはそれだけではない。ハンスリットを嘲笑い、何か切り札を隠し持っているように思える。それは何だろうと思うと、頭が混乱し、ひどく神経質になってイライラしてしまった。

そんな状態なのに、警視監に呼び出された。延期されていた審理が行われる前日の朝だ。警部は面白くない気分で上司の部屋に入ると、警視監が勧めた椅子に座った。

「さて、ハンスリット、デイヴィッドスンの件だが」と威厳に満ちた上司は言った。「言っておくが、これは正式な会議ではなく、ただの意見交換だ。君には有罪判決を勝ち取れるという確信があるんだな？」

「人知の及ぶ限り確信しています」とハンスリットは頑なに答えた。

警部は己《おのれ》が抱く不安を上司に伝える気はなかった。「論拠をよく確かめろとおっしゃるなら、すべてタイプ打ちしてあります」

「いやいや、君が間違いを犯す男じゃないことはよくわかってるよ、ハンスリット」と警視監は慌てて言った。「ただ、最大限の注意が必要だと念を押したいだけだ。確信を持てないのなら、あらためて再勾留を申請すべきだと思ってね。むろん、できればそれは避けたい。悪い印象を与える。だが、君も状況は私と同様よく承知しているはずだ。ガイ・デイヴィッドスン卿の逮捕は凄まじいセンセーションを引き起こしているし、世間の注目が警察に集まっている。それと、念のためだが、おそらく事件は我々の所管内で起きたものではない。我々が成功しても地元の警察は快く思うまい。それに、ガイ卿は地元の人望が厚いし、きっと誰もが無実だと思っている。君が用意する証人の大半はきっと彼の味方だし、君の仕事にさほど協力的ではないだろう。治安判事のほうは心配ない。ガイ卿を裁判にかけるのが義務だからね。だが、巡回裁判が始まったら、検察側の弁護士には水も漏らさぬ論拠を与えなくてはならない」

「その点は保証いたします」とハンスリットは応じた。「論拠は繰り返し検討しましたが、何一つ穴はありません。もちろん状況証拠ばかりですが、殺人罪の裁判ではほぼどの裁判でもそうですよ」

「まあ、君が納得しているのなら、私も納得する」と上司は言った。「だが、あの男が無罪放免となれば、どんな騒ぎになるかわかってくれ。我々は、失態、悪意、その他あらゆる罪で非難されるだろう。議会で問題提起され、新聞で罵倒され、ありとあらゆる不快な事態となるぞ」警視監はひと息つくと、不意に話題を変えた。「それはそうと、この事件のことを――そのう――誰かに相談したのかね?」

ハンスリットには上司のほのめかす意味がよくわかった。プリーストリー博士の特殊な能力は、ロンドン警視庁の幹部たちにも秘密ではなかったのだ。おおやけには相談できなかったが、ハンスリットとの友情を介して博士の支援を頻繁に請うていた。警視監は、部下の最も輝かしい成功の大半が、世間には専ら、きわめて革新的な科学理論の提唱者として知られている、会ったことのないその教授の支援のおかげだとよく承知していた。

「最も重要な証拠が手に入ったのは、プリーストリー博士のおかげです」と警部は簡潔に答えた。

「ああ、それを知ってよかった」と警視監は言った。「プリーストリー博士が我々を失望させたことはない。博士はガイ・デイヴィッドスン卿の有罪を確信しているんだね？」

「博士がこれほど確信を持っていた事件はありません」とハンスリットは答えた。「いつもは慎重な方ですが、この事件でははっきりと確信を持って話してくれました」

「そうか。私から言うことはそれだけだ、ハンスリット」と上司は言った。「では、健闘を祈る」

ハンスリットは部屋を出ながら考えた。これ以上自分にできることはない。確証を得る必要があるな。警部は行きつけの店で昼食を摂ると、心身を引き締め、ベイズウォーターを歩いてウェストボーン・テラスのプリーストリー博士の家に向かった。

書斎に通されると、教授とハロルドは午後の作業を始めたところだった。教授は邪魔が入ったのが面白くない様子で、ハンスリットがデイヴィッドスン事件のことを口にすると顔をしかめた。

「おいおい警部、その件についてはもう言うべきことはすべて話したよ」と教授は応じた。「自分の良識に逆らって必要な手がかりを君に与えた。有罪判決を勝ち取れるようにね。その件にこれ以上興味はない」

「よくわかってますよ、教授」とハンスリットは宥めるように言った。「お訪ねしたのは、これ以上お煩わせするためではありません。ただ、私が発見した新たな情報をお聞きになりたいのではと思いまして」

「話したいと言うなら、聞かざるを得まい」と教授はぶっきらぼうに応じた。「ただ、言っておくが、実に有能な男を仕事の現場から追い払おうとする君の考えには共感できない」

「それは如何ともし難いことで」とハンスリットは言いかけたが、ハロルドが警告の目配せをしてきたので、言葉を引っ込めた。「逮捕したあと」と警部は慌てて話を続けた。「まず、ウォータールー駅の出札係に来てもらいました。彼をガイ卿に会わせたところ、すぐに識別しました。身元確認に疑問の余地はありません。ほかの人間も並べて面通ししましたが、即座に特定したのです。ガイ卿を目にしたとたん、『私に十ポンド紙幣を手渡したのはこの方です』と言いましたよ。

その日はたまたま、ウォータールー駅五時発の列車が満席で、ウォータールー駅にもテンプルクーム駅にもガイ卿を見たという者はいませんでした。彼が六時発の列車を待っていた可能性も考えて、その列車も調べてみましたが、ツキには恵まれませんでした。その日の夜は、たまたまホルトンでお祭りがあって、テンプルクーム駅発ホルトン駅行きの列車は混んでいたんです。人混みの中を容易に通り抜けて行ったでしょうね。スコール駅で目撃した者もいません。列車が駅に着く前に飛び降りたんでしょう。以前申し上げたようにね。

それと、凶器の元になった湾曲した釘について面白い事実を発見しました。かつて、ジョージ・デイヴィッドスン卿の時代に、会社が大量に受注した物らしいのです。ある種のロタリーレーキ（自動除塵機）の熊手部分だったのですが、何かの手違いでサイズを間違えてしまい 会社の手元に残ったのです。その先端に木製の玉を付けて、事務所用の伝票差しにすることを提案したのは、当時工場で働いていたガイ・デイヴィッドスンです。凶器を探していた時、すぐそれに思い至ったのでしょう。あとはたいした話はありませんが、伝票差しを管理していた女性が、屑籠にあった紙屑を行方不明の受領伝票だと確認しました」

ハンスリットが口を閉ざすと、教授は伏せた目で下から彼のほうを見て、「君はデイヴィッドスンを告発する論拠を可能な限り完璧なものにしたようだ」と言った。「裁判はいつ行われるのかね?」

「彼は明日、治安判事のもとに出頭させられます」とハンスリットは答えた。「私が提出する証拠に基づき、今から五週間後の一月に巡回裁判で裁かれる予定です」

「それで、弁護側はどんな戦術を?」とプリーストリー博士は尋ねた。

「わかりません」とハンスリットは答えた。「弁護の仕方は、陪審員団の目の前で私の証拠の信頼性を貶《おとし》めようとすることくらいしか考えられませんね。弁護側の主な論拠はアリバイでしょう。教授のご提案どおりの戦術でアリバイを崩す段取りです」

教授はその件にそれ以上関心を示さず、ハンスリットはいとまごいをした。訪問は短かったが、安心を得られた。プリーストリー博士がはっきりと苛立ちを見せてくれたおかげで、博士がガイ卿を告発する論拠の強さを認識していることがわかった。博士が無益な人間の殺害のゆえに有用な人間が苦しむところを見たくないこともそれなりに理解できた。警部はこの一週間で一番幸せな気分でホルトン駅行きの午後の列車に乗った。

この事件は、表向きはむろんハギンズ警視の所管だったが、ハンスリットは証人を集めたり、情報を求める記者たちに引き止められそうになるのを避けたりと、てんてこ舞いだった。法廷が開かれる頃には、ハンスリットは不安をすっかり忘れ、ガイ卿が被告席に現れると、勝利の笑みを抑え切れなかった。

シェプトン・マレット監獄の環境は、囚人に何の変化ももたらさなかったようだ。ガイ卿は被告席へきびきびと歩いてくると、判事席に向かって一礼し、書記席に座るユーアートに会釈した。傍聴人は明らかに被告人に同情していて、彼が現れたとたん拍手が起きたが、すぐに制止された。通常の予備手続きが終わると、証人が呼ばれた。

最初に証人席に呼ばれた人々は、ファーマー、ホワイト、キャノン、デイ巡査、エディスン医師だった。彼らは、ヘクター卿がアンズフォード連絡駅に着いたこと、ブラットン屋敷で有蓋トラックの荷台の中から彼の遺体が発見され、遺体を検視したことを証言した。彼らは既に検死審問で行った証言をほぼ繰り返しただけで、さしたる関心を惹かなかった。エディスン医師は、故人の遺体から自分が引き抜いた凶器——二つに折れた形で提示されたが、警察で保管中に誤って折れたという説明があった——を確認した。医師は傷の状態を詳しく説明し、確実に即死だったと述べた。

次に、凶器の出所が取り上げられた。ハンスリットは、凶器が事務所から消えた伝票差しであること、刺してあった伝票を発見したことを証言した。さらに、冶金学者を登壇させ、これをまっすぐに伸ばして鍛え直せるのは必要な器具を持った専門家だけだと証明させた。次に、出札係が登壇し、スコール駅行きの切符を発券したことを証言した。最後に、ジョージ・デイヴィッドスン卿の遺言書が提示され、ガイ卿がいとこの死により利益を得ることを明らかにした。

被告人はひたすら簡潔なメモを取っていたが、彼もユーアートも質問はしなかった。ユーアートは弁護を留保したいと示唆し、ガイ卿は次の巡回裁判にかけられることになった。治安判事たちはその成り行きに当惑し、少々失望している様子だった。彼らはこの事件が自分たちの面前で争われることを期待していたのだ。それとは裏腹に、被告人も弁護士も、警察の証拠に異議を申し立てたくなかったようだ。とりわけガイ卿は、自分が裁判にかけられることになって、なにやら安堵した様子だった。

ハギンズ警視でさえ気持ちが落ち着かず、ハンスリットをねぎらう気になれなかった。「さっぱりわからない」審理が終わったあと二人が警察署に落ちつくと、ハギンズは言った。「あの男には闘う気力がないようですね。あなたの論拠が決定的なのは認めますが、あの弁護士はそこに少なくとも穴を空けようとしているのかも。証拠を厳密に扱えば、単なる状況証拠にはいつだって疑問を付すことができます。弁護士は巡回裁判が始まるまでにもうちょっと頑張らないと、依頼人に挽回のチャンスはまずないでしょう」

「どのみち挽回のチャンスなどありませんよ」とハンスリットは応じた。「裁判になれば、いとこを殺したのは彼だと陪審員団を納得させてみせます。ただ、きっと厳しい闘いになるでしょうね。もちろん大砲を用意しますよ。法務長官がみずから乗り出すことはないと思います。ガイ卿は金持ちだから、出費を気にしないだろうし、きっと大物を動かすでしょう。困難な時を乗り切るには気を強く持たなくては。とはいえ、弁護側が我々に太刀打ちできるとは思えません」

その日の夕方、ハンスリットはロンドンに戻り、警視監に報告をした。ハンスリットはその日の成果に浮かれていたが、警視監はまだ浮かない様子だった。「けっこうなことだな、ハンスリット。だが、ちょっとうまく行きすぎのように思える」ハンスリットが審理の経過を説明すると、警視監はそう言った。「私の経験では、弁護側が弱ければ弱いほど、闘いの開始は早い。デイヴィッドスンと彼の弁護士が冷静に自信をちらつかせているのが気に食わない。とはいえ、今は裁判を待つしかない。

だが、正直言えば、今日でけりがついてほしかったな」

ハンスリットは、この面談を終えて帰宅する途中、上司は気後れしつつあるなと思った。まあ無理もない。近頃、ロンドン警視庁は、みっともないことに、センセーショナルな事件の犯人を何度も逮捕し損ねている。ガイ・デイヴィッドスン卿が無罪放免となれば、警視庁の威信はさらに地に堕ちるだろう。だが、そんなことはあり得ないとハンスリットは思った。状況証拠とは厄介なものだが、この事件では分別のある者の目には疑いの余地はない。

その夜、イーリングのローリーの家には気落ちした人々が集まっていた。ホルトンに行って治安判事による審理を傍聴したローリーは、母親とオルガにその経緯を説明し、「あのユーアートの戦術が理解できない」と締めくくった。「彼はガイ卿との打ち合わせで何度も事務所に来ているから、ぼくも会ったことがある。常にアイデアと批判精神に溢れた男なのに、座したまま一度も口を開かず、警察に好きなだけ証拠を提示させるばかりだった。このままじゃガイ卿は大変なことになるぞ」

「フィリップ！」とオルガは恐怖の声を上げた「まさか、ガイ卿がやったとは思ってないでしょ？」

「わからないよ」とフィリップは途方に暮れて答えた。「身近な誰かがやったなんて今日まで思いもしなかった。ただ、警察の論拠も聞いてなかった。凶器が事務所から消えた伝票差しであることは間違いない。この目でしかと見て、すぐにわかったよ。それに、確かにガイ卿が事務所から持ち出したに違いない。あの金曜、地階にいるぼくに会いに来た時だ」

ローリーはひと息つくと、緊張した声で続けた。「これはここだけの話だ。警察はその件について何も訊いてこなかったし、訊かれても話すつもりはない。あの金曜の朝、ホスキンズが内線で、探している模型が幾つか見当たらないと言ってきたから、倉庫に置いてある物を確認していたんだ。一、二度、上階に上がって伝票差しの伝票を調べもした。最後に見たのはガイ卿がぼくのところに来る直前だった。彼が帰ると、ぼくはすぐ確認作業を続けて、数分後にまた伝票を調べに行った。伝票差しは棚から消えていたよ。担当の女性はその時席にいなかったから、何かの理由で君に渡したのかと思っていた。地階に戻ると、たいした話でもないのですっかり忘れてしまった。でも、ガイ卿が持ち去ったのは間違いない」

「あら！　それっておかしなこと？」とオルガは顔を上気させた。「社の幹部だったら、必要なら持って行く権利があるわ。実験用の金属がほしかったのかも」

「でも、ヘクター卿の死体からその金属が見つかったことをどう説明する？」とフィリップは悲しそうに尋ねた。

「説明は幾らでもつくわ！」とオルガは答えた。「誰かが彼の家から盗んだのよ。それに、フィリップ、何もかも馬鹿げてるわ。あのハンスリットがガイ卿の屑籠から伝票を見つけたと証言したそうね。ガイ卿が細かいことにこだわるのはあなたもよく知ってるでしょ。彼がヘクター卿の死を計画したのなら、そんな証拠を残したりする？　そんなわけない。それだけ見ても、伝票差しを持ち去ったのは全然罪のない別の理由があったと誰でもわかるわ」

「それなら、なぜユーアートは立ち上がってそう言わなかった？」とローリーは言った。「彼は座したままその推測を受け入れた。ぼくでももっとましな対応をしたぞ。それと、わからないことがもう一つある。切符の件だ。出札係はガイ卿が四時半頃に切符を買ったと証言した。ところが、その日の四時以降は家から出なかったとガイ卿はぼくにはっきりと言っていたんだ。なぜそのことを言わない？　オルガ、ぼくにはどう考えていいのかさっぱりわからないんだ」

「私の話を聞いてちょうだい！」とオルガは目を輝かせて叫んだ。「ガイ卿の友人までが有罪を信じ始めたら、敵は何をするかわからないわ。彼に敵がいるとは思わないけど。みんな、あのハンスリットの陰謀よ。あの詮索好きのプリーストリー博士って年寄は、以前、何のために事務所を嗅ぎまわっていたの？　何かを見つけようとしてたのよ。たぶん警察の仲間ね。フィリップ、あなたって情けないわ！　ガイ卿の不在中、馬鹿げたことを考えないで、事業を続けていくのが私たちの仕事よ。彼は必ず戻ってくるわ」

ところが、部屋に戻って一人になると、オルガも自信がなくなった。心の中では口で言うほどガイ卿の無実を確信できなかったのか。彼が犯人でも非難しようとは思わない。彼女は博士と同じ見方をしていた。ヘクター卿を始末した男は人類の恩人だと。ただ、一つ確信があった。ガイ卿がいとこの死を計画したのなら、容易に見つかる場所に足がつく証拠を残すほど迂闊ではない。

彼女は事件前の出来事を思い返した。金曜の午後、ガイ卿が事務所を訪ねた本当の理由は何だったのか？　タイピスト室の棚にある伝票差しを取りに来ただけ？　それなら、なぜいとこの部屋で待っていたのに、彼が昼食から帰る前に立ち去ったの？　実は地階に行っただけなのに、なぜ帰ると言ったのか？　それと、あの日、事務所から持ち出したもう一つの物は何？

オルガにも、フィリップにさえ明かせない秘密があった。彼女がガイ卿をいとこの部屋に案内したあと、彼が動きまわる音が聞こえた。前室との間のドアはピタリと閉じてはいなかった。座って静かに新聞を読んでいるわけではないとわかった。探し物があるのかと思ってドアを開け、何が必要なのか訊いてみた。彼は暖炉のそばに立っていて、ドアの開く音が聞こえると、小さな段ボール箱のような物を上着のポケットに突っ込んだ。問いかけた彼女に優しく微笑むと、何も探していないと言った。

些細な出来事だったのですっかり忘れていた。ヘクター卿の部屋から大事なものは何もなくなっていなかった。彼女は何度も自分にそう言い聞かせた。だが、ガイ卿が事務所を訪ねたことが新たな意味を持つようになった今、あらためて疑問を感じていた。前日のあの訪問は、ヘクター卿がブラットン屋敷に模型を運んだ不可解な行動と何か関係が？　一緒に行くと同意していれば、ヘクター卿は模型を運んだだろうか？　無駄な憶測に疲れ果て、とうとう眠りに落ちると、ヘクター卿が墓から蘇って追いかけてきて、ガイ卿が不意にどこからともなく現れて、捕まらないように助けてくれる夢を見た。

第十八章　裁判

ガイ・デイヴィッドスン卿の裁判は、一月十七日、ウェルズの巡回裁判所で始まった。大聖堂しか取り柄のない、静かで小さな市は大騒ぎだった。これは大事件だと明らかになり、しかも、並外れたセンセーショナルな裁判になるという噂が流れていた。その結果、法廷は、扉が開かれて一、二分もしないうちに興奮した群衆で埋め尽くされた。

ハンスリットはプリーストリー博士の席を確保すると申し出たが、この変わり者の科学者は傍聴を断り、「この事件への興味は尽きた」と言った。「法の運用に関心はない。この問題は解決したし、とうに別の問題に目を向けている。その取り組みに忙しいので、ハロルドを派遣するわけにもいかない。きっと新聞が審理の経過をしっかり記事にしてくれるだろうから、必ず目を通すよ」

ハンスリットは、もはや結果についてほとんど不安を感じなかった。検察側の論拠はこの上なく入念に用意した。法務長官本人は顔を出さなかったが、検察側の弁護士は勅選弁護士ジェイムズ・ポックリントン卿だった。刑事法曹界で最高の評価を得ている弁護士だ。ユーアートはオースティン・ライリーに弁護を依頼していた。勅選弁護士になって間がなく、最近輝かしい成功を収めている弁護士だ。だが、オースティン・ライリーの名は人に知られつつあったものの、弁護側がポックリントンほどの才幹を持つ指導的人物を雇っていないのは驚くべきことだった。

通常の予備手続きが終わると、ガイ卿が被告席に登壇した。彼はこの場の厳粛さを十分意識しているかのように、重々しく落ち着いた表情をしていた。罪状認否を求められ、「無罪です、閣下」と明瞭でしっかりとした声で答えた。その時から審理への強い関心を顔に表したが、得心しているのか、狼狽しているのか、その表情からはまったく窺えなかった。

ジェイムズ卿は、長々と筋の通った演説で検察側の陳述を始めた。デイヴィッドスン社の創立について簡単に触れ、ジョージ卿の死によって生じた状況を説明し、被告人がいとこの死によって全財産を得たこと、いとこ同士の確執が、社の最も重要な従業員の解雇を巡って頂点に達したことを示した。

十一月三日金曜、被告人はアッパー・テムズ・ストリートの社の事務所を訪ねた。表向きはいとこに会うためだ。陪審員団には、確実に故人が不在となる時間を彼が選んだことが示されるだろう。彼はそのあと地階に降り、ローリーと話をした。解雇を通告されていた従業員だ。ジェイムズ卿は、事務所の構造を詳しく説明し、被告人が伝票差しを持ち去る機会があったことを指摘した。被告人がこの伝票差しをストランド・オン・ザ・グリーンの自分の実験室に運び、殺人の凶器に鍛え直したという証拠を示す予定だ。

いとこの命を狙う被告人の計画は、見事な手際で準備がなされた。彼は故人に手紙を書いたが、その下書きの一部が提示される予定だ。この手紙で、いとこが確実にパディントン駅六時発の列車に乗ってブラットン屋敷に行くように仕向けた。被告人はアンズフォード連絡駅に故人の車で出迎えることになっていたが、それ以前に近隣に来ていた。

この手紙の内容を了承した故人は、今言った列車で移動したが、アンズフォード連絡駅に着いても出迎えの車は来ておらず、トラックを雇ってブラットン屋敷まで乗せてもらうほかなかった。次に、ジェイムズ卿は移動過程とブラットン屋敷への到着の状況を説明した。トラックの運転手は、ドルリー・ヒルを登る途中で荷台の中に乗ることは誰でも簡単にできたこと、故人が携えていた大きなケースが移動途中に消えたことから、トラックのリアドアが開けられたことを明らかにする予定だ。ジェイムズ卿は、ケースの中身に加え、ケースが殺人の二週間後に無傷で回収されたことを説明した。

さて、犯行当日の午後と夜における被告人の行動はきわめて疑わしい。証人は、彼が土曜の午後四時から日曜の早朝まで実験室で作業していたように見せかけるため、ある種の装置を設置していたことを明らかにする予定だ。実は彼が土曜の四時半にウォータールー駅でスコール駅行きの切符を買っていたことが示されるだろう。この切符を使えば、荷台に乗った故人が通りかかる前に犯行現場に行くことができた。用意してあった凶器を携えた被告人はトラックを待ち伏せし、疑惑をそらすためにケースを道路に放り出した。

以上がジェイムズ卿の陳述の要旨だが、当然ながら、実際はもっと詳細に論じていた。法廷は昼食のために休廷し、再開されると、検察側の証人が証人席に呼ばれた。ジェイムズ卿の最初の仕事は、二人のいとこの関係とジョージ卿の遺言書の指示を明らかにすることだった。遺言書が提出され、読み上げられたあと、社の秘書であるミス・ワトキンズが、ジョージ卿の死後に生じた状況について証言するために呼ばれた。

オルガは証人席に入り、ガイ卿に明るく微笑んだ。彼は軽く頭を下げて挨拶を返した。彼女はジェイムズ卿の質問に答えて、ヘクター卿がいとこを事業への参画から事実上締め出した経緯を説明した。彼女の返答は明らかに被告人に同情的だったため、ジェイムズ卿は、ガイ卿がいとこからひどい仕打ちを受け、それだけでいとこに復讐する十分な動機があったと陪審員団に印象付けるように彼女の証言を引き出した。ライリーはこの証人への反対尋問を行わなかった。

次はフィリップ・ローリーで、証人席に入ると不安そうにガイ卿のほうを見た。安心したことに、彼は穏やかで平静な表情をしていた。逮捕されてからむしろ太ったな、とローリーは思った。二人のいとこはますます似てきた。ガイ卿が金髪で、いとこが黒髪だったことを別にすれば、被告席にいるのは、色白になり、粗野な性格の消えたヘクター卿ではと思うほどだ。犯罪を意識すると、人をこれほど様変わりさせるのか？

ローリーは緊張し、ためらいがちに証言を行った。彼は故人から解雇通告を受けたため、その件で被告人に相談していた。被告人は心底同情し、いとこが判断を変えるよう説得すると約束してくれた。被告人は殺人の前日、しばらくは転職の準備をしないでくれとはっきりと言った。

ジェイムズ卿はこの説明の利点をすぐさま把握した。ローリーにもう一度その説明をさせ、その間、陪審員団のほうを意味ありげに見つめた。証人は、殺人の翌日の日曜、被告人から社に残るよう慰留されたことを事実として認めた。ローリーはその後、被告人の希望で取締役になった。ヘクター卿の死は被告人の将来計画にとって絶妙のタイミングだったのだ。

ライリーの反対尋問で、証人は、自分の目の前で被告人がいとこを脅すようなことは決してなかったと明言した。

これでジェイムズ卿は動機の説明を終えた。次に凶器の問題に移った。伝票差しを管理する女性は、鋼には木製の玉に近い箇所に小さな傷があることと、彼女自身が玉にインクで記したかすかな「R」の文字があることから、それが消えた伝票差しであることを確認した。尋問の中で、彼女はその伝票差しが金曜の正午から翌週水曜の間に事務所から持ち去られたことを明らかにした。ハンスリットが呼んだ専門家は、伝票差しは必要な知識や器具を持つ者でなければ、まっすぐに伸ばして鍛え直すことはできないことを証明した。専門家は、被告人の実験室でぴったりの器具と、同じように鍛えられた鋼の破片を見つけた。ハンスリットは、被告人の屑籠の中に行方不明の受領伝票を見つけ、管理する女性がその伝票であることを確認したと証言した。エディスン医師とデイ巡査は、その凶器が故人の遺体から抜き取られたものであることを確認した。

誰もが驚いたことに、ライリーはこれらの証人の反対尋問を行わなかった。その対応に法廷内はざわめいた。傍聴人は、この凶器の件が検察側の最も決定的な証拠であり、弁護側がこれを覆そうとしないのは愚の骨頂だと思った。議論の余地のない証拠だと認めているようなものだ。その時から、それまで被告人に好意的だった劇の観客の意見は反対方向に転じた。

ジェイムズ卿は次に、故人が事務所からブラットン屋敷へと移動したこととその動機について証言する証人を呼んだ。ローリーは発明品とその重要性を説明し、模型と図面の消失に気づいた経緯を説明した。金庫室と南京錠の鍵を両方持っていたのは故人だけであり、これらの品をケースに詰めることができたのも故人だけだった。ハンスリットは被告人の屑籠から見つけた手紙の下書きを提出した。事務所からパディントン駅までの移動については、ハラウェイ巡査とタクシーの運転手が証言した。パディントン駅のポーターは、故人が列車に乗ったこと、ケースを手荷物車両に積んだことを証言した。計量台の担当者はケースの重さについて証言した。ハギンズ警視は、その重さが発見時のケースの重さと同じだったと述べた。ケースの開封に立ち会ったローリーは、金庫室から消えた品は、些細な一品を別にして、そのケースの中にあったことを証言した。その一品は彼がのちに倉庫で見つけた。最初に調べた際に、倉庫にあるのを見落とさなかったとは断言できない、と証言した。

今度はきっとライリーも反対尋問するだろう！　検察側は確実に予想していた。弁護側が別の犯行動機を示唆し、ヘクター卿が殺されたのは、ケースを持ち去り、その中身を奪うためだったと示そうとするはずだと。だが、ライリーは何のそぶりも見せなかった。ジェイムズ卿は非常に重要な切り札を提示した。ローリーとハンスリットから、被告人がローリーのいる前で――ハンスリットはプリーストリー博士の名前が法廷に出ないようにしていた――南京錠に合う鍵を持っていないと述べた事実を引き出した。それぞれナンバー一、二、三という、三つの鍵があった。ナンバー三は故人が所有していたが、彼の遺体から見つかった鍵束からは消えていた。だが、その鍵は逮捕時に被告人が持っていた。

弁護側はそれでも何のそぶりも見せなかった。検察側は、論拠の急所の一つが、一人の男が重いケースをトラックから発見場所まで持ち運んだという点だとよく承知していた。検察側は、被告人が鍵を持っていたことから、故人の鍵束からその鍵をはずしたに違いないこと、教授がハンスリットに示唆したように、被告人がケースとその中身を少しずつ持ち運ぶことができたことを示すつもりだった。だが、裏付けとなる証拠が欠けているし、ジェイムズ卿は、弁護側が確実に覆してやろうと挑んでくるのではと予測していた。弁護側は、その証拠に完全に圧倒されたのか、それとも、非常に強力な切り札を隠し持っているのだろうか。

ここでその日の審理は終了した。十八日の開廷時に証人席に最初に呼ばれた証人はホレス・エリオットだ。食堂車の係員で、ウェイマスの住人であり、グレート・ウェスタン鉄道の従業員だと陳述した。「私はパディントン駅発ウェイマス駅行きの午後六時発の下り列車に乗っていました。列車の常連客の名前はほとんど知っていました。十一月四日にパディントン駅から列車が発車した直後、一等車に乗っているヘクター・デイヴィッドスン卿に気づきました。夕食を二番目で摂るか尋ねたところ、それでいいという返事でした。故人はニューベリーで食堂車に来ましたが、夕食を摂ったあと、うとうとしておられました。いつも降りられるブルフォード駅に列車が到着する前に故人を起こしました。ところが、故人は次のアンズフォード駅まで乗り続け、私は故人がその駅で下車するのを目撃しました」

　ライリーはついに動きを見せ、反対尋問を始めた。エリオットは彼の質問に答えて、最初に故人を見たとき、いつものように元気そうだったと述べた。「故人は隣の席に酒の携帯瓶を置いていましたが、ニューベリーで食堂車に来られた時、その瓶から一口飲んだようです。故人は素面《しらふ》でしたが、息は酒臭かったですね。以前も同様のことがありましたので特に驚きませんでした。

　故人は食前と食中に三、四杯飲まれました。これはいつもの習慣どおりで、多くも少なくもありません。ヘクター卿が俗に言うへべれけになるのを見たことはありません。食堂車で食事を摂られたあと、眠くなるのは常でした。起こした時は、熟睡ではなく、うたた寝しておられただけでした。目を覚まされると、追加を注文し、ブルフォード駅とアンズフォード駅の間で飲み干されました。その時、食堂車には故人しかいませんでした。ほかの乗客は既に出ていき、私はパントリーで手が離せない状況でした。その時、食堂車とほかの車両をつなぐドアは閉まっていて、掛け金が掛かっていました。私の知らないうちに誰かが開けることはできませんでした。列車はブルフォード駅からアンズフォード駅までの移動に七分かかりました。故人はアンズフォード駅で下車した時、明らかによろめいていました」

　次に、ファーマーが証人席に呼ばれ、検死審問の際に述べたのとまったく同じ説明をした。再び反対尋問に立ち上がったライリーに答えた。「故人はかなり酒に酔っている様子でした。声は不明瞭で、言葉はしどろもどろでした。一、二度よろめき、危うく転倒しそうになりました。私は、ホワイトを呼びに行く時、故人を切符売り場に置いたケースの上に座らせました。戻ってくると、ぐっすりと寝入っていました。起こすのがひと苦労だったので間違いありません。私の見たところ、切符売り場にはほかに誰もおらず、出札係が窓口から覗いていただけでした」

次に証人席に呼ばれたのは運送屋のトム・ホワイトだ。ジェイムズ卿は彼にじっくりと質問した。特に集中して追及したのは、故人がケースとともにトラックの荷台に乗ったこと、トラックはドルリー・ヒルを登り、私道の門前で停車してブラットン屋敷に着いたことだ。「トラックの荷台に乗って移動したのは故人の希望で、おれもファーマーも助手席に乗るよう勧めました。故人はとても眠そうで脱力してたから、荷台に乗るのを手伝わなくちゃいけなかったんです。何杯か飲んでたようですね。トラックは馬力が出ず、ドルリー・ヒルを登るのはひと苦労でした。徒歩のペースで少なくとも五分か十分は走ったはずで、エンジンがものすごい音を立ててました。道路では誰の姿も見なかったけど、トラックが通り過ぎるのを待って、崖を降りてきてトラックのうしろに飛び乗った者がいたとしても防げなかったはずです。そいつが紐をほどいて荷台に乗り込み、熟睡していたヘクター卿を刺し、ケースを投げ捨て、荷台から飛び降りて紐を結び直すのは簡単だったでしょう。エンジン音のせいでおれには聞こえなかったはずです」

ホワイトは続けて、耳をそばだたせる聴き手に向かって、ブラットン屋敷に着いてヘクター卿の死体を発見したこと、ケースが消えていたことを説明した。「おれは荷台には乗らなかったけど、警察官が来るまで見張ってました。被告人に会ったのは検死審問の日が初めてで、一族らしく似てたから親戚だと気づきました」

反対尋問で、ホワイトは故人が荷台に乗った時の状態に関するファーマーの証言を裏付け、「眠ってしまいそうなほど酔っていて、麻痺しているような状態でした」と説明した。

次に証人席に呼ばれたキャノンは、検死審問で述べた証言に特に付け加えることはなかった。「私は荷台に乗り込み、眠っていると思しき旦那様を起こそうとしました。体を揺すると横に滑るように倒れ、旦那様の顔つきから、すぐに死んでいると察知しました。私は従軍経験があるので、死人は見ればわかります。それ以上は調べず、デイ巡査、そのあとエディスン医師を呼びに行きました。最初に警察官を呼びに行ったのは、ヘクター卿が死んでいるのは確実で、医者には手の施しようがないと思ったからです」反対尋問では、証人は酔っている故人を何度も見たことがあると述べた。「そういう時はいつも陽気で騒がしいのです。酒のせいですぐに眠ることはありませんでした。一人でおられる時は、夕食後しばらくは椅子に座って居眠りする習慣がありました」

デイは以前の証言をあらためて述べた。「私は荷台に乗り込み、故人の死亡を確認しました。死体をつぶさに調べることはせず、キャノンに医者を呼びに行かせました」ライリーはこの証人に反対尋問をしなかった。

次に、エディスン医師が証人席に呼ばれた。医師は、遺体の検視、凶器の発見、傷の状態などを詳しく説明した。「その傷から、即死だったのは確実です。故人は刺されて一、二秒足らずで死んだはずです。心臓を完全に刺し貫かれ、ほぼ即死でした」

ライリーは反対尋問に立ち上がった。「証人は、その傷を加えられれば速やかに死が訪れると言われました。つまり、故人がいくらあがこうと、それなりの時間を要する行為は絶対にできなかったのではありませんか？」証人は、確かにそのとおりだと答えた。次に、証人は検死解剖を行ったかどうかを尋ねられた。「厳密な意味での検死解剖は行っていませんし、検死官からの依頼もありませんでした。傷の状態を確認し、その結果、即死ということで納得しただけです」と答えた。

次に、ライリーは時間の問題に移った。「検察側によれば、傷はトラックがアンズフォード駅からブラットン屋敷まで移動した間、つまり、九時十五分から十時十五分前の間に加えられたものだといいます。証人は、死体を検視したのは一時二十分前だったと証言しました。死後三時間から三時間半経過した死体は、証人の想定どおりの状態だったのですか？」

エディスン医師は、「死体の冷たさと硬直には多少驚きましたが、死後、非常に寒い夜の野外で、隙間風の入る荷台の中にあったことを考慮しました」と答えた。「その点を考慮すれば、死体の状態は異常ではありませんでした。ただ、仮にそうだとしても、三時間から三時間半というのは、許容できる最短の時間です。ブラットン屋敷に到着後に故人が死亡した可能性はありません。その点ははっきり言えます。所見を申し上げれば、死亡時刻は検視時の三時間前よりも三時間半前としたいところです」

ライリーは次に、あらためて証人に傷の説明を求めた。「非常に強い力で刺されていました。そのため、凶器の玉が当たった箇所の皮膚にはあざができて裂けていました。それどころか、皮膚がシャツに付着していました。傷の周りとシャツにはかなりの血が付着していましたが、大量ではありませんでした。玉が傷口を抑えていたので、大量出血にならなかったのでしょう。傷の状態を見ても、大量の血が流れるとは思えません」

さして重要ではない証人が数人呼ばれたが、既に午後の遅い時間だったので、審理は後日に延期された。傍聴人は囁き声で事件のことを論じ合いながら広場にドッと出ていった。ガイ卿はあんなたるんだ弁護士を雇ったばかりに、自分の死刑執行書にサインしてしまったという意見が専らだった。あの弁護士は、検察側の証拠を覆そうともせず、相手が得点を稼ぐに任せてしまった。それどころか、ヘクター卿がどのくらい酔っていたかという些末な問題や、受けた傷に関するまったく的外れな事柄にこだわるばかりだった。ヘクター卿がいとこに心臓を凶器で刺されて死んだという明白な事実には何も反駁しなかった。誰もがガイ卿はお先真っ暗だという意見だった。

第十九章　弁護側の証拠

裁判の三日目、ライリーが弁護側の陳述を始めた時、法廷には期待感が広がっていた。地元の世論はそう簡単に変わるものではなく、検察側がいかに不利な事実を示そうと、ガイ卿の無実を信じる者が多かった。ライリーの主張がどれほど脆弱でも、陪審員団は明らかに贔屓目に聞いてくれるだろう。

彼の態度は穏やかで落ち着きがあり、芝居がかった様子は一切なかった。「陪審員団は検察側の論拠をお聞きになりましたが、その証拠がまったくの状況証拠にすぎないことにお気づきでしょう。被告人が十一月三日にウォータールー駅五時発の列車に乗ったという出札係の証言を受け入れたとしても、故人の死亡時に被告人が現場に居合わせたという証拠はないのです。的外れな些事の積み重ねに異議を唱えて法廷の時間を浪費するつもりはありません。それは皆さんが既にお聞きになった証人たちの証言をつなぎ合わせたものです。しかし、私は被告人が告発された罪状に関して無実であることを決定的に証明する証拠を提出するつもりです」

この短くも効果的な演説は、法廷の関心を最高潮に高めた。陪審員団は席で居住まいを正し、傍聴人は身を乗り出してこれから登場する証人を見ようとした。最初に名前を呼ばれたのは、ウォルター・ボースウィックだ。

この証人は、自分がアンズフォード連絡駅に勤める出札係で、十一月三日の夜に勤務していたと証言した。「私は、手押し車で大きな箱を運ぶファーマーと一緒にいる故人を目撃しました。彼らは、八時五十一分着の列車が到着した直後、切符売り場に入ってきました。切符売り場には出入り口が二つあり、一つはホームに通じ、もう一つは構内に通じています。ファーマーが箱を降ろすと、故人はすぐに箱の上にどっかりと腰を下ろしました。そのあと、ファーマーは駅構内に通じる出入り口から出ていきました。

窓口から故人が見えましたが、具合が悪そうだったのでじっと見守っていました。故人はどうやら眠り込んだらしく、ファーマーが戻ってくるまで動きませんでした。ファーマーがいない間、切符売り場に入ってきた者はいません。故人はファーマーに起こされるまで、動いたり、よそへ行ったりはしませんでした」証人は、ジェイムズ・ポックリントン卿の質問に答えて、切符売り場の窓口の奥にいた自分には、故人と彼が座っていた箱がはっきり見えたと説明した。

傍聴人は苛立ちを見せ始めた。彼らが期待していたセンセーショナルな証言とはほど遠かったのだ。だが、次の証人の名前が呼ばれると、大きな驚きのざわめきが起こり、再び証人席に注目が集まった。アラード・ファヴァーシャム卿の名は、法廷にいる全員が知っていた。この著名な毒物学者は、多くのセンセーショナルな事件に登場し、新聞購読者の間でその名はよく知られていた。紛れもなくその分野の第一人者であり、彼の所見は権威あるものとして広く受け入れられていた。長身で痩せ型、猫背の男で、大きな頭と丸く盛り上がった額は、すぐさま深甚な知識を持つ印象を与えた。

彼は宣誓を行い、最大限効率的な言葉の使い方で証言を行った。「十二月十五日に遺体発掘の指示を受け、ブラットンの教会墓地に赴きました。故人の遺体は、私を含む複数人の立会いのもとで掘り返され、ロンドンに移送されました。心臓や胃などの臓器を摘出し、胃は特に綿密に検査を行いました。その結果、有機砒素化合物の一種、おそらくはカコジル系の毒（カコジルは、砒素化合物の一つで、きわめて不快な臭気をもつ無色、猛毒の油性液体）による中毒の明らかな痕跡を発見しました」

この発言は法廷に凄まじい興奮を引き起こし、簡単には収まらなかった。アラード卿は、ライリーの尋問を受け、自分の陳述を詳しく解説した。「私自身、この特殊な毒物群に相当の研究を捧げてきました。近年、これまで未知だったこの系列の毒物が複数発見されたことは周知の事実です。これは猛毒で、通常は気体の状態で存在します。戦争末期、少なくとも交戦国の一つがこのガスの使用を検討していました。その効果は、このガスがわずかに含まれる空気でも、吸い込めば速やかに死をもたらすものです。故人の肺を調べましたが、ガスを吸い込んだ形跡はありませんでした。私の所見では、故人はガスの水溶液を飲んだものと思われます。そうした水溶液をごく少量、たとえば、大匙一杯飲めば死に至るでしょう。その程度の少量を服用すれば、眠気と部分的な麻痺を引き起こし、最後に昏睡状態に陥って死に至ります。服用から死に至るまでの経過時間を正確に述べることはできません。二十分から三十分が、致死量を飲んだあとの許容できる最長の時間でしょう。その眠気と部分的な麻痺は、アルコールの過剰摂取により引き起こされる状態と容易に混同されそうです。つまり、毒の影響下にある者は、泥酔状態に見えるかもしれません。故人がこの系列の毒物の一つを服用した結果死亡したことは疑いありません」

ライリーは着席し、ジェイムズ・ポックリントン卿が反対尋問に立ち上がり、証人は答えた。「これらのガスは、実験の場合を除いて、現在は製造されていません。しかし、その存在は多くの研究者たちに知られていて、通常の化学実験室で生成させるのは難しくないでしょう。ガスは非常に安定していて、水溶液の場合でも長時間安定しているでしょう。臓器の検査から示された量の毒を、故人がロンドンを離れる前に摂取していれば、アンズフォード駅に着いた時は既に死亡していたはずです。アンズフォード駅に到着した時の故人の状態から見て、毒を服用したのは駅に到着する直前だったと考えられます。毒の効果が表れる前に刺されたとは考えられません。その傷であればほぼ即死であり、毒は臓器に拡散せず、胃の中に残存していたでしょう」

次の証人は、著名な外科医、ユースタス・ウォーラー卿だった。「私は遺体の発掘に立ち会い、故人の刺し傷を調べました。外見からすると、この傷が死因に見えるでしょう。エディスン医師は熟慮の上でそう判断したわけではありません。しかし、私は心臓とその周囲の組織を入念に検査し、死後まもなくではありますが、それは死後に加えられた傷であると断言します。私もエディスン医師の立場であれば、おそらく、その傷を死因と仮定して同じ過ちを犯していたでしょう。凶器は確かに心臓を刺し貫いていて、ほかの死因で死亡したことを示す外見上の症状はありませんでした。傷口には打撲と裂傷があり、その外観のせいで、絶命後に加えられた傷だとはよもや疑わなかったでしょう」

反対尋問で、ユースタス卿は、あなたが間違っている可能性もあるのではという弁護士の示唆をきっぱりと否定した。「心臓を刺し貫かれたのが死亡の前か後かを判断できる明確な痕跡があります。故人の場合、その痕跡がすべて存在していて、紛れもなく死後であることを示しています」証人は、その特徴を詳しく説明し、生前に刺されていれば、どの特徴もあり得ないことを説明した。傷を加えられたのが死亡して何時間後か意見を求められると、確実に四時間未満で、刺されたのはその間のいつであってもおかしくないという推定を述べた。

ライリーは遺体発掘に関する形式上の証言を求め、発掘された遺体が故人のものであることを確認すると、喚問する証人は以上ですべてだと宣言した。

法廷は短い休憩に入り、その間、弁護士のテーブルの周囲に座る人々は、激しくはあったが聞き取れない囁き声で議論していた。その後、ライリーは再び立ち上がり、弁護側の論拠を締めくくる陳述を始めた。

その陳述には、自明な事実の確証ほど難しい仕事はないという含蓄があった。「検察側の論拠は状況証拠だけが頼りであり、確定した事実の裏付けは一つもありません。そんな論拠を反駁することで時間を費やす意味があるとは思っていなかったことを、法廷の皆さんにはご理解いただきたいと存じます。検察側による立証なき申し立てと、アラード・ファヴァーシャム卿やユースタス・ウォーラー卿のような人物の宣誓証言のどちらを取るかは陪審員団にお委ねいたします。彼らの証言は、はっきり目に見える科学的事実に基づいており、その意義は否定できません。彼らは故人の死因が毒であることを疑問の余地なく証明したのです。

不幸な男がいかにして死に至ったかに関しては、見解の相違はほとんどありません。ユースタス・ウォーラー卿は、傷が絶命後に加えられたものであり、その傷が死因でないことを証明しました。アラード・ファヴァーシャム卿は、真の死因は毒であり、死亡したのは、毒の投与後二十分から三十分後であることを証明しました。故人は、アンズフォード駅からブラットン屋敷までの移動の間にトラックの荷台の中で死亡したことが立証されました。駅では生きている姿を目撃され、屋敷では死んだ状態で発見されたからです。

ファーマー氏、ボースウィック氏、ホワイト氏が説明した、アンズフォード駅での故人の状態は、アラード・ファヴァーシャム卿が述べたとおり、その毒を服用した人間に予想される状態と見事に一致します。おそらく、故人は列車から降りる直前に毒を服用したのでしょう。アンズフォード駅で服用したはずはありません。お聞きのとおり、ずっと他人の観察下にあったからです。荷台の中で服用したはずもありません。中毒の症状は荷台に乗り込む前には表れていたからです。では、ほかにどんな機会があったでしょうか？

答えは明白です。食堂車の係員、エリオット氏の証言によれば、列車がブルフォード駅に到着する直前、故人はウィスキー・ソーダを飲んでいました。飲んでいたのは、ブルフォード駅からアンズフォード駅までの間、車室内に一人でいた時です。グラスに致死量の毒を入れるのにこれ以上の機会があるでしょうか？　毒を入れた瓶は、おそらく線路に投げ捨てられ、粉微塵になったのでしょう。

したがって、被告人の関与を示唆することは不可能です。まず、アラード・ファヴァーシャム卿が示された時間の制約を最長に延ばせば、故人はトラックが発車して数分後に死亡したはずです。トラックは、列車到着のほぼ三十分後に発車したからです。つまり、この不幸な男は、誰かが荷台に乗り込むことのできた最初の地点であるドルリー・ヒルに至るずっと前に死んでいたのです。エリオット氏の証言を繰り返しますが、ブルフォード駅に着くまで、食堂車にいる故人には誰も近寄りませんでした。ブルフォード駅からアンズフォード駅までの間、エリオット氏は確かにパントリーにいましたが、その時、食堂車とほかの車両を結ぶドアは施錠されていました。検察側の主張を繰り返せば、被告人はウォータールー駅五時発の列車に乗ったので、どんな状況を想定しても、パディントン駅六時発の列車に乗ることはできなかったのです。

故人の死因を説明することは弁護側の義務ではありません。しかし、故人がみずから毒を服用し、アンズフォード連絡駅に到着した時、既に死に瀕していたことは、分別のある者には疑問の余地はありません。いずれにせよ、被告人に対する告発は確実に覆ります。全幅の信頼を置きつつ、陪審員団には無罪の評決の答申を求めます」

続いて、ジェイムズ・ポックリントン卿が立ち上がった。「陪審員団は、弁護側が提示した非常に注目すべき仮説をお聞きになりました。すべては専門家の証人によって裏付けられた仮説です。弁護側の弁護士は、検察側の論拠が専ら状況証拠に基づいている事実を強調されました。陪審員団は、専門家の証言が状況証拠と同様に誤りやすいものであることを理解されるでしょう。陪審員団は、証人席に立った著名な紳士たちを敬意に満ちて目にされたと思いますが、いかに学識と知性のある方たちとはいえ、人間として過ちを犯す可能性もあります。彼らが論じた事実は、通常人の理解を超えるものです。その事実は、彼らが属する分野の専門家にとっても、単なる一所見でしかありません。専門家は、国民の審判に訴えて自説を裏付けることはできません。専門家は自分の所見を述べることしかできないし、それは通常の人間には証明できない所見なのです」

ジェイムズ卿は検察側の論拠を要約しようと試み、最善を尽くした。だが、検察側の弁護士は、常にそれなりに公正な立場で行動していると見なされるものだ。彼は自分の論拠の分が悪いことに気づいていた。やがて着席し、これ以上その論拠を押し付けたくないのが傍聴人にもわかった。彼は陪審員団に争点をどう判断させるかを判事に委ねた。

判事は総括を行い、陪審員団に慎重に説示を行った。「未提示の重要な証拠があるかもしれないという事実に判断を左右されないようにしてください。また、被告人が証人席に登壇しなかったとしても、そのことで論拠に偏見を持たないでください。陪審員団は、提示された証拠にのみ基づいて判断しなくてはなりません。検察側の証拠は純然たる状況証拠でした。凶器を手にした被告人を目撃した証人はおらず、犯行現場の近くで被告人を目撃した者もおりません。しかし、状況証拠そのものは完全に有効です。殺人事件では犯行の直接目撃者が現れることはきわめて稀であり、陪審員団は、付随的な状況から被告人の有罪または無罪を判断しなければなりません。

しかし、この事件では、一見疑わしい状況は、それぞれの専門分野で最も著名な二人の人物による忌憚なき証言により否定されました。陪審員団は、刺されたことが故人の死因ではないという一流の外科医の熟慮に基づく所見をお聞きになりました。また、同じく著名な毒物学者からも、死因は毒物の投与であり、その毒物は、一般には入手できないが、多くの化学者が入手できる毒物であるとの所見をお聞きになりました。投与された毒物は陪審員団の関知するところではありません。その問題は別の捜査の対象となるでしょう。死因に関する直接証拠は、陪審員団に提示された他のすべての証拠より重みがあることを皆さんに告げるのが私の義務です」

陪審員団はその示唆を躊躇なく受け入れた。彼らは二分ほど小声で協議した。陪審長は問いかけるように陪審員たちを見ると、全員が頷いた。陪審長は席を外すこともなく、評決の合意が得られたと告げた。

「告発事由について、被告人は有罪ですか、無罪ですか?」

「無罪です、閣下!」

人で溢れた法廷に拍手が沸き起こり、しばらくしてようやく収まった。比較的静かになったところで、ガイ卿は正式に無罪放免となった。ガイ卿、ユーアート、ライリーは、広場を埋め尽くした群衆の熱狂的な歓迎から逃れるため、裏口から出て、警察が呼んでくれた車に乗り込まざるを得なかった。

オルガとフィリップはロンドン行きの列車に乗るため駅へと急いだが、暗いトンネルを抜けて、突然日差しの中に出てきたような気分だった。ここ数週間、辛い不安が続いたが、いまやデイヴィッドスン社は垂れ込めた影から永遠に解き放たれ、繁栄と至福の時を迎えようとしていた。なかでもオルガは喜びを抑え切れなかった。

「明日の朝には、事務所に来られるガイ卿に会えるのね！」と彼女は叫んだ。「こんな恐ろしい事件がきれいさっぱり終わって、あの憎たらしいハンスリットさんももう鼻を突っ込んでこないと思ったら、ほんと素敵よ」

「ぼく以上に喜んでる者はいないさ」とフィリップは応じた。「どれほどやきもきしたことか。もしガイ卿が有罪になっていたら！　社はどうなったかわからないよ」

「有罪になるはずないわ！」とオルガは憤然として声を上げた。「ガイ卿を陥れるような馬鹿げた話を警察がでっち上げたのよ。彼のことを知ってる人なら、いとこを殺すはずがないことくらいわかってたわ。でも、自分で毒をあおったと突き止めるなんて、あの医師たちも賢いわね」

「うん、誰が気づいたのかな？」とフィリップは応じた。「どうも妙だ。まだ説明のつかないことがたくさんある。誰かがヘクター卿の死体にあの凶器を突き刺したんだ。やったのは誰だ？　事務所から持ち去ったのがガイ卿じゃないなら、誰が持ち去った？　なぜガイ卿は、模型をブラットン屋敷に運べといとこに指示する手紙の下書きをしたんだ？　そもそも、なぜヘクター卿は食堂車で毒をあおった？　ぼくらの知らない何かがあったに違いない」

「あら、それがどうだっていうの？」とオルガは苛立たしげに言った。「もう終わったことよ。ガイ卿は私たちのところに戻ってくる。私が考えるのはそれだけ」

二人は列車に乗り、ほかの乗客がいない車室を見つけた。ロンドンに向かう途中、オルガはフィリップと腕を組み、「ああ、なんて素敵なの！」と幸せそうな声を上げた。

「うん、素敵だね！」とフィリップはゆっくりと言った。「お祝いをしなくちゃ。これまで何も言わなかったのは、すべてが不確かだったからさ。でも、これですべて終わった。ぼくは社の取締役だし、将来は保証されている。これ以上待つ必要はない。一緒になってくれるよね、オルガ？」

彼はオルガを抱きしめ、頭を自分の肩に引き寄せた。彼女の頭のてっぺんしか見えなかったが、嬉しそうな吐息が聞こえ、絶妙なタイミングだったと悟った。だが、彼女はいつまでも返事をせず、ようやく口を開いても、声が小さく、列車の騒音でほとんど聞き取れなかった。

「一つ条件があるの」と彼女は言った。「フィリップ、わかってちょうだい。私よりずっと長く社にいるあなたならわかるでしょ。この辛い時をずっと耐えてきたし、これからの幸せを分かち合いたいの。私は事務所の仕事が大好き。世間にとって自分が有用な存在だと感じ、あなたとガイ卿のお役に立ってると実感するのが嬉しいのよ。結婚するわ、フィリップ――とても嬉しい。ほんとよ！　でも、仕事を辞めろとは言わないで――今は。いつか――もっと年を取って、ほかにやらなきゃいけないことが出てきたら事情が変わるかも。でも、今は駄目よ、フィリップ、今はね」

「君なしではいられないよ」と彼は応じた。「好きなだけ社で仕事したらいい」

彼女は顔を上げてにっこりと微笑んだ。フィリップは顔をかがめてオルガにキスし、今日という日に、ガイ卿だけでなく、自分にも幸せの門が開かれたことを知った。

第二十章　科学者たちの秘密会議

翌日の夜、プリーストリー博士の書斎に案内されたのは、意気消沈したハンスリットだった。すっかり疲れ切った様子で椅子にドサッと座り、博士の挨拶には唸り声で応じただけだった。「さて、ニュースはご覧になりましたね？」とそっけなく尋ねた。

「デイヴィッドスン裁判の結果なら見たよ。君の言う意味がそれならね」と教授は穏やかに答えた。

「ふん、我々は見事に間抜け面《づら》をさらしましたよ」とハンスリットは不機嫌そうに言った。「警視監は荒れまくってますが、それも責められません。我々は国中の笑いものですよ。素晴らしい冗談とは思いませんか？　ロンドン警視庁は殺人容疑で男を逮捕、被害者は刺される前にみずから毒をあおっていたと判明！」

「うむ、我々の仮説は不正確だったようだ」とプリーストリー博士は頷いた。「弁護側がどんな戦略で来るのか、裁判の前に何の予想もつかなかったのかね？」

「何も」とハンスリットは答えた。「おわかりとは思いますが、私のせいじゃない。その時はもう私の手には負えなかったんですよ。もちろん、遺体発掘の件は知っていました。当然のことですが、部下を一人立ち会わせましたので。ただ、弁護側は、殺害時のヘクター卿の状態を明らかにしたいだけだと我々に思いこませました。錯乱状態に陥って自分を刺したと主張するつもりなのかと思いましたよ。

我々はさほど気にかけませんでした。それでは凶器の説明が困難ですからね」

「あの弁護には私も心底驚いた」とプリーストリー博士は言った。「君はヘクター卿が自殺だったと納得しているんだね?」

「ほかにどんな真相が?」とハンスリットは答えた。「ヘクター卿はアンズフォード連絡駅では生きていた。その点は間違いありません。だが、彼は毒を飲んでいた。それも、専門家によれば——アラード・ファヴァーシャム卿のような人たちが宣誓の上でいい加減なことを言うはずがない——三十分以内に死に至るという毒を。だから、間違いなく列車の中で飲んだんです。食堂車の係員が毒を盛ったのでない限り、自分で毒を服用したんですよ。どのみちガイ卿は列車に乗っていなかったし、仮に奇跡的に乗っていたとしても、食堂車にはいなかった」

博士は首を横に振り、「いくら不可能に見えても、私はガイ卿がいとこを殺したと確信している」ときっぱりとした口調で言った。「今は何の仮説も示せない。幾つかの事実についてもっと情報を得なくては。だが、一つだけ意味深長なことがある。使われた毒はカコジル系のガスの水溶液だった。こうしたガスの性質を知っているということは、優れた化学の知識を持つことを意味する。そんな知識を持つ者は、何の痕跡も残さない毒物をいろいろ知っているだろう。それなら、なぜ死後かなり経っても検出される毒を選んだのか?

しかも、その種のガスは、戦時中、極秘裏に開発されたのだ。戦争が続けば致死兵器として使用される予定だった。ガスの研究に従事した者だけにこの種のガスの知識があった。実用化されなかったので、部外者が敢えて研究したとも思えない。ファヴァーシャムのような人物は別だが。私は、ガイ・デイヴィッドスンが戦争末期にそのガスの研究部門で仕事をしていたのをたまたま知っているのだ」

「残念ながら、その話は思いもよりませんでしたね」とハンスリットはそっけなく言った。「もう手遅れですよ。ガイ卿は、なんなら自分が犯人だと叫んで回ってもかまわない。我々には手が出せません。いとこの殺害に関して無罪となったのですから、二度と裁判にかけることはできませんよ」

「我々は違う視点で物事を見ている」と教授は応じた。「君にとって、犯罪者は訴追され、有罪判決を受けるべき存在だ。私にとって、犯罪者は非常に興味深い研究対象であり、彼が最終的にどんな運命を辿ろうと関心はない。今度の場合、我々が直面する問題は、犯行を行ったのは誰かではなく、どうやって行われたかということだ。正直に言えば、私にはそれが非常に興味深い。だから、今回の裁判と提出された証拠についての極力詳細な説明がほしい。新聞記事はどうしても省略がある」

ハンスリットは要望に応じて説明し、プリーストリー博士は時々質問をはさみながらじっと耳を傾けた。説明にはかなりの時間を要し、ハンスリットは話が終わると立ち上がった。

「そろそろ帰らなくては」と彼は言った。「明日、甘んじてお叱りを受ける前に何時間か寝ておきたい。ロンドン警視庁はきっと自殺説を受け入れるでしょう。ほかにどうしようもありません。私に関しては、この事件はもう終わりです。はっきり言って、デイヴィッドスンの名前は二度と聞きたくありませんね」

翌日、プリーストリー博士はアラード・ファヴァーシャム卿を訪ねた。二人は旧友だったが、科学の分野では大きく異なる陣営に属していた。どちらも相対する時には、常に自分の専門知識を忌憚なく披露したし、二人とも相手の知識を活用することが多かった。

そんなこともあり、アラード卿は友人を心から歓迎し、「久しぶりだな、プリーストリー！」と声を上げた。「君のことだから、ただおしゃべりをしに来たわけじゃないだろう。今回の調査対象は何かね？」

「なに、実を言えば、デイヴィッドスン事件の話をしに来たのだ」と教授は言った。

アラード卿は教授をじろっと見て、「ほう、その件に何か奇妙なところでも？」と尋ねた。「そう考えているようだね。ひょっとして、君は弁護側の裏方だったんじゃないか？」

「いや」と教授は答えた。「ここだけの話だがね、ファヴァーシャム、実は君の表現を借りれば検察側の裏方だったのだ。デイヴィッドスンは、いとこが死んだことがおおやけになると、この件を調べてくれとすぐに頼みに来た。だが、私は最初から彼が犯人だと疑っていて、最後は警察に事件のポイントを示すことができた。私はエディスン医師の証言を受け入れ、警察と同じく死因を刺殺とする過ちを犯した。どんな証拠でも、自分で確認するまでは決して受け入れてはならないという教訓になるだろう」

「うむ、エディスンはひどい失態だったね」とアラード卿は頷いた。「だが、彼をそう責められないという点では、ウォーラーも私と同意見だ。昼夜ずっと仕事をしていた田舎のごく普通の医者が、短剣で心臓を刺し貫かれた男の診察に呼ばれたとする。血痕を探すと、それなりの量の血痕を見つける。傷口は裂傷で、そこからは何もわからない。殺害された男は、トラックの荷台に乗り込んだ時点では、一見酔ってはいたが健康だったと知る。男の評判を知っているので、その点に何の違和感も抱かない。おのずと、その傷が死因という結論に飛びつく。ウォーラーも、おそらく自分も同じ判断をしただろうと言っているよ」

「だが、すぐに検死解剖を行うべきだったのでは？」と教授は異議を唱えた。

アラード卿は肩をすくめ、「なあプリーストリー、誰もが君みたいに詮索好きな精神を持っているわけじゃない」と答えた。「どう見ても、詳細な検視を行う必要はなかった。心臓を数インチの鋼で刺し貫かれた男がいた。世に知られざる毒物の効果で死んだと誰が想像する？ それに、エディスン医師が内臓を検査したとしても、異常を見つけたとは思えない。私にカコジルの毒の効果、ウォーラーに心臓の病理学の特別な知識があったからこそ、実際に起きたことを突き止められたんだ」

「ますます面白くなってきたな！」と教授は声を上げた。「死因がその珍しい毒物による中毒だと、どうして気づいたのかね？ 通常の検査でそんな毒物を調べたわけではあるまい？」

「ああ。デイヴィッドスンの弁護士、ユーアートから示唆を受けたんだ」とアラード卿は答えた。「遺体から砒素が発見されるのではという話だった。知っていると思うがね、プリーストリー、砒素はカコジル系毒物の成分の一つだ。確かに砒素は発見されたが、ごく微量で効果のないものだった。それだけではヘクター卿の死因を説明できない。だが、その痕跡を辿っていくと、臓器に見覚えのある特徴があるのに気づいた。戦争末期にカコジル・ガスの動物実験で目にしたものと似ていたんだ。このガスに固有の検査を行ったところ、陽性反応が出た。だが、肺には影響が見られなかったので、ガスは吸ったものではなく、水溶液で体内に取り込んだものと考えられた。死因を特定できたのは、そのガスに関する私の特殊知識があったればこそだ」

「ガスがあれば、その水溶液を作るのは難しくあるまい？」と教授は訊いた。

「いとも簡単さ」とアラード卿は答えた。「我々が最終的に推奨したガスには、軍事上の観点から反対意見が一つあった。水に溶けやすいため、雨天時には使えないだろうとね。だが、ユーアートが砒素を探すよう示唆したのは実に驚くべきことだ。なぜ砒素が存在すると知っていたのかな？」

「この事件には不可解な点が多い」と教授は言った。「ここだけの話だがね、ファヴァーシャム、私は、いとこを殺したのはデイヴィッドスンだと確信している」

「彼なら毒を調合できただろう」とアラード卿は応じた。「その可能性は非常に高いね。知ってのとおり、カコジル・ガスを調べていた当時、彼はその研究に携わっていた。つまり、ガスの特性を熟知していたごく少数の一人だ。だが、どうやってその毒を投与した？　誓ってもいいが、ヘクター卿が死んだのは毒を服用してから三十分以内だ。その三十分の間に二人が顔を合わせていないことは明確に証明されている。ヘクター卿がその毒物を服用したのは食堂車の中だ。それが考えられる唯一の仮説だよ。ちなみに、我々はこの毒の効果について少々驚くべき事実を知った」

「ほう？　それは何かね？」と教授は尋ねた。

「つまり、その毒がもたらす部分的な麻痺は、死後も持続するらしいということだ」とアラード卿は答えた。「最初に気づいたのはウォーラーだ。死体を発見した時のキャノンの説明に妙な点があると気づいたんだ。キャノンは、荷台の中に入った時、主人が眠っていると思って体を揺すった。キャノンの言葉を借りれば、故人は『体を丸めて』座っていた。死体を揺すると、丸めた姿勢のままで横に倒れたとキャノンは説明している。こうした状況なら、死後間もない死体は手足を伸ばした状態で横たわると予想するだろう。死後三十分以内に死後硬直するはずがない。

この点は実に興味深かった。とりわけウォーラーにとってはね。裁判が終わると、我々はエディスン医師を訪ねた。喜んで会ってくれたよ――ウォーラーが、医師の過ちは無理もなかったと明確に証言したのでね。検視した時の遺体の状況を尋ねたが、彼の説明はキャノンの説明を完全に裏付けていた。それどころか、ヘクター卿が四時間前、正確に言えばわずか三時間半前に生きていたと知らなければ、死亡時間を検査前の四時間前よりも十二時間前に近い時間に推定していただろうと彼は告白した。硬直の原因を夜の寒さのせいだと彼は考えたが、私は毒の影響だと考えたい。わかってほしいが、我々がこの毒の効果を人間で観察したのはこれが初めてなんだ」

二人の科学者が裁判の件でしばらく議論したあと、プリーストリー博士はいとまごいをした。博士はウェストボーン・テラスに戻って褐色の書斎にしばらく座っていた。それから、部屋の隅で作業していたハロルドのほうを向いた。

「この問題を解決するまでは休めない」と博士は断固とした口調で言った。「これは自分自身のためだ。ある意味、ハンスリットのためでもある。意図したことではないが、彼を誤った方向に導いてしまった。だが、私の最初の仮説は、重要な一点を除いてすべて正しかったと確信している。テイヴィッドスンはその夜、トラックの荷台に乗り込んだのだ。箱とその中身をめぐる状況についても確実に正しい。弁護側が検察側の証拠を反駁しなかったのも目を惹く。ただ、彼が荷台に乗り込んだ時、いとこは既に死んでいたのだ。だが、そうだとすると、なぜ確実に自分に結びつく凶器でいとこを刺したのか？

その刺し傷がなければどうなっていたかを考えてみよう。死因不明の死体が発見されていたはずだ。検死解剖が行われても何の情報も得られなかっただろう。臓器に含まれる砒素の量は、死因としては不十分だった。砒素は通常の食べ物から摂取した可能性もあった。ファヴァーシャムでなければ誰も気づかなかったし、彼が召喚されることもなかったはずだ。通常の医師の能力では、ほかの死因が思いあたらず、心不全と判断してけりがつけられていただろう」

教授がひと息つくと、ハロルドは敢えて口をはさみ、「ガイ卿は、自分の手法がばれるわずかなりスクも避けたかったのでは」と言った。

「なぜかね?」と教授はすぐさま尋ねた。「どのみちリスクはわずかだったたし、凶器から彼に疑いがかかるリスクに比べれば取るに足らない。実際、疑いがかかったし、彼は唯一可能な弁護として、自分の手口を明かさざるを得なくなった。彼が示した論拠は、ヘクター卿が服毒自殺したという事実だ。おそらく真の死因を突き止められる唯一の人物、ファヴァーシャムに相談するようユーアートに指示したのだから、実際その事実を知っていたわけだが、それならなぜ逮捕された時か、もっと早くにその事実を話さなかったのか? いとこの死は服毒自殺ではなく、間違いなく殺人だったからだ。だとすると、自分に容疑がかかるようにした明確な動機があったと考えるほかない。その動機が何かわかれば、問題を解く鍵が見つかるはずだ」

「でも、ヘクター卿はどうやって殺害されたのですか?」とハロルドは異議を唱えた。「死亡する三十分前に毒を飲んだのは確実だし、その三十分の間、殺意を抱いてヘクター卿に近づいた者は誰もいなかった。それははっきり証明されているんですよ」

「我々が検討すべき点はそこだ」と教授は答えた。「証拠は確かに自殺を示唆している。あるいは、ヘクター卿がうっかり毒を飲んでしまった可能性もある。これほど珍しい毒物を偶然飲んだと言うつもりはないが、自分の意思とは無関係に何かを介して酒に毒物が入った可能性もある。彼はブルフォード駅からアンズフォード駅へ向かう途中、食堂車でウィスキー・ソーダを飲んでいた。その飲み物に毒が入っていたのか? 可能性はあるが、考えにくい。ブルフォード駅を出て間もなく、食堂車の係員がヘクター卿のそばに携帯瓶があるのを見たと話していたね。その携帯瓶が、移動の途中かそれ以前に細工を加えられていたとしたら? 到着直前にカコジル・ガスの水溶液が入っていたとすれば？　調べる価値のある捜査の線だ」

教授は机に向かい、伝言を書くと、「これをロンドン警視庁のハンスリット警部に渡してほしい」と言った。「携帯瓶を見せてほしいという要望だ。見つかっていればだが」

ハロルドは使いに出て一、二時間ほどで戻ってくると、「携帯瓶をお借りしてきました」と報告した。「ハギンズ警視が故人のオーバーのポケットで見つけて、ほかの所持品とともにハンスリットに渡したものです」

「ハンスリットは君に渡すのに難色を示したかね？」と教授は訊いた。

ハロルドは苦笑を噛み殺した。デイヴィッドスン事件のことで警部が口にした毒々しい言葉は伝えないほうがいいと思ったのだ。「いえ」と彼は答えた。「用がすんだら返してくれとおっしゃっただけです」

教授は携帯瓶を手にし、慎重に扱いながら調べた。主に銀製でかなり大きめ。容量は一パイントだ。今は液体が数滴残っているだけ。教授は栓を外し、慎重に中を嗅いだ。ほのかなウィスキーの香りがした。

「これでは何もわからない」と教授は言った。「とはいえ、ファヴァーシャムに分析を依頼しよう。これを彼のところに持っていって、私からと丁重に伝え、今日話した毒が入っているか検査してほしいと依頼してほしい」

翌日の夜、アラード卿はみずからウェストボーン・テラスを訪れ、「また見当違いをやらかしているね、プリーストリー」と言った。「携帯瓶の中身を調べたが、ウィスキーと水だけで、毒性のものはなかった。酒もすごく薄かったぞ。付いているイニシャルから察するに、故ヘクター・デイヴィッドスン卿の所持品だな。遺体にあったものか？」

教授は頷くと、「そうだ。致死量の毒が入っているかと思ってね」と答えた。

「いや、絶対に違う」とアラード卿は断言した。「毒の水溶液はおそらく無味無色だったが、細心に検査した結果、ガスの痕跡を検出できた。ライリーが法廷で述べたとおり、毒は瓶にでも入っていて、瓶はそのあと線路に投げ捨てられたのだろう」

教授は微笑し、「私はそうは思わない」と言った。「冬の夜に食堂車の中で移動したことは？」

「ああ、何度もある。なぜそんなことを？」とアラード卿は驚き顔で答えた。

「それなら、線路に物を投げ捨てるのがいかに難しいかわかるはずだ。窓はすべて閉まっていて、仮に開けても、石炭の燃え殻が吹き込まないように金網で保護してある。物を投げ捨てようと思ったら、ヘクター卿は席を離れて車両の出入り口まで行かなければならなかっただろう。係員の証言では、それはできなかったはずだ」

「ふむ。それなら、瓶を座席の下に放り、車両の清掃の時に捨てられたんだろう」とアラード卿は言った。「私には些末なことのように思えるが」

「たいていの問題は、一見些末なことに目を向けることで解決するものだ」と教授は応じた。「だが、毒が携帯瓶に入っていなかったことは証明された。ほかの容器に入っていたのなら、なぜヘクター卿はそんなものを飲んだのか？　食後に服用する薬として渡されていたのか？　だとすれば、誰が渡したのか？　むろん、いとこではない。薬を処方してもらうよう相手に頼むほど二人は親しくなかった」

アラード卿は笑い声を上げ、「なあプリーストリー、事件を精査すればするほど自殺のケースに近づいていくぞ」と言った。「唯一の合理的な解決案は、ヘクター卿は瓶の中身が何かわかっていて、自分の意思で毒を服用したというものだ。係員が最後に持ってきた飲み物に入れて服用したのだろう。グラスを調べることはできない。あの事件以降、おそらく百回は使って洗われたはずだ。さて、これで失礼させてもらうよ。携帯瓶を返すために立ち寄っただけだ」

その夜、プリーストリー博士は深夜過ぎまで書斎にいて、そわそわと椅子に座っていたものの、時おり不意に立ち上がり、苛立たしげな足取りでカーペットの上を歩きまわった。ハロルドはこの兆候を感知し、仕事を言いつけられるのではと気を張っていた。教授はようやく寝室に行き、ハロルドはホッとして書類を片付け、自分も寝室に引き取った。

ハロルドは、寝室のドアが開く音で熟睡から目を覚ました。慌てて身を起こし、電気を点けた。教授は部屋着を着たまま、ベッドのそばに立っていた。

「おや、先生、どうかされましたか?」とハロルドは声を上げた。

「いや、なんでもない」と教授は気短そうに答えた。「デイヴィッドスンが再開された検死審問に出廷するためブラットン屋敷に行った時、何か荷物を持っていったかね?」

「そうですね」とハロルドはゆっくりと記憶を探りながら言った。「持っていったと思います。ああ、そうだ! 車室にスーツケースを持ち込んで、手荷物車両に大きなトランクを預けていました。確か、どのくらい滞在することになるかわからないからと言ってましたよ」

プリーストリー博士は陰気な笑みを浮かべ、「ありがとう」と言った。「起こして悪かったね。おやすみ」

そう言うと、博士は部屋を出ていった。

第二十一章　サマセット州への旅

　翌朝、教授は朝食の時間に遅れた。こんなことは実に珍しく、ハロルドは昨夜《ゆうべ》の出来事を思い出し、かなり思い詰めているなと思った。ようやく雇い主が手をこすり合わせながら降りてきて、とても元気そうだったのでホッとした。

「やあ、ありがとう。二時半に不躾にも君の眠りを妨げてしまったが、そのあと、やっとぐっすり眠れたよ」と博士はハロルドの問いに答えて言った。「ようやく、ヘクター卿の死で大いに困惑させられた矛盾がすべて説明できる仮説を組み立てた。驚いたことに、今まで重要な点を一つ、完全に見逃していたよ。朝食をすませたら手伝ってほしい」

　教授はいつものようにたっぷり朝食を摂ってから書斎に腰を下ろした。手紙は読まずに脇に押しやり、すぐにハロルドに話し始めた。

「ガイ・デイヴィッドスンと知り合って数年経つが、いとこには会ったことがなかった」と教授は言った。「知ってのとおり、私はデイヴィッドスン社と取引があったが、彼らとは手紙かローリーを介してしか連絡を取ったことがない。だからヘクター卿の容貌を知らないし、死亡時に新聞に載った写真から推測しただけで、そんな写真では細かい点はよくわからない。ハンスリットが元の写真を持っていないかな？　もしあればぜひ見たいのだが」

「警部なら持っているでしょう」とハロルドは答えた。「なんでしたら、ロンドン警視庁まで頼みに行きますが」

教授は苦笑し、「ハンスリット警部はこうして調査が続くのを喜ぶまい」と言った。「だが、了解が得られるなら、所持する写真を借りてきてもらいたい」

こうして、二日のうちに二度目となるが、ハロルドはロンドン警視庁のハンスリットの部屋を訪ねた。警部は不愛想に挨拶し、用件を訊くと苛立ちの声を上げ、「この件は諦めるよう教授に言ってほしかったよ」と言った。「こんなひどい失敗を演じては、苦しみを長引かせても意味がない。例の携帯瓶は持ってきてくれたかい?」

「ええ、ここにありますよ」とハロルドは答えた。「はっきり申し上げて、何の役にも立ちませんでした」

「当たり前だ」とハンスリットは強い口調で言った。「今さら何の役に立つ。我々はとんだ失態を演じたし、できることはただ一つ、平静を装うだけさ。この件に関する物は、あの忌々しい箱も含めて、みんなデイヴィッドスン社に送り返すよう指示したよ。これが見納めでありがたい限りだ」

「でしょうね」とハロルドは宥めるように言った。「でも、写真をお持ちなら、返却する前に教授に見せてやってくれませんか?」

「ふん、いいとも」とハンスリットは唸るように言った。彼は机の中を引っかき回して、紐で縛った包装紙の包みを取り出した。「さあこれだ。教授にはお好きなものを選んでもらえばいいし、なんなら差し上げるよ。額縁に入れて書斎のテーブルに飾ってもらってもいい。自分も過ちを犯すという教訓にね。持っていっていいよ、メリフィールド君。このくだらんデイヴィッドスン事件のほかに、いろいろ考えることがあるんだ」

ハロルドは、ハンスリットの気が変わらないうちにと、包みを受け取って急いで部屋を出た。すぐにウェストボーン・テラスに戻り、包みを教授に渡した。教授は包みを開くと、入っていた写真をじっくりと調べた。

「一族が似ている顕著な例だ」と教授はようやく言った。「二人のいとこは身長も体格もほぼ同じに見えるが、これらの写真を見ると、ヘクターのほうが太っていて、顔つきも粗野だ。ヘクターは黒髪だが、ガイは目立つ金髪だ。だが、この目と、横顔写真の鼻を見たまえ。どちらもガイとそっくりだ。ほかにも似ている点が多い。たとえば薄い上唇がそうだ。これらの特徴は間違いなく共通の祖父母に由来するものだ。ジョージ卿に会ったことが一度あるが、私の記憶では彼の特徴も同じだった」

「二人のいとこは確かにかなり似ていますね」とハロルドは言った。

「うむ。もっとも、髪の色と顔つきの違いで簡単に見分けられる」と教授は頷いた。「故人の容貌を正確に知ることができてよかった。さて、ブラットン屋敷の近隣で調査したいことがある。今夜、パディントン駅六時発の列車で現地に行き、ブルフォードの〈クラウン〉ホテルに泊まろうと思う」

その時からパディントン駅に向けて出発する時間が来るまで、教授はその件を頭から追い払ったようだ。彼はほかの事柄に目を向け、移動の予定についてそれ以上口にしなかった。六時数分前には、教授とハロルドは一等車室に座っていた。列車が動き出すと、ほかの乗客が車室に入ってこなかったので、教授は安堵の声を上げた。
一、二分後に食堂車の係員が列車内を歩いてきて、教授は彼を手招きすると、「二番目の夕食のテーブルを押さえてくれるかね」と言った。

「承りました」と係員は応じた。「ニューベリー駅を出たあとの七時五分になります」

予定の時間になると、教授とハロルドは通路を歩いて食堂車に行き、席が二つあるテーブルに案内された。教授はメニューを手に取って熱心に見た。メニューカードの下のほうに、「この食堂車の主任はＨ・エリオット氏です」という一行があり、教授はいかにも満足げにこれを読んだ。

プリーストリー博士は夕食の間無言だった。食堂車の乗客はさほど多くなく、ウェストベリー駅に着く前に食事をすませた。プリーストリー博士は、ほかに乗客がいなくなると、係員に合図してブランデーを注文した。

ブランデーが来ると、教授は「ありがとう」と言った。「ヘクター・デイヴィッドスン卿が死んだ十一月四日の夜、この食堂車の主任だったのは君かね？」

「いえ」とエリオットは慌てて答えた。「私が主任になったのは数日前からです。ただ、その時この食堂車の係員でしたし、裁判でも証言しました。失礼ですが、お客様はヘクター卿のご友人ですか？」

「そうじゃない」と教授は答えた。「もっとも、いとこのほうはよく知っているよ。彼に会ったことはあるかね？」

「初めて見たのは、被告席にいるところです」とエリオットは言った。「私の勤務時にこの食堂車に来られたことはありません。あれば、あの方を見て気づいたでしょう。この仕事をしていますと、顔を記憶する能力が抜群になります」

「いとこに似ているとは思わなかったかね？」と教授はさりげなく訊いた。

「ええ、確かに一族らしく似ていました」とエリオットは答えた。「でも、見分けるのが難しいほどでは。ガイ卿は明るい色の髪ですが、ヘクター卿は黒髪でした」

「そうだね」と教授は頷いた。「ヘクター卿がこの車両で自殺したとは妙な話だ」

「本当に妙な話です」とエリオットは声を落として言った。「さっぱりわけがわかりません。ブルフォード駅で起こした時はしっかりしておられました。お飲みになった酒で少々ぼんやりしていましたが、それだけのことです。ブルフォード駅からアンズフォード駅に行く途中で最後の酒をお持ちしましたが、そのあと毒を服用されたのですね。でも、瓶はどうなさったのでしょう？　その点は知りたいところです。車両から投げ捨てることはできませんし、置き忘れてもいません。ウェイマス駅に着く前にここを片付けたので、知っているのです」

「確かに不可解だ」と教授は言った。「彼の様子に変わった点は？」

「まあ、私どもは普通、お客様にことさら目を留める余裕はありませんので」とエリオットは答えた。「もっとも、あの方が亡くなったと聞いた時、一、二点、思い出したことがありました。最初に話しかけてこられた時、風邪をひいたみたいに声が少ししわがれていましたね。もう一点は、この車両に来られた時、ずっとオーバーを着て、帽子をかぶっておられたことです。そんなことをなさるのは初めてで、やはり風邪をひいておられたようです」

「きっとそうだろう」と教授は頷いた。「どんな服装だったか憶えているかね？」

「いつもとほとんど同じでしたよ」とエリオットは答えた。「ダークグレーのオーバーと山高帽でした。オーバーを着たままでしたので、スーツはよく見えなかったのですが、ダークグレーのようでした。いつも着ておられたのと同じですよ」

「顔はよく知っていたのだね？」と教授は訊いた。「常連客の一人だったのでは？」

「いえ、そうでもありません」とエリオットは答えた。「なにしろ、お客様の中には、この食堂車に週二、三度も来られる方もいます。ヘクター卿はせいぜい二、三週に一度でしたし、たいていは金曜でした。あの日の前に土曜に来られた憶えはありません。それに、いつも女性同伴でした。あの土曜の夜、あの方を目にして驚きましたし、おられた車両を通った時、本当にあの方なのかなと最初は思いました。おっと、ブルフォード駅で降りられますね？　あと二分ほどで着きます」

プリーストリー博士とハロルドはブルフォード駅で下車し、〈クラウン〉に宿をとった。翌朝、列車でアンズフォード駅に行き、そこで問い合わせ、トム・ホワイトのコテージを教えてもらった。彼はちょうど配達に回るため、有蓋トラックに乗って出発しようとしていたが、快く出発を先延ばしして、地元でまだ話題沸騰の話をしてくれた。

「いや、ジョージ卿が屋敷に住んでた頃は、おれはこの土地にはいなかったよ」と彼は教授の質問に答えた。「おれがここに来たのは、あの方が亡くなって数か月後さ。おれはヘクター卿の依頼で駅から石炭とかを運んでくる仕事をしてた。半年ほど前に口論するまではな。卿は、おれが運ぶたびに石炭の一部をかすめ取ってると言って、ひでえ悪態をつきやがった。そんなのに我慢するつもりはなかったし、そう言ってやったんだ。それ以来、あの夜まで卿とは顔を合わせなかったよ」

「むろん、顔はよく知ってたんだね？」と教授は言った。

「そりゃもう」とホワイトは答えた。「話をしたのはほんの数回だが、この土地じゃ、みんな卿のことをよく知ってた。たまたま出くわしたら気づかなかったかもしれないが、アンズフォード駅で会った時は、もちろんすぐわかったよ」

「酒に酔っていると気づいたのはいつだね？」と教授は言った。「なぜそう思った？」

「そりゃ、なんか変だとわかったさ」とホワイトは答えた。「自分の足でまともに立っていられないようだったし、トラックの荷台に乗るまでチャーリー・ファーマーが手を貸してやらなきゃならなかった。それに、チャーリーが最初におれのところに来た時、卿が酔っ払ってると言ってたのさ。もちろん、酒酔いじゃなく、例の毒で酔ってるように見えたって話だけど」

「そのようだ」と教授は言った。「卿が死んでいるのを発見してショックだっただろう。遺体は見たのかね？」

「いや、見てねえよ」とホワイトは激しい口調で答えた。「キャノンが荷台から飛び降りて、ヘクター卿が死んでると言った時は本当にぞっとしたな。あいつが警官のデイさんを呼びに行ってる間、玄関ホールで待ってるのが嫌でたまらなかった。デイさんが来てからはそうでもなかったが、デイさんとエディスン先生が死体を運び出して、帰っていいと言ってくれた時は本当にありがたかったよ。その夜はブラットン屋敷にトラックを残して、歩いて家に帰ったんだ。警視さんがトラックを調べたいだろうとデイさんが言うもんでね」

「屋敷に運び込まれる際にも死体を見なかったのかね？」と教授はなおも訊いた。

「ああ、避けてたのさ」とホワイトは答えた。「死体は好きじゃねえ。ましておれのトラックの中で死ぬとは！　おれのせいにされるんじゃねえかと思ってたから、びくびくもんだったぜ。口論したことを知ってる者もいるし、おれが途中で殺したと思われたかもしれねえしな」

「むろん、その恐れはあっただろう」と教授は重々しく言った。「ところで、ヘクター卿のオーバーは、荷台に乗り込んだ時はボタンがかけてあったというのは確かかね？」

「絶対確かだよ」とホワイトはきっぱりと答えた。「でなきゃ、必ず気づいたさ。そいつもおれにはさっぱりわからねえ。なんで刃物を突き刺すのにわざわざ死人の服のボタンをはずしたんだか。とどめのつもりだったんだろうけどよ」

二人はホワイトと別れ、ホルトンまでの数マイルを歩き始めた。道に踏み出すと、教授は調査の結果に満足した様子でハロルドのほうを向き、「エリオット、ファーマー、ホワイトの三人がヘクター卿に気づいた点で、何か妙だと思うことはあるかね?」と訊いた。

「いえ、何も」とハロルドはゆっくりと答えた。「エリオットがヘクター卿は風邪をひいていると思ったことと、ファーマーとホワイトが卿は酔っていると、無理もない勘違いをしたことを除けば、彼らは何の異常も目に留めなかったようですね。毒を服用する前は、卿の様子はいつもどおりだったようです。自殺するつもりの男にしては妙かも。それと、最初から自殺するつもりだったんですね。食堂車の中で急に自殺を決意するきっかけはなかったわけですから」

「さて、どうかな」と教授は言った。「これまで観察したことは、すべて私の仮説を裏付けるものだ。では、ハギンズ警視に会いに行こう。もう一歩先に進めるかもしれない」

二人はホルトンで昼食を摂り、警察署に向かった。プリーストリー博士は自分がガイ卿の友人だと明かし、警視は自分の意見を述べる機会を得て喜んだ。

「むろん、ここだけの話ですが、私はロンドン警視庁を呼ぶことには反対だったんです」と警視は言った。「彼らは逮捕を焦りすぎですよ。私なら、あんな証拠でガイ・デイヴィッドスン卿を逮捕したりしません。相手の人間をよく知っているというのは大事なことです。あの方が自分のいとこを殺したとは信じ難いことでした。以前、あなた方が来られた時は、ハンスリットが何を考えているのか知らなかったんですよ。知っていたら警告したものを」

「無罪判決は驚きではなかったわけだね?」と博士は言った。

「もちろんです」とハギンズ警視は答えた。「死因に関する医師の証言に惑わされましたが、私はずっとヘクター卿は自殺だと思ってました。我々はこの土地でのヘクター卿の行状をよく知ってますし、何をなさろうと驚きはしなかった。きっと自殺には何か理由があったんです。真相がわかれば、おそらく不名誉な理由でしょうな」

「卿はどんな服装を?」と教授は尋ねた。「あなたは事件後すぐに死体を見られたとか」

「服装?」と警視は繰り返した。「なに、いつもの服装ですよ。いつも着ていたダークグレーのスーツと厚手のグレーのオーバーでした。ほかの服を着ているところは滅多に見たことがありませんね」

「間違いなくヘクター・デイヴィッドスン卿の死体だったのだね?」と教授は尋ねた。「そうお聞きするのは、検死審問での死体の身元確認に関する証言は、そのあと、ヘクター卿の殺害で裁判にかけられた男が行ったものだからだ」

「まさか。疑問の余地などありませんよ」とハギンズは答えた。「見た瞬間、あの方だとわかりました。それに、キャノンとエディスン医師もすぐにヘクター卿だと気づきましたよ。ガイ卿の身元確認は、どのみちただの形式だったんです」

プリーストリー博士とハロルドは警視にいとまごいをし、ブルフォードに戻った。二人はエディスン医師を訪ねたが、医師はおおやけの場で自分の間違いを暴露され、威信をひどく傷つけられていた。最初のうちは事件について語ろうとはしなかった。教授が、自分はアラード・ファヴァーシャム卿の親友だと説明して、医師はようやく折れた。

「実にわけのわからぬ事件でした」と医師は言った。「死因には何の疑問もないように見えました。

私の推定にはもっともな理由があるとユースタス・ウォーラー卿も請け合ってくれました。妙な話ですが、わけのわからなかった点の一つは明らかになりました。アラード・ファヴァーシャム卿の話では、遺体が異常な状態だったのは使用された毒が原因かもしれないとか」

「実際よりずっと以前に死亡したように見えたという点だね？」とプリーストリー博士は丁重に尋ねた。

「そのとおりです」とエディスン医師は答えた。「ヘクター卿がその夜、アンズフォード駅に着き、九時過ぎに生きているところを目撃したとキャノンから聞かなければ、遺体を診た時点のほぼ十二時間前に死亡したという所見を述べていたはずです。幸い、誤った陳述を二度もすることは免れましたが、一度判断を誤っただけでも十分悩ましいことです」

「誰の遺体かすぐ識別できたのだね？」と教授は尋ねた。

エディスン医師はいかにも心外とばかりに教授を睨みつけ、「なんと、プリーストリー博士、それはとんでもない質問ですぞ」と答えた。「三十年、ブルフォードで診療活動をしてきて、どの患者の遺体か識別できないはずがないでしょう。ジョージ・デイヴィッドスン卿のことはよく知っていたし、二人の少年が一緒にブラットン屋敷に住んでいた頃、私は三人のかかりつけ医でした。仮に誰の遺体なのか疑問があったとしても、検視を行えばすぐに識別できたはずです。以前、ヘクター・デイヴィッドスンの手術を執刀しましたが、その手術跡もはっきり残っていましたよ」

「これが最後の訪問だ」と教授はエディスン医師の家を出ると言った。「昨夜から実に興味深い意見を幾つも聞くことができた。ブルフォード駅四時二十四分発の列車があると思うが、それに乗れば夕食に間に合うようにロンドンに戻れる。途中でスーツケースを取りに〈クラウン〉に寄れば列車に間に合うよ」

　ウェストボーン・テラスの家に戻って食事をすませたあと、教授は再びこの話題に触れ、「私の仮説は、まだ裏付けがないが、少なくともかなり強固なものになった」と言った。「当初から予想していたとおり、デイヴィッドスンの事務所から消えたケースが謎の手がかりだ」

「ケース！」とハロルドは声を上げた。「現地にいる間、その話はなさらなかったのに」

「なに、その必要はなかったのさ」と教授は答えた。「だが、問題を完全に解決するには、明らかにすべき点がまだ一つある。十一月四日の午後一時から二時の間に、デイヴィッドスン社の事務所で何があったのかを突き止めなくては」

「わかっている限りでは、ヘクター卿はその時、事務所に一人きりでしたね」とハロルドは言った。

「うむ。その時そこで何が起きたかを知る目撃者はいないだろう。だが、私の勘違いでなければ、何が起きたかを正確に知っている者が一人いる」

「ミス・ワトキンズですか？」とハロルドは色めき立って尋ねた。

「いや、ミス・ワトキンズの話はすべて本当だと思う。彼女は確かに、一時数分後に事務所の玄関の前にいた。だが、その日、事務所にもう一度入ったとは思えない。我々に必要な情報を持っているのはガイ卿だろう」

「でも、彼のアリバイがほかのところで崩れたとしても、その時間、ストランド・オン・ザ・グリーンとトウィッケナムの間を流れる川にいたのは確かですよ」とハロルドは異議を唱えた。

「その点は間違いない」と教授は答えた。「とはいえ、彼と話す価値はあるだろう。明後日の夕食に彼を招こうと思う。必要な情報を引き出せるのではないかな」

第二十二章　夕食会

きちんと身なりを整えた三人は、プリーストリー博士の食堂のテーブルを囲み、供された立派な食事に舌鼓を打った。教授自身は科学者らしい批判的な態度を引っ込め、気さくなホスト役を務めていたし、ハロルドもうまく雇い主に倣《なら》っていた。ガイ・デイヴィッドスン卿は歓待された客らしく、最近の不快な経験をすっかり頭から追い払い、ホスト役が然るべく水を向けた話題に熱心に反応していた。

「それにしても、デイヴィッドスン、君はいつになく元気そうだな！」と教授は食事が終わる頃言った。「会社での重責が似合っているようだね」

「確かに重責を楽しんでいるのかも」とガイ卿は笑顔で答えた。「自分が社会で役に立っているとようやく実感し始めていますよ。ジョージ伯父さんの衣鉢をまがりなりにも受け継いで、伯父が生涯を捧げた仕事を続けようとしています。自分の時間をすっかり捧げることになりますが、喜んでそうするつもりですよ。そこから得られる満足は、それだけの価値がありますす」

「ほう、だが、のめり込みすぎないようにね」と教授は重々しく言った。「よく働き、よく遊べ――ということわざがある。君はずっと活動的な男だったが、いきなり運動をやめると、予想外に深刻な結果になるかもしれない。実際、君ははや太り始めているのではないかね」

「まあ、一、二ポンド太ったようです」とガイ卿は認めた。「ずっと十ストーン（約六十三・五キログラム）で安定していましたが、今は少し肥えた気がしますね。我が一族に太った者はいないのに。ジョージ伯父さんが亡くなった時は、たかだか十一ストーン（約六十九・九キログラム）でした」

「いとこのヘクターは確かもっと重かったのでは？」と教授は訊いた。

「子どもの頃の体重はほとんど私と同じでした」とガイ卿は答えた。「彼はのちに少し太りましたが、ずっと十一ストーン以下でしたね。ご心配なく、教授。社の組織がうまく回り始めたら、また定期的な運動を始めますよ」

「そうだね。体の運動だけではない」とプリーストリー博士は言った。「君のような多忙な人には精神的なリラックスも必要だ。夢中になれる趣味を持つべきだよ」

「仕事がずっと趣味でしたよ」とガイ卿は答えた。「気障《きざ》な言い方に聞こえますが、本当にそうなんです。戦前は時々アマチュア演劇に入れ込んでいたものです。時間があれば、またやりたいと思っていますよ。役を演じることで何か違うことを考えられるようになるものです」

　会話は別の方向に流れ、テーブルにデザートが置かれると、私的な話に戻った。三人だけになると、教授は客に向かって、「君の無罪放免をお祝いしていなかったね、デイヴィッドスン」と重々しく言った。「わけはいろいろあるが、その知らせを聞いてホッとしたよ。正当な裁きが下されるかどうかより、君が仕事を続けられるかどうかのほうが心配だったのだ」

「ありがとうございます、教授」とガイ卿は応じた。「もちろん私もホッとしました。死刑になる恐れのある裁判にかけられて楽しい者などいません。いくら自分を告発する根拠が間違っているとわかっていてもね」

「確かにその間違いを証明してみせたね」と教授は言った。「当然だが、私はこの事件に大いに関心を寄せていた。君がいとこの死を知ってすぐに相談に来たことは別にして、強い関心を刺激する特徴があの事件にはいろいろあった。こうした事件を私がどう捉えるか、君も知っているね、デイヴィッドスン。私はこうした事件を問題として捉え、その解決にしか関心を持たない。問題を解決すれば、犯罪者がどんな運命を辿るかは私には関心がない。もちろん、容疑者が自分の友人であれば別だが。だが、今回、司法当局は、犯罪は行われておらず、実際は君のいとこが自殺したという判断で納得しているようだ」

「まるでその判断を支持していないようにおっしゃいますね、教授」とガイ卿はグラスを満足げに揺らしながら言った。

「私は推測には決して納得しない」とプリーストリー博士は応じた。「私は証拠を好む。証拠が得られればだが。この事件は全体が推定に基づいている。検察側も弁護側も含め、誰もが証明された事実として進んで受け入れてしまった推定にだ」

「ほう？」とガイ卿は尋ねた。「その推定とは？」

「君のいとこは、あの夜、アンズフォード連絡駅に着いた時、生きていたという推定だ」と教授は簡潔に答えた。

ガイ卿はしばらく何も言わず、手にしたグラスをじっと見つめていたが、「しかし教授、その点は疑いの余地はありませんよ」とようやく言った。「まさか、死んだ男が列車を降りて、駅を歩いて横切り、トラックに乗ったとでも？　それにどのみち、その事実を証言した証人の信頼性を疑う理由はなさそうですが」

「彼らの信頼性を疑ってはいない。彼らの判断を疑っているだけだ」と教授は答えた。「君のいとこの死亡日の行動を検討してみよう。ミス・ワトキンズが事務所にいる彼を目撃したのは、およそ十二時半から一時十五分前だ。キャノンは荷台の中で死んでいるヘクター卿を目撃し、そのあとエディスン医師も目撃した。さて、この三人は、彼のことをよく知っていた人たちだと考えていい。彼らが目撃した人物がヘクター卿であったことに疑問の余地はない。

だが、彼をよく知る者で、その二つの出来事の間に彼を目撃したと述べた者は一人もいない。五時十五分に事務所を出た男が目撃され、その男はパディントン駅から列車に乗った。男の正体は、当然だが、ハラウェイ巡査も、タクシー運転手も、パディントン駅の駅員も知らなかった。最初に、食堂車の係員、エリオットが彼を君のいとこだと識別し、続いてファーマーとホワイトも識別した。この三人はおおまかな外見で識別しただけだ。エリオットは、ヘクター卿を食堂車によく来る乗客として知っていた。彼がヘクター卿を目にしたのは、大雑把に見積もっても二、三週に一度だ。君のいとこは頻繁に別の列車でブラットン屋敷に行っていた。エリオットにとって、ヘクター卿は多くの乗客の一人にすぎなかったのだ。

同じことは、エリオット以上にファーマーにも当てはまる。ファーマーはエリオットよりも会う頻度が少なかったはずだ。君のいとこはいつもアンズフォード駅ではなく、ブルフォード駅で降りていたからだ。最後はホワイトだ。彼は君のいとこに会ったのは数回だけだと認めている。

彼らは、十一月四日のパディントン駅六時発の列車でアンズフォード駅に移動した乗客が君のいとこだと信じている。彼らがそう信じたのは、別人と考える理由がなかったからだ。その乗客は確かに君のいとことそっくりだったし、その行動もヘクター卿らしかった。最後に、これは非常に重要なことだが、彼らがその乗客について質問されたのは、彼が乗ったトラックから君のいとこが死体で発見されたと知ったあとだ。その乗客がヘクター・デイヴィッドスン卿であることを疑うなど思いもよらなかったのだ」

教授は口を閉ざし、ワイン通らしい仕草でポートワインを一口飲んだ。だが、聴き手はひたすら耳を傾けていたため、何も口をはさめなかった。教授はしばらくして説明を続けた。

「さて、その乗客の正体に関するこの三人の証言を疑問の余地なく受け入れるつもりはない。むしろ、彼らは間違っていたと思う。その場合、アッパー・テムズ・ストリートの事務所にいた一時十五分前から、ホワイトのトラックで彼の死体が発見された十時十五分前まで、君のいとこの行動は何もわかっていない。その間、九時間あるのだ。その間に何が起きてもおかしくない。

だが、その乗客がヘクター卿ではないという仮説を立てても、何が起きたかはある程度絞られる。エディスン医師は死体の状態に驚いたと述べている。死体を検視する三時間半前にヘクター卿が生きていたと教えられなければ、医師は検視のほぼ十二時間前に死亡したと考えていただろう。これは、推測を判断に優先させてしまう人間の傾向の顕著な例だ。エディスン医師には、生きているヘクター卿が三、四時間前にアンズフォード駅で目撃されたことに疑問の余地はなかったのだ。このため医師は、ヘクター卿がそれ以前に死亡したはずがないと信じてしまった。もし医師が自分の判断を信じていれば、異なる主張をしていただろう。実際に死亡したのはほぼ十二時間前であり、したがって、ヘクター卿がほんの数時間前まで生きていたはずがないと」

ガイ卿は微笑して頷き、「実に見事なロジックですね、教授」と認めた。「でも、その乗客が実はいとこでなかったのなら、アンズフォード駅からブラットン屋敷までの移動の間に、いとこと入れ替わったことをどう説明するのですか？」

「事実を説明する仮説、あるいはそう呼びたければ、推論を説明しよう」とプリーストリー博士は答えた。「まず、エディスン医師の本来の死亡推定時刻が正しく、君のいとこが遺体検視時のほぼ十二時間前に死亡していたと仮定しよう。それなら、死亡時刻は午後一時から二時の間となる。その時、彼は事務所にいたか、昼食を摂るために事務所を出たとすれば公共の場所か車中にいたはずだ。彼の死亡を目撃した者はいないため、死亡したのは事務所の中と仮定していい。

さらに、第二の人物が存在すると仮定しなければならない。代数学の例に倣《なら》い、その人物をXと呼ぼう。その人物は、君のいとこが死んだことを確かめると、自分自身の目的のため、ロンドンで毒殺されたのではなく、サマセット州で刺殺されたように見せかけることにした。死体はXの手元にあった。Xは事務所に入れる人物だったと仮定しなくてはならない。Xは凶器を取り出し、命の火が消えた体に突き刺した。死体を目的地に運ぶという問題がまだ残っていた。ここで彼は実に運のいい状況を利用した。すぐ下の地階には、Xの目的に適った入れ物があったのだ」

「ケースですね！」とハロルドは声を上げた。「でも、模型は？　ケースは模型でいっぱいだったし、どのみち我々もケースから取り出された模型を見ましたよ。手を入れる隙間もなかったし、まして体を丸ごと入れる余地はありませんでした」

「あとでケースの中から模型が見つかったことが、その夜、ケースに模型が入っていたことの証拠にはならない」と教授は応じた。「Xは、ケースを使おうと決めると、死体をケースに入れ、ヘクター卿の鍵束からはずした鍵で施錠したのだろう。そのあと、同じ鍵束からはずした鍵で金庫室を開け、そこから死体の重さと同じ重さの模型などの品々を持ち出した。これらの品は、あとで出せるように、事務所のどこか適当な場所に隠しておいた。

Xは自分のオーバーと帽子を死体とともにケースに詰めておいた。次に、Xは被害者に変装した。ところで、変装には完成度や難易度に差があるものだ。たとえば、ハロルドをよく知っている人々がいる場所で、私がハロルドとして通用するように変装することはできまい。その逆もまた然りだ。だが、君のいとことほぼ同じ身長と体格で、似た容貌をした者なら、エリオット、ファーマー、ホワイトといった人々に対していとこを装うことが十分できただろう。Xが演劇のメイクの方法、声や仕草を真似る役者の技術を知っていれば、これははるかに容易だったはずだ」

この時、ガイ卿は満面に笑みを浮かべ、「お続けください、教授」と言った。「実に興味深いお話です」

「だろうね」と教授は穏やかに応じた。「Xは見事に変装し、君のいとこのオーバーと帽子を身に付け、彼の死体が入ったケースを携えてパディントン駅に向かった。ケースは、おそらくXの想定どおり、駅で重さを量られ、Xはその重さを記憶した。列車に乗ると、Xは、同様の状況で君のいとこがとりそうな行動をとった。この点、Xは完璧にやり遂げたようだ。Xは君のいとこの携帯瓶をこれ見よがしに見せた。中身は非常に薄い酒にしてあった。Xは大袈裟にならぬように、君のいとこの評判どおりに行動しようと決めていた。

食堂車でのXの行動には舌を巻いたよ。夕食後に寝たふりをし、エリオットに悪態をつき、最後の飲み物を注文する。すべてが見事だった。アンズフォード駅での行動もそうだ。Xは、その時点では酔った状態と見られるのを承知の上で、ヘクター卿が服用した毒の症状を演じた。真の死因が判明した時のために講じた予防策にすぎなかった。そんな不測の事態が起きる可能性は低かったがね。Xが細かい点にまで限りない注意を払う男であることをまさに示している。Xは、君のいとこがホワイトと口論した事実を憶えていたため、最初はホワイトを雇うのを拒んだ。関係者が皆、Xをヘクター卿だと思ったとしても不思議ではない。

トラックの荷台に乗り込むと、Xの最も困難な仕事は完成した。死体をケースから出し、ヘクター卿のオーバーと帽子を身に付けさせ、荷台の隅に座らせた。次に、Xは自分のオーバーと帽子を身に付け、空のケースを持って荷台を抜け出す機会を窺った。ケースは持ち去らなくてはならなかった。荷台に空のケースが見つかれば、Xの手口は露見する恐れがあった。機会はすぐに巡ってきた。おそらくトラックがドルリー・ヒルをのろのろと登っていた時だ。トラックのリアドアには三インチの隙間があった。Xは手を伸ばして紐をほどくだけでドアを開けることができた。こうしてXはケースとともに飛び降り、トラックの数ヤードうしろを歩きながら紐を縛り直したのだ」

「そうか！　ケースが空だったのなら、いろんなことの説明がつく！」とハロルドは声を上げた。「移動の困難もすべてなくなるし、籠細工だから軽い！」

「ケースの重さも概ね計算できるだろう」と教授は穏やかに言った。「さっきのデイヴィッドスンの話では、いとこの体重は十一ストーンだった。パディントン駅で量ったケースの重さは百七十五ポンドだった。オーバーが五ポンドとすれば、ケースの重さは約十五ポンドと推定できる。

むろん、男が運べばたいした重さではない。土地を熟知しているXは、すぐにケースを発見されそうにない安全な場所に運んだ。次に、Xはロンドンに戻った。どのルートで戻ったかはわからないが、その点は重要ではない。だが、Xには処理すべきケースがまだ残っていた。ケースには行方不明の模型が入っていると皆に思わせることがXの目的には不可欠だった。その手はずはとうにしてあった。

彼はヘクター卿を演じながら、ケースの中身の価値を力説していたし、少なくとも三、四人に模型のことを話していた。模型が行方不明なら、ケースの中に入っているはずだという結論に誰もが簡単に飛びつく。模型の入ったケースが発見されれば、きれいにけりがついてしまう。

Xはそうなるように仕組んだ。事務所の隠し場所からブラットン屋敷の近隣か、あるいは屋敷に直接、模型を運んだ。次に、ケースに詰めた時に全体で百七十五ポンドになるように模型を選んだ。ドルリー森《ウッズ》にお誂え向きの場所を見つけ、まずケースをそこに運び、次に、手頃な重さに分けて模型と図面を運んだ。Xがこれを実行したのはケースが発見される直前だ。ケースとその中身の状態を考えれば、野外に長期間置かれていなかったことが容易にわかる」

教授が説明を終えても、しばらく誰も口を開かなかった。すると、ガイ卿が笑顔を浮かべたまま、面白そうに笑い声を上げ、「あなたのおっしゃるX氏の正体はほとんど見え見えですね、教授」と言った。「おっしゃるような変装ができるほどヘクターに似ているのは私しかいないでしょう」

「Xの正体を論じたいとは思わない」と教授は答えた。「私がXの存在を仮定したのは、その仮定なしに理解できない一連の出来事を説明するためだ。だが、なお説明を要することがある。君のいとこが自分で毒をあおった可能性もあるが、それはまずありそうにない。だが、X自身が毒を直接投与したとも思えない。いとこの死亡時間から考えて、その可能性はあるまい。ミス・ワトキンズが去ったあと、デイヴィッドスン社で何が起きたのかがわからない限り、君のいとこがどのようにして死んだのか、明確に判断することはできない」

「Xはヘクターの死には立ち会っていません」とガイ卿はゆっくりと言った。「彼は一人で安らかに、痛みを感じることなく死んだのです。我々自身が最期を迎える時もそうならよいのですが！」

ガイ卿は、奇妙な笑みを浮かべて暫し口を閉ざすと、「ご明察のとおり、私があなたのおっしゃるXですよ、教授」とようやく言った。「私の手口を正確に推理していただいたので、何もかもお話しできます。自分を正当化するためではなく、問題を完全に解決するためにね。私はいとこの殺人で裁判にかけられましたが、無罪になりました。仮に今、私が自分の罪を世間に公言したところで、誰も私に手出しはできません。私は永遠に自由の身であり、自分が始めた仕事を完成させる自由もある。至って真面目な話ですが、私がいとこを殺したのは、悪ではなく善を追求するためだったのです」

第二十三章　説明

ガイ卿が口を閉ざし、長い沈黙が続いた。すると、まるで聞き手に自分の話を細かい点まで理解してほしいと言わんばかりに明瞭に話し始めた。

「繰り返しますが、私は自分を正当化するつもりはありません」と彼は言った。「殺人は決して正当化できません。私は他人の命を奪ったのです。この世の裁判からは逃れましたが、我々全員が引き出される天の法廷にはまだ臨んでいません。その裁きからは誰も逃れられないのです。

私がこのような行為に至った経緯を理解していただけますか？　ヘクターは享楽を追求することしか考えない男でした。享楽のためにはどんなことでもやりました。経営者として社の将来など何ら顧みず、最後の一ペニーまで自分のために社から搾り取ることしか関心がなかった。デイヴィッドスン社は、彼にとっていい金づるの組織にすぎなかったのです。

しかし、私にとっては、デイヴィッドスン社は神聖なものでした。私より前の二代に渡るライフワークであり、技術と粘り強い努力の記念碑でした。会社は一個人の所有物ではなく信託物であり、社を司る者には能力の限りを尽くして社を守る義務があると考えてきました。この信託物の守護者は、会社にのみ責任を負っているわけではありません。社長は従業員の福利厚生を預かってきたし、その多くは社で育った従業員でもあったのです。伯父は真摯にそう考えていたし、伯父の父親もそうでした。

ところが私には、いとこが酒と女のために社の資産を食い潰し、社が下降の一途を辿るのをただ手を拱いて傍観することしかできなかった。彼のやり方を続ければ社は長くは持たないと思っていたし、今では自分で経営状況を確認できるので、確実にそうなっていたとわかります。積立金は完全に枯渇し、一度でも不運に見舞われたら生き残れなかった。苦労して築き上げた組織は瓦解し、社に人生の最盛期を捧げた何百人もの罪なき従業員を路頭に迷わせたことでしょう。

この状況を救うには一つしかなかった——いとこの死です。四年の長きにわたって、どれほど彼の死を切望していたかは私にしかわかりません。しかし、ローリーの解雇の話が出てきて、ついに殺そうと決意したのです。

いったん決意を固めると、あとは純粋に科学的な精神でその課題に取り組みました。いとこの死は、それだけなら成し遂げるのは簡単でした。しかし、デイヴィッドスン家の最後の一人である私が思う存分、組織改革の仕事をやり遂げなければ意味がありません。社を救える者がほかにいたなら、ヘクターを公然と殺し、思い残すことなくその報いを受けたでしょう。しかし、ほかにはいなかった。私でなければできないし、ヘクターのせいで危機に瀕した組織を立て直すためにも、死ぬわけにはいかなかったのです。

こうして、私は課題を抱えました。いとこの死の責任を問われないようにしなくてはならないと。極力露見せずにいとこのヘクターを殺せる計画を練りました。しかし、完全には露見の可能性を取り除くことはできないし、不測の事態で自分の罪が露見するのではと、絶えず恐れながら仕事を続けるはめになると思いました。ようやく、完璧な安全を確保する方法を思いつきました。殺人罪で裁判にかけられて無罪になれば、仕事をやり遂げるまでずっと邪魔をされることはないと」

ガイ卿はひと息つき、ホスト役に笑顔を向け、「以前より状況がはっきりしてきたのではありませんか？」と言った。

「確かに」と教授は答えた。「君の計画の大胆さとやり遂げた実行力には驚く」

「幸運の女神が私に微笑んだのです」とガイ卿は言った。「計画をやり遂げる方法は、私がヘクターを殺したように見せ、同時に、その告発に対する反駁の余地のない弁護を用意することだと考えたのです。詳しく言えば、真の殺人と偽の殺人が存在しなければならなかった。難しい課題は偽の殺人のほうでした。

真の殺人は簡単でした。いとこが確実に十一月四日の一時から二時の間に事務所で死ぬ方策を講じました。事務所での日常を知っていたので、いとこが一人になる時を狙うほうが確実だし、それなら死んだことも気づかれまいと考えたのです。仮にその時気づかれても、私が疑われることはおそらくなかったでしょう。しかし、最終的に見抜かれるリスクは極力回避しようと決めました。死体は、私が運び出すまで発見されてはならない。これが私の計画の不可欠の要素だったのです。

偽の殺人の準備は既に整えてありました。いとこを何気なく見たことしかない人々を欺ける程度に彼になりすますのは簡単でした。いとこの声の真似をし、顔に少し化粧を施して髪を染めれば、簡単に彼として通用します。体形の違いは、服に詰め物を少し入れるだけで隠せました。試しに、殺人の前の週に自転車を買ってバースに運びました。ここで変装し、ブラットン屋敷の近隣で自転車を乗り回しました。複数の人々にいとこと思われたとわかり、揺るぎない自信を得ましたよ」

教授は苦笑し、「その遠征のことは耳にしていたが、正直、意味がわからなかった」と言った。「だが、旅の目的は変装を試すことだけではあるまい」
「ええ。記憶を新たにしたかったのです」とガイ卿は答えた。「もちろん、少年時代を過ごした土地なので、ブラットン屋敷とその周辺は隅々まで知っていましたが、伯父の死後は行ったことがなかったのです。特に確認したかったのは、敷地内の低木の植え込みです。その植え込みの中に、窓のない古い石造りの建物があったのです。元々は貯氷庫だったのですが、伯父の時代には使われていませんでした。子どもの頃、ずっと好きだった場所です。一人になりたい時は、よくそこに行って本を読んだものです。随分前に鍵をせしめたのですが、それはまだ私の手元にありました。

あの場所を訪ねられた時、きっと目にされたはずですが、敷地は完全に放置されていて、今ではすっかり木が生い茂っています。かつてと同じように貯氷庫がありました。植え込みですっかり隠れていて、何年もの間、誰も近づかなかったことでしょう。場所は家屋からせいぜい百ヤードほどですが、キャノン夫妻もその存在を知らなかったのでは。私はそこに自転車を隠し、ロンドンに戻りました。

翌金曜日、私は事務所を訪ねました。そこで真の殺人が行われる段取りをし、併せてタイピスト室から伝票差しを持ち去りました。偽の殺人の手がかりを残すつもりでした。ローリーには、彼の将来に関わるようなことが起きると匂わせました。私に対する疑惑もそれで強まるだろうと知った上でね。私は伝票差しを家に持ち帰り、受領伝票を慎重にはずして安全な場所にしまい、伝票差しをまっすぐに伸ばしました。そのあと、次の行動の準備をしました。

教授もおそらくお気づきでしょうが、人目につかぬように裏口から自分の家に出入りするのは簡単でした。土曜の朝、そのやり方で外に出ると、ブラックフライアーズ駅まで列車に乗り、徒歩で事務所の前の歩道を行き来して、いとこが事務所に入るのを待ちました。その朝、いとこが事務所に行くのを確かめたかったし、着用しているスーツの色も見たかったのです。それから家に戻り、いざとなったら私がどこにいたかを人に証言してもらうために、〈ファルコン〉に一時間ほど滞在し、そのあと川へボートを漕ぎに出ました。いよいよ決定的な時が来るとなると、何かせずにいられなかったのです。神経が張り詰めすぎて、ただ座して待つことができなかったのですよ。いとこは一時から二時の間にほぼ確実に死ぬことはわかっていました。

正直、家に戻った時は不安でいっぱいでした。もし計画が失敗し、いとこがあまりに早く死んでしまい、死んだことが発覚したら、いずれ連絡があると思っていました。確実に私が最初に呼び出されるはずですから。しかし、連絡はなく、予定どおり計画を実行することができました。水銀灯とブラインドの影を作動させるため、タイムスイッチを調整しました。計画をやり遂げるまでのアリバイが必要だったのです。それから、いとこが着ていたものと同じ色のスーツに着替え、冬にいつも着るグレーのオーバー、マフラー、帽子を身に付けました——今、この家の玄関ホールに掛けてありますよ、教授。そのあと、裏口から外に出ました。

まず、ウォータールー駅に行き、出札係の目に留まるように気を配り、追跡しやすい目立つ紙幣で支払いをしてスコール駅行きの切符を買いました。駅を出ると、徒歩でブラックフライアーズ・ブリッジを渡り、アッパー・テムズ・ストリートに行きました。歩行者はほとんどいなかったので、人目につかずに事務所に入りました。社で現役で働いていた頃に持っていた玄関と中のドアの鍵があったのです。

前室に行き、そこでしばらく待ちました。とても静かで、羽目板の裏のどこかでネズミが不意にキーキーと鳴くと、誰か部屋にいるのかと思って振り返ったほどです。しかし、いとこの部屋のドアの奥からは何の音も聞こえませんでした。

早くしないと時間がないぞと言う声が頭に響きましたが、意を決してドアを開けるまでに何時間もかかったように思えました。実際はせいぜい数分ですが。ようやく忍び足で近づいてドアを開け、明かりを点けました。

いとこは熟睡しているみたいに椅子の背にもたれていましたよ。ごく自然な姿勢だったので、私は不意に恐怖を感じなくなりました。部屋を横切っていとこの状態を慎重に確かめました。彼は死んでいたし、そこまでは計画がうまく行ったのは確かでした。

それから、冷静に着々と仕事に取り掛かり、いとこのチョッキのボタンをはずしました。こうすれば自殺に見えるかもしれないし、自分に疑いが向けられるまでの時間をもっと稼げると思ったのです。次に、持参した凶器を死体に突き刺して偽の殺人を行いました。自画自賛するのもなんですが、その傷は芸術作品のようでした。死後に突き刺されたと見抜かれないように、傷口を打撲して裂傷を作ったのです。もちろん血は流れなかったので、自分の腕の小静脈を切開し、いとこのシャツに十分な量の血を付けました。

そのあと、いとこの鍵を取り、地階に降りました。ケースをそこから持ってきて、私のオーバー、帽子と一緒に、死体を中に入れました。次に、図面と模型を持ってきて部屋の戸棚に入れました。戸棚の鍵を持っているのはいとこだけと知っていたのです。次に、いとこの鍵束からその鍵とケースの南京錠の鍵をはずしました。鍵の件では、あやうくあなたに見抜かれるところでしたよ、教授。

こうして真の殺人の証拠はすべて始末し、私は変装しました。人目を惹く用意ができると、玄関に行き、警察官が巡回で通りをやってくるのを待ち受けました。警察官と言葉を交わし、タクシーをつかまえに行きました。あとはあなたが説明されたとおりですよ、教授。もちろん、アンズフォード駅で利用できる移動手段がホワイトの有蓋トラックしかないことも前もって確かめておきました。

自分と空のケースだけになると、すぐにケースを拾い上げ、森を通ってブラットン屋敷の裏手まで運びました。トラックが到着すれば、屋敷にいる者に声をかけるのはわかっていました。貯氷庫に行く道をすぐに見つけ、そこにケースを隠しました。ブラットン屋敷そのものが捜索されることはないと確信していましたよ。そのあと、自転車を出してバースに向かって走りました。町から一、二マイル離れたところで自転車を川に投げ捨てました。万が一、自分の行動を追跡された時のために、製造番号は前もって削り落としておいたのです。自転車が発見されたかどうかは知りませんが」

「発見されたよ」とプリーストリー博士は言った。「だが、犯行現場から遠すぎたので重視されなかった。それに、自転車は長身の乗り手用に調整してあった」

「そうです。川に放り込む前に調整したのですよ」とガイ卿は笑いながら答えた。「私はいつも細かい点に神経を使うのです。それから徒歩でバースに行き、四時二十六分発の列車に乗り、ロンドンに着いたのは午前七時を回った頃でした。もちろん、自転車を捨てた時、既に変装は解いていました。人目につかずに家に戻り、タイムスイッチを止めたあと、寝室に引き取りました。身の回りの世話をする女性がお茶を運んできても、何も変わった様子に気づきませんでした。

逮捕される前にほかにやっておくべきことは、模型をケースに入れ、発見されるように仕向けることだけでした。いとこが模型の入ったケースをブラットン屋敷に運んだと思わせたかったので、これは不可欠のことだったのです。ケースが空で発見されれば、疑惑の目が、絶対に向いてはならぬ方向に向くかもしれません。計画を成功させるためには、私は真の殺人ではなく、偽の殺人で裁かれなければならなかったのです。

私はアタッシュケースを事務所に持っていき、毎晩そこから模型を数点ずつ家に運びました。その後、再開された検死審問に出廷するためにブラットン屋敷に行った時、その模型をトランクに詰めて運びました。あの尊敬措く能わざるハンスリットが屋敷に泊まった最後の夜、彼がすやすやと寝ている間にケースを森に運び、中に模型を詰めたのです。

逮捕される準備はできましたが、私は次第に不安になりました。ハンスリットは私以外の人間ばかり疑っている様子だったので、あなたを訪ねておいてよかったと思いましたよ、教授。警察は駄目でも、あなたなら私が残した手がかりを確実に捕捉してくれるとわかっていました。あなたが事務所に来て、私の実験室を案内してほしいと頼まれた時、思い通りになったと思いましたよ。

来られる前日の夜、あなたのためにすべてお膳立てしておきました。あなたが目に留め、用途を推測できるように、タイムスイッチやその他の装置を配置したのです。私はいとこ宛の架空の手紙の下書きを書きました。いとこがなぜ模型をブラットン屋敷に運んだのか、あなたが疑問に思っておられるはずだと思ったのです。それから、伝票差しからはずした受領伝票を破り、手紙の下書きと一緒に屑籠に捨てました。あなたならきっと屑籠に目を留めると思っていましたよ。眼鏡を取りに戻られた時、見つけたな、とわかりました。その夜、私の不安は完全に解消されました」

「君が偽の殺人なるものを実行したと、うまく私に信じ込ませたことは認めざるを得ない」と教授は言った。「だが、実に危険なゲームだった。検察側は、君のいとこが毒で死んだという説明を受け入れたとしても、毒を投与したのは君だと主張する可能性もあった」

「どうやって?」とガイ卿は応じた。「私を真の殺人と結びつけるものは何もなかった。実際、私は毒を飲ませてはいません。いとこが自分で飲んだのです」

「君が真の殺人をどうやって実行したのかはまだわからない」とプリーストリー博士は言った。

「お話ししても差し支えないでしょう」とガイ卿はひと息ついてから応じた。「ただ、法の手から逃れたとはいえ、ここだけの話にしてください。関係者にすれば、誰しもヘクターが自分で毒を飲んだと思うほうがましでしょう。その点、お約束いただけますか?」

「もちろん」とプリーストリー博士とハロルドは口を揃えて言った。

「実に簡単でしたよ」とガイ卿は言った。「いとこを殺そうと思った時から、ローリーを通じて、彼の癖や習慣を慎重かつ念入りに調べました。もちろん、既にある程度は知っていましたが、可能な限り細かい事実を把握したかったのです。我が一族には、常に規則正しい習慣を培う傾向があります。たとえ悪い習慣であってもね。いとこは酒を飲むのも規則正しかった。彼は昼食に出かける直前にウィスキー・ソーダを飲むのです。午後にも何度か飲んだでしょうが、その時間が来るまでは飲まなかったし、来客にも勧めませんでした。

しかも、彼は土曜に事務所に来ると、ほぼ常に一時半になってから昼食に出かけました。ほかの日は早めに出て友人たちと合流していました。土曜にシティで昼食を摂る人はほとんどいないので、ホテルに戻って二時十五分前に昼食を摂るのが彼の習慣だったのです。これはむろん、週末にロンドンにいる時だけです。

彼は部屋の戸棚にウィスキーのケースを置いていました。自分でソーダ水を作るソーダサイフォンと一緒にね。どんなものかはご存知ですね、教授。〈ソーダカートリッジ〉は、炭酸ガスを圧縮して詰めた小さなスチール製の容器です。サイフォンに水を満たし、ソケットにカートリッジを入れてねじ込みます。針がカートリッジの蓋に刺さり、ガスが水に流れ込んで炭酸水ができるのです。

殺人の前日に事務所を訪ねた際、ミス・ワトキンズにいとこの部屋に通してもらいました。戸棚のところに行くと、半分ほど中身が入ったサイフォンがありました。午後に飲む分として残してあるものとにらみました。サイフォンの横には段ボール箱があり、未使用のカートリッジがほぼいっぱい入っていました。私はこの箱をカートリッジが一つだけ入ったまったく同じ箱にすり替えました。実験室で加工したものです。カートリッジの外観は本物とまったく同じでした。ただ、炭酸ガスではなく、カコジル系の殺人ガスが詰まっていました。私はその秘密を戦時中に学んだのです。ところが、間《ま》の悪いことに、すり替えを行ったとたん、ミス・ワトキンズが部屋に入ってきましてね。何も気づかれなかったとは思いますが。

冒したリスクが二つありました。まず、いとこがサイフォンのソーダ水を使い切ってしまい、その日の午後に再びソーダ水を作って、偽の殺人を実行する前に毒を飲んでしまうリスクです。その恐れはさほどないと思っていました。いとこはいつも一度に二日分のソーダ水を作っていたからです。二つ目は、いつもの土曜よりも早く昼食に出る気になり、ミス・ワトキンズが、事務所から帰る前に、死んだいとこを発見してしまうリスクです。もちろん、これぱかりは予防できません。ただ、どのみち、検死解剖で死因が判明する可能性は極めて低かった。ガスは戦争で使用されなかったため、その症状を識別できる者は英国に三、四人しかおらず、そのうちの誰かが相談を受けることはほぼあり得ませんでした。真っ先に連絡を受けるのは私であることも、いとこが心不全で死んだように見えることもわかっていました。捜査が行われる前に、そっくりの無害なサイフォンにすり替えることができると確信していましたよ。

何もかもが予期したとおりに進みました。土曜の午後に部屋に入った時、私のソーダカートリッジによるソーダ水が入ったサイフォンがあり、ウィスキーと殺人ガスの溶液が半分ほど入ったグラスがいとこのテーブルの上に載っていました。私はグラスの中身を捨て、サイフォンの残った中身も一緒に捨てました。毒の痕跡は残らないし、私の手口が見抜かれることもないと思いました。真の殺人は、私自身が明らかにするまで謎のままだろうと。

さあ、教授、これであなたはすべてを知ったわけです。あなたの非難をお聞きする前に、私は自分が得る利益に左右されたのではないとあらためて申し上げておきます。事業から得られる利益は私には無意味です。自分のほしいものは何でも手に入れられるだけの収入がほかにありますよ。それどころか、私は会社から何も受け取るつもりはありません。利益はすべて激減した積立金を補填するために社に還元されるでしょう。社と従業員のためにいとこを殺したのです」

ガイ卿はひと息つき、しっかりした手でグラスを取ると、「お話しすることがもう一つあります」と続けた。「昨年のことですが、自分が不治の病に罹《かか》っていて、余命はあと数年と知りました。決断を急いだのも、そうと知ったからでしょうね。やらねばならぬ仕事をやり遂げるのに使える時間はあとわずかなのです。しかし、デイヴィッドスン社が私の記念碑となりますよ。私は、ミス・ワトキンズ、ローリー、ホスキンズの三人にすべての株を三等分して遺す遺言書を作成しました。三人とも社のことを大切に考えているし、最初の二人のデイヴィッドスンの遺志を継いでくれるでしょう。病気が悪化したら、引退してブラットン屋敷で死を迎えるつもりです」

「だが、医学の力をもってすれば、きっと君の寿命を延ばすくらいのことはできるのでは?」と教授は言った。

「かもしれませんが、そうしようとは思いません」とガイ卿は微笑みながら答えた。「仕事をやり遂げたら、それ以上生きようとは思いません。私の命は罪の代償であり、罰金の支払いを免れるつもりはありませんよ」

「苦痛が長引いた末に迎える死について考えたことはあるかね？」と教授はなおも訊いた。

「なぜ考えるんです？」とガイ卿は答えた。「いとこの戸棚に毒入りのソーダカートリッジを一つ入れたと申し上げましたね。でも、用意したのは二つで、もう一つはブラットン屋敷に隠してあるのです。私にしかわからない場所にね。目には目を、歯には歯を――結局、それが正義では、教授？」

訳者あとがき

本書『デイヴィッドスン事件』（英題：The Davidson Case、米題：Murder at Bratton Grange）は、ランスロット・プリーストリー博士が登場する一九二九年発表のジョン・ロードの長編である。作者のジョン・ロードと探偵のランスロット・プリーストリー博士、その他のレギュラー・メンバーやシリーズの特徴については、既刊の『クラヴァートンの謎』、『代診医の死』のあとがきで詳しく解説したので、そちらを参照していただければ幸いである。

のちにレギュラー・メンバーとなるオールドランド医師やジミー・ワグホーン警部はまだ登場していないが、『クラヴァートンの謎』など、のちの作品にも何度か登場する毒物学者のアラード・ファヴァーシャム卿は本作で初めて登場する。

中期以降の作品では、プリーストリー博士は安楽椅子探偵に徹することが多くなり、レギュラー・メンバー数人と議論を行う土曜の例会の場面が繰り返し描かれるようになる。しかし、本作の博士は、秘書のハロルドを伴ってロンドン郊外のストランド・オン・ザ・グリーンやサマセット州の犯行現場へみずから調査に赴き、人々に直接聞き取り調査を行うなど、活動的な面を見せる。博士がハンスリット警部や秘書のハロルドと議論する場面もあるが、議論にはほとんど脱線がなく、ほぼ必要な場面に限られている。

ヘクター卿、ガイ、ローリー、オルガなどの登場人物も、初期作品にふさわしく、血の通った存在として描かれ、博士が彼らをはじめ関係者一人ひとりと接する場面も描写されるため、ストーリーが事件と議論に二分化することなく最後まで一体感を保っている。

なお、ローズマリー・ハーバート編 The Oxford Companion to Crime & Mystery Writing（一九九九）でジョン・ロードの項目を執筆しているティモシー・ジョン・ビニョン（Murder Will Out: The Detective in Fiction〔1989〕の著者）は、『クラヴァートンの謎』、『ハーレー街の死』とともに本作をロードのベストに挙げ、マーティン・エドワーズは、『探偵小説の黄金時代』（二〇一五。邦訳は国書刊行会刊）で本作に言及し、「興味深いアイデア」と述べている。また、カーティス・エヴァンズは Masters of the "Humdrum" Mystery（二〇一二）で、本書をロードの「一九二〇年代の謎解きのベスト」と呼んでいる。ロードの代表作の一つと言っていいだろう。

※以下は、本編のプロットに触れているため、本編読了後にお読みください。

本作は、プリーストリー博士の失敗譚の一つだ。博士の失敗譚はほかにもあるが、その失敗をプロットの必然的な要素として採り入れている点で本作は際立っている。

プリーストリー博士は、トラックの荷台に乗り込んだヘクター・デイヴィッドスン卿が屋敷への移動中に刺殺され、携えていたケースが消失するという事件の謎を追究する。

数学者である博士にとって、犯罪は解答を要する一つの問題であり、その解答を見出すことが犯罪への主たる関心事である。このため、一旦謎が解明されるといっぺんに事件への関心を失い、犯罪者が裁かれるかどうかにもまったく興味を示さない。本作は、探偵としてはきわめてユニークなこの個性をプロットに生かした好例といえる。

犯人は、被害者を始末するだけでなく、生き延びて社の経営改革を思う存分行いたいという使命感から、一事不再理（刑事事件で一度訴追されれば、あとで同じ事件について再度の訴追を受けないという原則。つまり、無罪判決が確定すれば、被疑者は同じ事件で再び裁かれることはない）を利用して死刑を免れる計画を立てる。そのために、「真の殺人」を「偽の殺人」で偽装する計画を立てるが、その複雑な計画を思惑通りに遂行するためには、警察の捜査能力では心許ないと考え、プリーストリー博士に「偽の殺人」を解明する役割を担わせようとする。博士はその偽装にまんまと引っ掛かり、犯人の思惑の実現に寄与してしまうのである。

ガイがヘクター卿を殺害し、デイヴィッドスン社の新たな社長に就いたことを道義的に善と考える博士は、犯人を法の裁きに引き渡すことが義務と考えるハンスリット警部と好対照の行動をとる。普通なら、博士は事件を解明した時点で関心を失い、犯人の扱いは警察に委ねて顧みない。ところが、この事件では、ガイが無罪判決を受け、法の手の及ばぬ存在となると、ハンスリットは事件への関心を失うが、博士は最終的な解決を見出すまで調査を続けるのである。博士はガイに対して最後まで同情的であり、罪の償いも求めないが、ガイ自身の最後の告白で事件はふさわしい大団円を迎える。

ハンスリット警部は、この事件の失敗に激怒し、しばらくプリーストリー博士と疎遠になる。次作 Peril at Cranbury Hall（一九三〇）では、「昨年一月のガイ・デイヴィッドスン卿の無罪判決以来、ハンスリットはウェストボーン・テラスのプリーストリー博士をほとんど訪ねなくなった。……プリーストリー博士の推理能力への信頼が大きく揺らいでしまったのは明らかだ」という言及があり、ハンスリットは新聞にも叩かれて苦痛の日々を送り、今後は自分の頭脳だけを頼りにしようと決めたという経緯が語られる。同作の事件を通じて二人はようやく和解するのである。

こうした全体のプロットの中に、ガイが仕掛けた犯罪隠蔽のトリックが組み込まれている。ガイが企図した「真の殺人」と「偽の殺人」の二重構造は、確かに複雑であり、おおまかな流れは漫然と読んでも理解できるが、全体の構図を正確に把握するには多少整理が必要だ。そこで、読者の便宜を図るため、水銀灯や幻灯機を用いたアリバイ工作などの細部は省き、各「殺人」のおおまかな流れをタイムテーブルに整理してみたい。

ストーリーの展開に合わせ、まず「偽の殺人」から。ヘクター卿とガイの十一月四日の動きを並行して示してみよう。

〔ヘクター卿の動き〕

午後五時十五分	事務所を出て、模型や図面の入ったケースとともにタクシーに乗り込み、パディントン駅に向かう。
午後五時五十分	パディントン駅に到着。
午後六時	列車でパディントン駅を出発。
午後八時五十四分	アンズフォード駅に到着。
午後九時十五分頃	ホワイトのトラックにケースとともに乗る。
午後九時四十五分	ブラットン屋敷に到着。ヘクター卿の死体が発見される。

〔ガイの動き〕

午後四時半頃　ウォータールー駅で切符を買う。

午後五時　ウォータールー駅発スコール駅行きの列車に乗る。

午後八時頃　スコール駅手前で列車から飛び降り、徒歩でドルリー・ヒルに向かう。

午後九時三十分頃　ドルリー・ヒルで待ち伏せてホワイトのトラックに乗り込み、伝票差しでヘクター卿を刺殺。ケースをトラックから投げ出し、自分も飛び降りる。

テンプルクーム駅まで徒歩で行き、翌日早朝の列車でロンドンに戻る。

この「偽の殺人」がそれだけで自己完結的な整合性を持つことがわかるだろう。だが、この「偽の殺人」は、ガイがドルリー・ヒルであらかじめ待ち伏せすべく、ウォータールー駅午後五時発の列車に乗ったことが不可欠の前提となるため、ヘクター卿の死因が服毒であり、卿がパディントン駅午後六時発の列車に乗車中に毒を服用したとすると、ガイが同じ列車に同乗することはできなかったというアリバイが成立することになる。

これに対し、「真の殺人」は、ほぼガイ・デイヴィッドスン一人の動きを追うことで次のように整理することができる。

十一月三日

午後二時過ぎ　ヘクター卿の部屋に毒入りのソーダカートリッジを仕掛ける。

十一月四日

午前十一時頃　ストランド・アンド・グリーンの酒場で船乗りと話す。

正午頃　ボートを漕いでトウィッケナムに向かう。

（午後一時過ぎ　ヘクター卿は、事務所で毒入りのウィスキー・ソーダを飲んで死亡。）

午後二時頃　ボートでトウィッケナムから出発する。

午後四時頃　ストランド・アンド・グリーンに戻る。

午後四時半頃　ウォータールー駅で切符を買うが、列車には乗らない。
社の事務所に行き、ヘクター卿の死体に伝票差しを突き刺し、ケースに死体を詰める。図面と模型を部屋の戸棚に隠し、ヘクター卿に変装する。

午後五時十五分　事務所を出て、死体の入ったケースとともにタクシーに乗り込み、パディントン駅に向かう。

午後五時五十分　パディントン駅に到着。

午後六時　列車でパディントン駅を出発。

午後八時五十四分　アンズフォード駅に到着。

午後九時十五分頃　ホワイトのトラックにケースとともに乗る。
ヘクター卿の死体をケースから出したあと、空のケースとともにトラックから飛び降りる。

空のケースを持ってブラットン屋敷の裏手に行く。

ケースを貯氷庫に隠し、自転車でバースに向かい、自転車を川に捨てる。

十一月五日

午前四時二十六分

バース駅からロンドン行きの列車に乗る。

約二週間後

事務所から屋敷に運んでおいたケースや模型等をドルリー森に運ぶ。

エドワーズが指摘するように、動機の点でもユニークだが、犯人の計略の巧妙さに加え、専門家の登場とともに急転回し、いったん解明されたかに見えた犯罪の構図が覆される裁判の場面もぐいぐいと引き込まれる面白さがある。ロードの初期の代表作の一つにふさわしい傑作と言えるだろう。

なお、英題の The Davidson Case は両義的であり、case は「事件」と「ケース」のどちらとも考えられる。「デイヴィッドスン社のケース」、あるいは穿った見方をすれば、「デイヴィッドスン（の死体）が詰まったケース」を意味すると見ることもできるだろう。いわば、読み終えて初めてその意味に気づく仕掛けとなっている。

ロードは時おりこうした凝ったタイトルを用いる。たとえば、Up the Garden Path（一九四九。マイルズ・バートン名義で同名の長編〔一九四一〕を出している）は、lead someone up the garden path（人を欺く）、マイルズ・バートン名義の Not a Leg to Stand On（一九四五）は、not have a leg to stand on（正当な根拠がない）、The Cat Jumps（一九四六）は、see which way the cat jumps（日和見する）など、いずれも慣用句に引っ掛けたタイトルだ。

本名の Cecil Street をもじって、道や距離を連想させる三つのペンネーム（John Rhode, Miles

Burton, Cecil Waye）を付けた人らしく、こんなところにも作者の遊び心を感じ取ることができるかもしれない。

〔著者〕
ジョン・ロード
1884年、英国生まれ。本名セシル・ジョン・チャールズ・ストリート。別名義にマイルズ・バートン、セシル・ウェイ。1924年、"A.S.F" でミステリ作家としてデビュー。25年に発表した "The Paddington Mystery" 以降、多数のミステリ作品を発表し、ディテクション・クラブの主要メンバーとしても活躍した。

〔訳者〕
渕上痩平（ふちがみ・そうへい）
英米文学翻訳家。海外ミステリ研究家。訳書にジョン・ロード『代診医の死』（論創社）、R・オースティン・フリーマン『キャッツ・アイ』（筑摩書房）、『ソーンダイク博士短篇全集』（全3巻。国書刊行会）など多数。

デイヴィッドスン事件《じけん》
——論創海外ミステリ 282

2022年5月20日　初版第1刷印刷
2022年5月30日　初版第1刷発行

著　者　ジョン・ロード
訳　者　渕上痩平
装　丁　奥定泰之
発行人　森下紀夫
発行所　論 創 社
〒101-0051 東京都千代田区神田神保町2-23 北井ビル
TEL:03-3264-5254　FAX:03-3264-5232　振替口座 00160-1-155266
WEB:https://www.ronso.co.jp

組版　加藤靖司
印刷・製本　中央精版印刷

ISBN978-4-8460-2141-2
落丁・乱丁本はお取り替えいたします。